KB074801

프란체스카
Franziska

이순애 장편소설

대한민국 첫번째 영부인이었던 한 오스트리아 여인의 세기의 로맨스

로뎀 기획

프란체스카

지은이 | 이순애
발행인 | 이순애
편집인 | 김상욱
기획 · 진행 | 로뎀기획
표지 디자인 | 엘림애드
펴낸곳 | 로뎀기획
주소 | 고양시 덕양구 화중로 164, 524-303
전화 | 031-968-5521
등록 | 2023년 4월 21일 제2023-000088호
값 23,000원
ISBN 979-14-983050-3-9

이 책은 로뎀기획이 저작권자와의 계약에 따라 발행한 것이므로 본사의
서면 동의 없이는 어떠한 형태나 수단으로도 이 책의 내용을 이용하지 못합니다.

※잘못된 책은 바꾸어 드립니다.

매우 부끄러운 일이지만 우리나라 건국 대통령인 이승만 박사의 부인 프란체스카 리 여사가 오스트리아 여인이라는 사실을 나는 독일에 가고도 몇 년 후에야 처음 알았다. 독일에서 산 지 오래된 교민들을 통해서였다(독일과 오스트리아는 같은 독일어를 쓰는 민족이다).

게다가 우리나라에서 프란체스카 여사는 '호주댁'으로 잘못 알려져 있었다. 사람들이 오스트리아를 발음이 비슷한 오스트레일리아(호주)로 혼동했기 때문이다. 그때부터 '우리나라처럼 다른 민족에 대한 배타심이 강한 나라의 초대 퍼스트레이디가 오스트리아 여인이었다니 참 아이러니컬하다'는 생각이 들었고 그와 함께 프란체스카에 대한 관심이 시작되었다.

프란체스카 여사에 대해 글을 써야겠다고 마음먹은 것은 운명적인 만남이 있은 직후였다. 우연히도 오스트리아 남자를 만나 사랑에 빠지고 결혼을 하고 인스브루크에 살게 되면서, 나는 오스트리아 남자와 결혼한 한국 여자고 프란체스카 여사는 한국 남자와 결혼한 오스트리아 여자라는 사실이 세대를 뛰어넘는 동질감을 느끼게 해주었다.

처음에 목표했던 것은 프란체스카 여사의 공식 일대기였다. 그러나 여러 번 빈을 찾아가 프란체스카 여사의 어린 시절과 학창 시절의 자료를 찾기 위해 노력했지만 전기를 쓸 만큼의 충분한 정보는 얻을 수 없었다. 그녀와 동시대를 살았던 사람들은 이미 이 세상 사람이 아니었고 제2차 세계의 전화를 겪는 동안 빈에는 20세기 초의 자료들이 많이 유실되어 있었다. 낙심한 가운데 몇 년간 손을 놓기도 했다.

그러던 중 1996년 오스트리아 국영방송인 ORF에서 크리스마스 특집으로 '아시아로 시집가서 황태자비가 되었던 한 오스트리아 여인'에 대한 다큐멘터리를 방송한다는 예고를 보게 되었다. '혹시 그 여인이 프란체스카 여사가 아닐까?' 하는 흥분과 기대 속에서 그 프로를 시청했다. 그러나 그 여인은 전혀 다른 사람이었다. 한편으로는 실망했지만 한편으로는 다시 시작할 용기를 얻었다. 이번에는 한국에서 얻을 수 있는 자료라도 충실히 모으려고 노력했다. 다행히 매년 서너 차례씩 한국을 방문할 기회가 생겼다. 틈나는 대로 이화장이나 연세대학교 도서관, 국회도서관 등에서 관련 자료를 모았다. 특히 연세대학교 석좌교수 유영익 박사님의 저서에서 많은 도움을 받았다.

프란체스카 여사에 대한 책을 쓰기 위해 많은 사실들을 알게 될수록 그녀와 같이 국제결혼을 한 입장에서 시대와 조건을 초월한 공감을 느낄 수 있었다. 글을 쓰면서 자연스럽게 많은 생각들이 나래를 폈다. 국제결혼이 매우 드물었던 그 시대에 문화와 관습, 언어가 전혀 다른 두 남녀의 결혼생활은 얼마나 힘들었을까? 유럽인들은 우리나라의 역사나 문화에 대해서 과연 어느 정도나 알고 있었을까? 그리고 1900년부터 1992년까지 거의 한 세기를 살면서 유럽에서 39년, 미국에서 17년 그리고 한국에서 36년간 세 대륙에 걸쳐 이렇게 많은 경험을 한 여성이 또 있을까(그녀는 오스트리아인으로 유럽에서 제1차 대전을 겪었고, 망명 정치인의 부인으로서 미국에서 태평양전쟁을 겪었으며, 대한민국 초대 대통령의 부인으로서 한국에서 한국전쟁을 경험했다)?

그렇다, 프란스체스카 여사는 20세기를 가장 용감하게, 매우 다채로우면서도 일관되게 살아낸 여인이었다. 오스트리아 여성으로 태어나 빈 레이디로 자라고 한국 여인으로 떠나간 그녀의 흥미진진한 일생을 '소설' 이라는 형식을 통해서나마 제대로 알리고 싶었다.

'현실을 능가하는 픽션은 없다!' 는 말에 공감한다. 자료가 부족한 부분을 상상력으로 메우려고 노력했으나 그녀의 삶은 더 치열하고 더 드라마틱했으리라.

이 책은 애초에 한국을 잘 모르는 유럽인들을 위해 독일어판으로 출판하려고 쓴 것이다. 그런데 내 글을 읽어본 한국인 친지들이 한글판으로도 출판하라고 권했다. 초고를 읽는 동안 몇 번이나 눈물을 흘렸다는 어느 후배의 말도 내게 용기를 주었다. 독일어 판이 한국을 유럽에 알리는 기회라면 한글판을 통해서는 우리나라에 음악의 나라정도로만 알려진 오스트리아를 알릴 수 있는 기회라는 생각도 들었다.

책을 쓰면서 다양한 견해를 가진 많은 이들과 그녀의 남편인 이승만에 대해 토론을 하게 되었다. 그것은 피할 수 없는 일이었다. 그러나 이승만을 비판하는 사람이건 옹호하는 사람이건 공통적으로 인정하는 것은, 이승만이라는 노련한 고집쟁이가 없었다면 자유민주공화국으로서의 대한민국은 존재할 수 없었다는 사실이다.

이 책은 지난 2005년에 출간된 '프란체스카 리 스토리'의 원문을 바탕으로 귀중한 사진들을 화보로 구성하여 실로 18년 만에 증보판을 내놓게 되었다. 지난 2022년에는 한국 오스트리아 수교 130주년이라는 소식을 듣고 다시 힘을 얻어 번역과 검수를 끝내고 독일어판을 출간하기도 하였다.

'한국'하면 K-POP, 드라마나 영화는 잘 알지만 우리나라가 어떤 역사를 가졌고 어떻게 발전해 왔는지에 대해서는 관심이 없다는 생각이 들었다. 그래서 저는 또 하나의 꿈을 그리고 있다. 외국에 있는 2세대, 3세대 자녀들이 프란체스카를 통하여 타임머신을 타고 20세기 초·중반으로 되돌아가는 역사 여행을 통해 모든 이들에게 이 책이 상당한 재미와 감동을 줄 것이라고 믿는다.

2023년 5월

이순애

차 례

이 책을 고인이 되신 프란체스카 리에게 바칩니다.

이 책을 먼저 떠난 사랑하는 남편 Herbert를 위해 바칩니다.

프롤로그

오스트리아인과 결혼한 한국 여인이

한국인과 결혼한 오스트리아 할머니를

아주 우연히 만났다.

스스로를 영원한 한국 여인이라고 소개한

그녀의 이름은 리 프란체스카였다.

– 순이의 일기

제복을 입은 16세의 비엔나 소녀 프란체스카 (사진제공 : 조혜자)

오전 9시쯤, 나는 세계에서 손꼽히는 아름다운 도시 인스브루크의 신시가지인 마리아 테레지아 거리를 개선문에서부터 걸어와 구시가지와 만나는 횡단보도를 건넜다. 맞은편에서 황금 지붕이 눈부신 5월의 햇살을 반사하며 반갑게 인사하는 듯했다. 동공을 자극하는 반사광을 피해 살짝 눈을 들자, 고딕 풍의 구시가지 지붕들 위로 병풍처럼 솟아 있는 노르트케테 산이 변함없이 미소를 보냈다. 흰색 유화물감을 두껍게 바른 것처럼 가파른 산비탈을 덮고 있는 눈들은 황금의 지붕을 시샘하듯 경쟁적으로 빛을 반사하고 있었다. 산소 냄새가 나는 상큼한 공기가 사방으로 엔도르핀을 뿜어대는 것 같았다.

　　'이렇게 익숙하면서도 늘 새로운 느낌을 주는 곳이 또 있을까!' 새삼스런 감상에 젖어 구시가지 입구에 서 있는 내 주위로 뒤따라 횡단보도를 건넌 관광객들이 모여들었다. 나는 지금 가이드로서 한국인들을 위해 인스브루크를 안내하는 중이었다.

"여기서부터 구시가지가 시작됩니다. 인스브루크에서 가장 오래 된 지역입니다. 지금 우리가 서 있는 자리는, 옛날에는 성벽이 둘러쳐 있고 해자도 파여 있던 곳입니다. 조금 전에 지나온 마리아 테레지아 거리에는 이삼백년 된 화려한 바로크양식 건물들이 있었지만 여기서부터는 오백년 전 건축양식인 고딕 건물들을 보실 수 있습니다…"

내 설명에 사람들은 호기심이 가득한 눈으로 동화 속 배경 같은 건물들을 둘러보았다. 투박한 사암으로 쌓은 두꺼운 벽을 만져보는 사람, 카메라 셔터부터 눌러대는 사람 등 반응은 다양했다.

구시가지에 대한 설명을 마치자 몇몇 아주머니들이 나를 데리고 가 기념사진을 찍었다. 가이드를 할 때 나는 알프스 전통 복장인 '던들'(독일어로는 '니른들'로 발음한다)을 입고 나오는데, 그러고 보니 언제부터인지 인스브루크의 여성 가이드들이 유니폼처럼 던들을 입고 있었다. 눈 덮인 알프스노르트케테 연봉과 황금 지붕을 배경으로 던들을 입고 있는 내 모습은 그들의 여행 앨범 속에서 오랫동안 추억으로 자리 잡을 것이었다.

나는 독일에서 체육학을 공부하다가 스페인어를 배우기 위해 방문한 말라가에서 나는 남편을 만나 사랑에 빠졌다. 그 후 마기스터과정(우리의 학사·석사 학위가 통합된 독일의 학위과정)을 끝내고 그의 나라인 오스트리아에 와서 살게 되었다. 한국에서 태어나 자라고 서울에서 대학을 다닌 전형적인 한국 여인이 이른바 국제결혼을 한 것이다.

티롤의 아름다운 자연과 이곳 사람들의 넉넉한 인심으로 만족스러운 생활을 하고 있었지만, 수 만 마일 떨어진 고향에 대한 그리움은 늘 내 마음속 한편에 그늘을 드리웠다. 그러다가 남편의 나라 오스트리아, 티롤에 대한 역사와 문화, 지리 등을 좀 더 알아보기 위해 시작한 공부가 가이드 코스로 이어졌고, 자격증까지 획득하게 되어 관광가이드 일을 하게 되었다. 호기심에서 비롯된 일이 내 삶에 큰 활력과 변화를 일으킨 전환점이 된 것이다.

내가 한국을 떠나온 1980년대 초만 해도 한국은 넉넉한 나라가 아니었다. 하지만 경제가 급속히 발전하면서 지금은 매년 수십만 명의 한국인들이 해외 여행길에 나섰으며, 유럽 여행 중 인스브루크를 찾는 한국 관광객들도 꾸준히 늘어나는 추세였다.

인스브루크는 인구 12만 명의 작은 도시지만, 험준한 알프스의 중앙에 자리 잡고 있으면서 독일과 이탈리아를 잇는 교통상의 요지다.

또한 막시밀리안, 마리아 테레지아 등 합스부르크 왕가를 빛낸 사람들이 남긴 문화유산이 풍부한데다가 100년 전에는 티롤 지방에서 근대 스키 기술이 시작되었고 전후에는 동계올림픽을 두 번이나 유치하면서 명실상부한 스키와 겨울 스포츠의 메카로 자리 잡았다.

"지금 보고 계시는 황금 지붕은 약 500년 전에 막시밀리안 황제가 자신의 두 번째 결혼을 기념해서 만든 건축물입니다."

"그런데 말이죠, 이 지붕이 정말 황금입니까?"

황금 지붕의 유래를 설명하는 중에 일행 가운데 한 중년남자가 정말 궁금하다는 듯이 물었다. 종종 있는 일이었다. 나는 환한 웃음을 지으며 대답했다.

"비밀이지만 여러분께만 가르쳐드릴게요. 사실은 청동으로 만든 기와 조각에 금을 입힌 것입니다. 막시밀리안 황제는 진짜 금덩어리로 지붕을 덮을 만큼 부자는 아니었죠. 황금 지붕은 일종의 애칭입니다."

나는 계속해서 막시밀리안 황제와 관련된 일화를 소개했다. 그는 자신과 아들, 손자들까지 이어지는 행운의 결혼을 통해 이탈리아, 스페인, 보헤미아 등 유럽 곳곳으로 영지를 확장한 전설적인 군주였다.

그의 손자 때에는 영지가 남아메리카까지 이르러 해가 지지 않는 제국을 이루었을 정도였다.

일행은 스와로브스키 크리스털 갤러리를 끼고 뒷골목을 지나서 호프궁, 야콥 돌, 시청 탑, 괴테·모차르트·하이네 등이 묵고 갔다는 유명한 황금 독수리 호텔 등 중요 관광명소를 둘러 본 후 관광버스가 기다리고 있는 호프공원으로 향했다. 개선문에서 마리아 테레지아와 그녀의 자녀들에 얽힌 여러 유럽 왕가의 결혼 이야기를 들었던 여행객들은 저마다 결혼의 중요성을 이야기하며 내 뒤를 따라왔다.

일행이 모두 버스에 오르자 투어에스코터가 내게 오케이 표시를 보냈다. 나는 조심스럽게 마이크 스위치를 올렸다.

"인스브루크에서 즐거운 시간을 보내셨나요? 아쉽지만 이제 작별 인사를 드려야 할 것 같습니다."

자리를 정돈하던 사람, 새로 산 기념품을 꺼내 보던 사람, 물을 마시던 사람들이 일제히 나를 바라보았다. 어수선한 분위기가 일시에 가라앉았다.

그들의 눈빛에는 예정된 일임에도 불구하고 이제 나와 헤어져야 한다는 아쉬움이 진하게 배어 있었다.

"에그, 벌써 헤어지면 어떻게 해."

드러내놓고 서운해 하는 소리도 들렸다.

"오스트리아 남자와 결혼해서 인스브루크에 벌써 산 지 7년째 입니다. 하지만 한 번도 제 고국인 한국을 잊어본 적이 없습니다. 그래서 한국에서 오신 여러분들을 보면 이웃집 아저씨, 아줌마를 만난 것처럼 늘 반갑습니다. 저로서는 최선을 다해 인스브루크를 안내해 드렸지만, 늘 부족한 것이 느껴집니다. 한국에 돌아가신 후에도 영원히 이곳 인스브루크와 오스트리아를 잊지 말아주세요. 감사합니다.”

“와아!”

여행객들은 뜨거운 박수와 함성으로 내 인사를 받아주었다.

버스가 천천히 출발하자 나는 버스에 타고 있는 한 사람 한 사람에게 진심으로 손을 흔들어주었다. 나는 황금 지붕 앞 광장 카페 카충에서 레몬 향이 첨가된 시원한 미네랄워터를 마셨다. 선글라스를 끼고 반바지에 카메라를 멘 물결처럼 일렁이는 관광객들과, 보행자 전용 구역이 시작되는 10시 30분 전에 이곳에서 빠져나가려는 차들로 구시가지에는 활력이 넘쳐났다.

하루의 일을 마치면 나는 가끔 이 곳에 앉아 여유를 만끽하며 즐거운 상상에 빠지곤 했다. 그럴 때면 현대적 옷차림의 관광객들이 타임머신을 타고 중세의 도시 인스브루크에 와서 휴가를 즐기고 있는 미래의 인간들처럼 느껴졌다.

구시가지는 약속 없이 나가도 아는 사람들을 자연스럽게 만나게 되는 열려 있는 사교장이었다. 인스브루크에서의 7년은 많은 친구들과 사귀게 된 짧지 않은 시간이었다. 남편 친구 부부들, 이웃들, 20여 명 남짓한 한국 교민들과 유학생들, 그리고 학원에서 가이드 자격시험을 함께 준비한 친구들 등등……. 한 무리의 스페인 관광객을 이끌고 황금 지붕을 향해 이동 중인 율리아도 가이드 자격증을 함께 딴 동기였다.

나는 그녀를 향해 웃으며 손을 흔들었다.

남편의 말을 빌리면, 나는 '우연히' 사람을 잘 사귄단다. 그 말도 틀리지 않는 것이 우연히 인스브루크 시장을 만나 알게 되었고, 우연히 요들을 잘 부르는 에델바이스 선물 가게 주인 노이너 부인을 알게 되었으며, 우연히 화가 프란츠 요셉을 알게 되었다.

대학도 첸트(아직 정 교수가 안 된 교원, 일종의 전임강사)인 남편은 점심을 먹으러 자전거를 타고 집에 와 식탁에 앉으면, 오늘은 '우연히' 어떤 사람을 만났느냐고 묻는 것이 습관이 되었다. 새로운 사람을 만난 내 이야기를 듣는 맛도 점심만큼이나 맛있단다.

동양인이 상대적으로 많지 않은 인스브루크에서 동양적인 작은 눈의 여인이 오스트리아 전통복인 던들을 입고 있는 것은 사람들의 호기심을 자극할 만한 일이었다. 하지만 그렇게 '우연히' 만난 사람들의 명단에 '프란체스카리'의 이름이 올라가리라고는 전혀 상상도 하지 못했다.

"안녕하세요."

한 관광객 부부가 막대사탕을 입에 문 귀여운 금발머리 아이를 데리고 지나가는 모습을 바라보고 있는데 누군가가 내게 또렷한 한국어로 인사를 건넸다. 나는 인사한 사람을 보고 깜짝 놀랐다. 아담한 체구에 머리가 하얗게 센 유럽인 할머니가 미소를 짓고 있었기 때문이다.

"같이 앉아도 될까요?"

이번에는 그녀의 발음이 조금 어색하게 들렸다. 하지만 유럽인 할머니가 한국어를 한다는 것은 여전히 놀라운 일이었다.

"물론이죠. 앉으세요."

나는 얼른 자리에서 일어나며 정중하게 자리를 권했다.

"고마워요. 하지만 일어날 필요는 없어요."

그녀는 독일어로 바꿔서 말했다. 분명한 표준 독일어였지만 알 발음이 강하게 나는 구식 억양이었다. 나는 자리에 앉으며 잠깐 주위를 둘러보았다. 근처에 빈자리가 있는 것으로 보아 자리가 없어서 합석을 요청한 것은 아니었다.

"서양 할머니가 한국말을 해서 놀랐죠?"

그녀가 계속 독일어로 말했으므로 나도 독일어로 대답했다.

"조금 놀랐어요. 한국말을 참 잘하시네요?"

"호호호."

내 말에 그녀는 만족스럽다는 듯이 웃었다.

"한국에서 살았던 세월에 비하면 잘하는 건 아니지."

그녀의 대답은 점점 내 호기심을 자극했다.

"어머, 한국에 오래 사셨나 봐요?"

"오래 살았지. 한 35년? 한국인과 결혼했거든."

"어머나! 제 남편은 오스트리아 사람이에요."

오스트리아 남자와 결혼한 한국 여인으로서 나는 단번에 그녀와의 유대감을 느꼈다.

요즘에는 국제결혼이 비교적 많아져서 오스트리아 사람과 결혼한 한국 여인을 꽤 알고 있지만 한국 남자와 결혼한 오스트리아 여인은 처음 만나는 셈이었다. 더구나 이 할머니는 벌써 수십 년 전에 한국인과 결혼했을 터였다.

"반가워요. 나는 화니예요."

주름진 손을 내밀며 그녀는 애칭으로 자신을 소개했다.

"저는 순이예요, 순이 핑크. 만나 뵙게 되어서 정말 반갑습니다."

그녀는 마주 내민 내 손을 두 손으로 꼭 잡아주었다.

"그런데 제가 한국 사람이라는 건 어떻게 아셨어요?"

"호호호."

그녀는 내가 궁금해 하는 것이 재미있는 것 같았다. 꼭 잡고 있던 내 손을 놓으며 그녀는 황금 지붕 쪽으로 슬쩍 시선을 돌렸다.

"아까 여기를 지나가는데 누가 한국말로 황금 지붕을 설명하고 있더 군. 던들이 잘 어울리는 바람에 깜빡 속을 뻔했지 뭐야. 한국말을 잘하 는 오스트리아 여잔가 하고 말이야."

어렵게 생각했던 문제일수록 답을 알고 나면 간단한 법이다. 나야말 로 이 할머니가 어떤 사람일까 궁금해지기 시작했다.

"그러셨군요.……그런데 할머니는 지금 어디에서 사세요?"

그녀는 덤덤하게 대답했다.

"서울에서 살지. 이화장이 우리 집이야."

"이화장요?"

어디서 많이 들어 본 이름인데 갑자기 생각이 나지 않았다. 이화장은 결코 평범한 주소가 아니었다.

그때 어떤 한국 여성이 그녀에게 다가왔다.

"어머니, 여기 계셨군요. 어디 계신가 했어요."

"미안해. 여기서 반가운 사람을 만나서 말이야. 인사해. 여기는 순이 씨, 우리 며느리 혜자야."

"안녕하세요. 반갑습니다."

늘씬한 몸매에 검은 테 안경을 낀 혜자씨는 남편과 함께 시어머니를 모시고 유럽을 여행하는 중이라고 했다. 잠깐 한눈을 파는 사이에 어머니가 없어졌으니 얼마나 놀랐을지 짐작이 되었다.

그녀와 몇 마디 대화를 나누고 나자 내 머릿속에서 이화장이라는 단어와 관련된 기억들이 순식간에 떠오르기 시작했다.

"안녕하세요, 핑크!"

벨이 몇 번 울리더니 수화기에서 묵직한 남편의 목소리가 들려왔다.

"여보, 오늘 내가 누굴 만난 줄 알아요?"

유난히 들떠서 다짜고짜 물어보는 내 목소리만으로도 남편은 뭔가를 눈치 챈 것 같았다.

"오, 장군님. 오늘은 누구를 만나셨나요, 외무부 장관? 영국 황태자비?"

오페라 대사를 읊는 듯한 그의 말투에서 장난기가 묻어났다. 그는 가끔 나를 장군이라고 불렀는데, 남자로 태어났다면 틀림없이 장군이 되었을 거라고 놀리는 것이었다.

"틀렸어요, 서방님. 한국 할머니인데, 눈이 파래요."

"음…… 파란 눈의 한국 할머니…… 항복! 도저히 모르겠군요. 그녀와 점심 약속을 하셨나요?"

예상치 못한 일로 남편의 점심을 차려 주지 못하는 경우, 나는 반드시 집으로 전화를 걸어주었다.

"미안해요, 여보. 자세한 얘기는 나중에 해줄게요. 오늘은 점심을 못 차려 주겠네요."

"좋아, 점심은 내가 알아서 해결하지. 그런데 그 할머니가 누구야?"

남편의 말투가 평상으로 돌아왔다. 상당히 궁금한 모양이었다.

"놀라지 마세요. 한국의 퍼스트레이디예요!"

"뭐?"

수화기 너머로 남편의 놀란 모습이 보이는 듯했다.

"현직 대통령은 아니고, 한국 초대 대통령의 부인이에요."

"그런데…… 파란 눈이라고 하지 않았나? 유럽인이야?"

"게다가 오스트리아 출신이지요."

"저런, 나는 전혀 모르고 있었네?"

"나도 이제야 기억이 나는걸요. 아무튼 저녁에 들어가서 얘기해 줄게요."

나는 전화를 끊고 그녀가 기다리고 있는 자리로 갔다.

그녀와 나는 오랜만에 만난 친구처럼 반가워하며 이미 인 강가에 있는 오토부르크라는 식당으로 점심을 함께하기 위해 자리를 옮긴 후였다.

"그럼, 어머니를 잘 부탁드립니다."

우리가 구시가지를 벗어나기 전, 혜자 씨는 부탁 겸 인사의 말을 했다.

"걱정하지 마세요. 제가 호텔까지 무사히 모셔다 드릴게요."

"어머니, 식사 맛있게 드세요."

그녀의 아들인 이인수 박사는 온화한 인상의 지식인이었다. 대학교수로 있으면서 모처럼 가족들과 함께 여행을 하는 중이라고 했다.

프란체스카 여사는 걱정하지 말라는 듯 손을 휘휘 내저었다. 아들부부가 오붓하게 점심을 먹을 수 있는 시간을 주는 것이 그녀에게도 기쁜 모양이었다.

프란체스카 리, 그녀의 남편 이승만 박사는 한국인들에게 전설적이
요, 신화적인 인물이었다.

이승만 박사는 대한민국이 아직 왕이 다스리는 은자의 나라였던
1875년에 태어나, 미국에 유학하여 한국인으로서는 최초로 박사 학위
를 받은 지식인이었다. 또한 조국이 일본의 식민 지배하에 놓인 35년
동안 쉬지 않고 한국의 독립운동에 헌신한 애국자였으며, 일본이 패망
한 후에는 이념의 대립으로 극심한 혼란을 겪던 한반도에 대한민국이
라는 민주국가를 세운 건국의 아버지였다. 내 어린 시절의 기억에도 이
승만 박사는 한국에서 가장 위대한 사람이었고, 세계에서 가장 유명한
한국인이었다.

그러나 그 위대한 이승만 박사의 부인인 프란체스카 리에 대해서는
부끄럽게도 별로 아는 것이 없었다. 그녀가 오스트리아인이라는 사실
도 유럽으로 공부하러 와서야 이곳 교민에게 듣고 알았을 정도였다. 이
승만 박사가 돌아가신 후 한국에서 여생을 보내고 있다는 것만 알았지
나는 아직까지 살아 계신 줄도 모르고 있었다.

식사가 끝날 무렵, 나는 그녀에게 제일 궁금한 것을 물어보았다.

"실례지만, 지금 연세가 어떻게 되세요?"

아무리 나이 먹은 할머니라지만 숙녀의 나이를 묻는 것은 실례였다.
그러나 그녀는 이런 질문에 익숙하다는 듯 빙그레 웃었다.

"나는 1900년생이야. 올해가 1990년이니까, 벌써 90년이 지났나?
한국 나이로 치면 아흔한 살인 셈이지."

나도 모르게 입이 딱 벌어졌다. 20세기가 시작되기 1년 전에 태어난
사람이 내 앞에 앉아 있다는 사실 때문이었다.

"정말 건강하시네요. 저는 여든 살도 안 되신 줄 알았어요."

"뭘, 우리 박사님은 나보다 훨씬 건강하셨지."

그녀는 남편을 '박사님'이라고 불렀다.

"처음 정부를 수립하고 대통령이 되신 때가 일흔세 살이었는데 그 후로도 12년 동안 내내 건강하게 직무를 수행하셨거든. 그 험한 전쟁을 겪으면서도 주치의를 따로 둘 필요가 없을 정도로 정정하셨어. 오히려 내가 잔병이 많았지."

돌아가신 남편 이야기가 나오자 그녀는 손수건을 꺼내 눈가를 찍었다.

"인스브루크에는 처음 오신 건가요?"

"옛날에 들를 예정이었지. 그이를 만나는 운명적인 일이 생기지 않았다면 말이야. 그해가 1933년이던가……."

그녀는 지난 세월을 곱씹으며 손자들에게 옛날얘기를 들려주는 재미로 사는 세대였다. 하지만 그녀의 회고담은 나를 바짝 긴장시켰다. 그녀는 이승만 대통령과 처음 만나던 때의 이야기를 꺼내고 있었다.

"어머니와 난 제네바 구경이 끝나는 대로 취리히를 거쳐 인스브루크와 잘츠부르크를 구경하고 빈으로 돌아갈 예정이었지……. 참, 우리 집이 빈 근교인 체르스도르프(당시에는 빈 근교였으나 현재는 행정구역이 빈에 속한다)였다는 거 말했던가?"

"예. 그래서요?"

"그이를 처음 만난 곳은 우리가 묵고 있던 제네바의 한 호텔 식당이었어……."

그녀는 창가를 바라보며 세월을 훌쩍 뛰어넘은 로맨틱한 사건을 회상했다. 그녀의 회상 속에서 추억의 열차는 알프스 산허리를 가로 지르는 철로 위로 힘차게 달리고 있는 듯했다.

"그해는 1933년이었어."

내가 지금부터 쓰려고 하는 오스트리아 여인, 한국의 첫 번째 퍼스트 레이디인 프란체스카 리의 이야기는 여기서부터 시작한다.

제1부

오직 사랑 하나만으로

1933 · Geneva

운명적인 만남

1933년 이승만 박사가 한국의 독립을 호소하기 위해
국제연맹 건물이 있는 스위스 제네바를 방문하여 찍은 사진. (사진제공 : 조혜자)

오전 9시 30분에 제네바 역을 출발한 취리히행 열차는 거대한 레만호가 내려다보이는 산비탈을 거침없이 내달렸다. 붉은색 벨벳으로 장식된 1등석 객실 안에서 33세의 미스 도너, 화니(프란체스카의 애칭)는 맞은편에 앉은 엄마에게 애써 눈길을 주지 않으며 창밖으로 펼쳐지는 풍경에만 초점을 모았다.

두터운 유리 너머로 눈 덮인 산비탈에 심긴 키 작은 포도나무들이 연신 뒤로 밀려났다. 멀리 아래쪽에는 레만호가 검푸른 물결 위로 물안개를 뿜어내는 신비스런 광경이 한 시간째 계속되었다. 몇 분 간격으로 나타나는 침엽수림에 가려졌다가 금세 숲을 제치고 다시 모습을 드러내는 호수만이 제네바로부터 점점 멀어지고 있는 그녀에게 위안이 되었다.

도너 여사는 기차를 탄 후 지금까지 말 한마디 없는 화니를 잠시 노려보다가 조용히 한숨을 내쉬었다. 자신의 처녀 시절 이름 프란체스카를 물려받은 딸은 유별난 고집까지도 그대로 물려받은 것 같았다. 그 나이에 한 번 이혼한 아픔까지 겪었으면 이제 세상을 알만도 하건만, 아직도 어미의 마음을 몰라주는 딸이 야속했다.

'이게 다 그 동양 녀석 때문이야. 제법 예의바르고 나이도 지긋해서 별일 없을 줄 알았는데 그새 이 아이 마음을 훔쳐가다니! 일찍 호텔에서 나서길 잘했어.'

덜컹거리는 기차 바퀴 소리에 식당에서 들리는 식기 부딪히는 소리가 겹쳐지면서 도너 여사의 머리에는 며칠 전 동양 신사를 만난 장면이 떠오르기 시작했다.

"화니, 오늘은 웬일이지? 식당이 아주 붐비는구나."

웨이터가 빼주는 의자에 앉으며 도너 여사는 딸에게 물었다. 레만 호반에 자리 잡은 호텔 드루시의 1층 식당은 그날따라 일급 호텔답지 않게 유난히 붐볐다. 오후 6시밖에 되지 않았는데도 좌석이 거의 차 있었다. 다행히 그녀는 좌석을 예약해 놓은 상태였다.

"엄마도 신문 좀 보세요. 오늘이 국제연맹 개막식 날이잖아요. 세계 각국에서 온 대단한 외교관들이 모이는 날이라고요."

"그래?"

도너 여사는 건성으로 받아넘겼다. 대신 식탁에 꽂혀 있는 예약표시를 치우던 웨이터가 화니의 말을 받았다.

"그렇습니다, 마드무아젤. 여행 중에도 신문을 읽으시는 걸 보니 시사문제에 관심이 많은가 보네요."

"쟤는 활자라면 뭐든지 좋아하지요. 신문이든 잡지든, 활자만 보면 몽땅 읽어 치운다니까요."

"자랑스러운 따님이군요, 마담. 그런데 음료는 무엇으로 주문하시겠습니까?"

도너 여사가 웨이터에게 와인과 메뉴를 주문하는 동안 화니는 신기한 듯 식당 안을 둘러보았다.

국제연맹을 축소해서 옮겨온 듯 식당은 세계 각국에서 온 다양한 인종들로 북적였다. 대부분은 유럽인이었지만 머리에 터번을 두른 인도 사람, 말끔한 정장 차림의 키가 작은 일본사람, 아프리카 사람도 보였다. 영어로 떠드는 사람이 대부분인 가운데 프랑스어, 독일어, 러시아어도 간혹 섞여 들려왔다. 식탁 위에 커다란 플래시가 연결된 카메라를 올려놓고 있는 사람들은 기자일 것이었다.

이미 200석 가량의 좌석은 모두 찬 것 같았다. 아랍인들 서넛이 식당 입구에 서서 잠깐 의논하더니 식당에서 나가는 모습이 보였다.

화니는 미리 예약하기를 잘했다고 생각했다.

그때 한 동양인이 식당 문을 열고 들어섰다. 특별히 키가 크거나 젊어 보이지는 않았지만 사람의 눈길을 확 잡아당기는 사람이었다.

반백의 머리에 말끔한 군청색 정장 차림의 그는 동양인치고는 코가 우뚝한 편이었는데, 웬일인지 화니는 그에게서 눈을 뗄 수 없었다.

천천히 실내를 둘러보는 품이 빈자리를 찾고 있는 듯싶었다. 방금 전의 아랍인들처럼 그도 나가버릴지 모른다는 생각이 들자 화니는 까닭 모르게 마음이 조마조마해졌다.

그는 마침 자신의 옆을 지나가던 웨이터를 불러 세웠다.

'빈자리가 있나 알아봐 달라는 것이겠지?'

그녀의 추측이 맞았는지 웨이터는 짙은 눈썹을 가볍게 찌푸리며 발

뒤꿈치를 들고 식당을 둘러보다가, 약간 목을 빼고 그를 바라보던 화니와 눈이 마주쳤다. 그의 표정이 밝아지는 것 같았다.

웨이터는 동양 신사에게 잠깐 기다리라는 손짓을 한 후 그녀들 쪽으로 성큼성큼 걸어왔다.

"마담, 실례지만 한 동양 신사 분이 빈자리를 찾고 있는데요, 합석해도 괜찮겠습니까?"

웨이터의 말에 도너 여사의 입술이 살짝 일그러졌다. 엄마의 표정을 본 화니가 얼른 입을 열었다.

"엄마, 오늘은 특별한 날이니까 할 수 없잖아요. 허락해주세요."

하지만 그녀의 엄마는 까다로운 사람이었다.

"한 사람뿐인가요? 보다시피 여기도 자리가 좁군요."

"한 사람뿐이라면 괜찮다고 하시는데요."

화니가 재빨리 대답했다.

"감사합니다, 마담."

황당해하는 엄마를 향해 화니는 살짝 윙크를 보냈다.

웨이터의 안내를 받으며 그가 이쪽으로 걸어오는 모습이 보였다. 화니의 가슴이 콩닥콩닥 뛰기 시작했다.

그는 도너 여사와 화니에게 차례로 목례를 한 다음 도너 여사 옆의 빈자리에 약간 간격을 두고 앉았다. 깊은 물처럼 고요하면서도 환한 분위기가 흐르는 사람이었다. 그의 인상이 나쁘지 않았는지, 도너 여사의 표정에도 낯선 합석자에 대한 경계심이 한풀 꺾여 있었다.

가까이에서 본 그의 얼굴은 더욱 인상적이었다. 넓은 이마와 품위 있는 콧대가 부드러운 턱선과 조화를 이루었고, 옆으로 길게 그림자를 드리운 얇은 눈은 신비한 분위기를 풍겼다. 오른쪽 입가를 살짝 올려 미소를 짓는 표정만이 합석을 다행스럽게 여기는 그의 마음을 보여주었다.

'동양인들은 거의 표정이 없다는데, 정말 그런 것 같아⋯⋯.'

걷잡을 수 없이 그에게 끌리는 눈길을 감추기 위해 화니는 책을 펴서 얼굴 높이까지 들어올렸다. 하지만 글자는 눈에 들어오지 않고 그가 영어로 음식을 주문하는 소리가 귓가에 크게 울렸다.

"사우어크라우트하고⋯⋯ 프랑크푸르트 소시지, 그리고 삶은 감자로 부탁합니다."

"음료는 어떤 걸로 하시겠습니까?"

"감사합니다만, 저는 술을 하지 않습니다."

"알았습니다. 조금만 기다려 주십시오."

그가 주문한 음식들은 호텔 식당에서 주문하기에는 매우 초라한 것이었다. 화니는 괜스레 자신의 얼굴이 발개지는 것 같았다.

'동양에서 온 신사들은 대개 왕족이나 귀족이어서 화려한 식사를 한다던데⋯⋯.엄마가 이분을 무시해서 실수를 하면 어떻게 하지?'

그를 위해 걱정하는 마음까지 들었다.

"화니, 식탁에서는 책을 좀 치우렴. 예의가 아니잖니?"

도너 여사가 나지막이 딸에게 주의를 주었다. 목소리가 은근한 것으로 보아 그녀도 합석한 동양 신사에게 신경이 쓰이는 모양이었다.

화니는 말 잘 듣는 딸인 양 들고 있던 책을 옆 의자에 내려놓았다. 어차피 모양으로 들고 있던 책이었다.

오늘 같은 날은 당연한 일이지만 한참을 기다려도 식사는 나오지 않앉다. 합석한 상대가 유럽 남성이라면 과장해서 자신을 소개하거나 귀찮을 정도로 농담을 건네는 것이 보통이었지만, 그는 온화한 표정으로 조용히 앉아 있을 뿐이었다.

오늘따라 엄마도 말이 없어서 화니는 이 침묵이 굉장히 부담스러웠다. 자꾸만 그에게 끌리는 눈길을 엉뚱한 방향으로 돌려야 하는 것도 피곤한 일이었다. 쓸데없이 천장에 매달린 크리스털 샹들리에를 노려보다가 그가 있는 쪽으로 고개를 내리는 순간 그와 눈이 잠깐 마주쳤다. 그러나 그의 무심한 눈길은 곧 창가 쪽으로 돌아갔다. 화니는 용기를 냈다.

"실례지만, 어느 나라에서 오셨어요?"

영어로 묻는 소리에 그의 눈길이 다시 화니 쪽을 향했다.

"코리아입니다."

예상대로 그는 영어로 대답했다. 나지막하지만 또렷하고 분명하며 감칠맛이 느껴지는 목소리였다. 그녀의 머릿속에 코리아와 관련된 단어들이 번개처럼 떠오르기 시작했다.

"아, 코리아요? '금강산'이 매우 아름다운 곳이라면서요?"

그의 표정에서 잠깐 놀라움이 스치는 것 같더니 입가에 부드러운 미소가 어렸다.

"금강산을 아시는군요?"

"독서 모임에 나가고 있는데요, 거기서 〈코리아〉라는 책을 읽었어요. 에, 또…… 코리아에는 '양반'들이 산다면서요?"

당시 유럽의 교양인들 사이에서는 미지의 세계에 대하여 소개하는 책들이 유행하고 있었다. 하지만 코리아는 상대적으로 덜 알려진 곳이었다.

"그렇습니다. 마드무아젤, 유럽에 와서 당신처럼 한국에 대해 많이 알고 있는 여성은 처음 만났습니다."

그는 짧게 대답한 후 편안하게 소리 내어 웃었다.

그의 영어는 거의 완벽했다. 억양도 정확했고 어휘 구사도 품위가 있었다.

화니는 스코틀랜드에서 2년간 영어를 배우며 영어통역관 국제자격증을 땄지만, 독일식 악센트는 쉽게 고쳐지지 않았다.

화니는 더 이상 코리아에 대한 화제를 이끌어 나갈 자신이 없어서, 얼른 자신과 엄마를 소개하는 쪽으로 방향을 돌렸다.

"저는 프란체스카 도너고요, 이쪽은 저희 엄마 도너 여사예요."

"도너양, 도너여사, 만나 뵙게 돼서 반갑습니다. 저는 '승만 리'라고 합니다."

"프로이트 미히(저도 반갑습니다)."

도너 여사는 영어를 할 줄 모르기 때문에 독일어로 간단한 인사만 했다. 그는 독일어는 모르는 것 같았다.

화니는 짧게 설명을 덧붙였다.

"우리는 빈에서 왔어요. 제네바에는 관광 삼아 며칠 묵는 중입니다."

"아, 오스트리아 분들이군요."

화니는 대화가 끊어질까 봐 재빨리 다음 질문을 이어갔다.

"영어를 참 잘하시네요. 영국에서 산 적이 있으세요?"

"감사합니다. 저는 미국에서 활동하고 있습니다. 정치적인 사정으로 코리아를 떠나온 지 벌써 20년이 되는군요."

"20년이나…… 그럼, 망명 중이신가요?"

화니가 놀란 듯 물어보자 처음으로 그의 눈에 어떤 감정이 스쳐 지나 갔다. 한국이 오래 전에 일본의 식민지가 되었다는 사실은 그녀도 알고 있었다.

"그렇습니다."

그는 짧게 대답했다. 그의 대답이 너무나 간결해서 잠시 어색한 침묵이 흘렀다. 다행스럽게도 마침 웨이터가 음식을 날라왔다. 비교적 간단한 메뉴를 주문한 그의 음식이 먼저 나왔다. 그는 프랑스어로 정중하게 인사를 한 다음 식사를 시작했다.

곧 이어 도너 모녀가 주문한 음식이 식탁에 차려지기 시작했다. 하지만 화니의 머릿속은 온통 맞은편에 앉은 동양 신사에 대한 관심으로 가득 차 있었다.

'20년간이나 망명 생활을 하고 있다니…… 그는 혁명가일까? 제네바에는 국제연맹 회의에 참석하러 왔겠지? 하지만 코리아는 정식회원국이 아닐 텐데?'

손으로는 소스를 듬뿍 얹은 칠면조 고기를 썰고 있었지만 화니는 식사에 열중할 수 없었다.

'그는 코리아의 왕족이었을까? 무척 교양 있어 보이잖아. 하지만 경제적으로 여유 있어 보이지는 않는걸……. 그래, 재산을 모두 일본에게 빼앗겼을지도 몰라.'

하지만 수많은 질문들이 입 안에서만 빙글빙글 돌 뿐 그에게 다시 말을 거는 것은 쉽지 않았다.

식사가 거의 끝나갈 즈음 나비넥타이를 맨 웨이터가 그에게 다가와 메모지를 전했다. 베른에서 온 기자가 그를 찾는다는 말도 덧붙였다.

"아, 그래요? 감사합니다."

그는 냅킨으로 가볍게 입을 닦고는 급히 일어섰다. 하지만 합석한 화니 모녀에게 예의 바르게 인사하는 것을 잊지 않았다.

"덕분에 즐거운 시간이었습니다. 실례합니다."

그는 성큼성큼 멀어져 갔다.

도너 여사는 멍하니 그의 뒷모습을 바라보는 딸의 팔을 툭 건드렸다. 화니는 화들짝 놀라며 마음을 감추듯 급하게 접시 위의 고기를 한 점 찍어 입에 넣었다.

식당은 다시 부산한 소리로 가득차 있었다.

다음날 아침, 도너 여사는 아침 식사를 하러 식당에 내려가기 전에 호텔 드 루시 503호에서 간단히 화장을 하며 화니를 기다렸다. 오늘따라 일찍 잠에서 깬 화니는 종다리가 지저귀듯이 제네바의 맑은 아침 공기를 찬양하더니 산책을 나갔던 것이다.

"엄마, 이것 좀 보세요."

황급히 객실 문이 열리는 소리가 나는가 싶더니 딸의 들뜬 목소리가 들렸다.

도너 여사는 호텔에서 큰 소리로 떠드는 화니의 무례한 행동에 깜짝 놀라 화장대 거울에서 문 쪽을 향해 돌아앉았다. 그때 화니가 신문 한 장을 불쑥 그녀의 얼굴에 내밀었다.

"화니, 이게 무슨 짓이니? 엄마는 신문을 안 읽잖아!"

그러나 화니의 흥분은 좀처럼 가라앉지 않을 것 같았다.

"엄마, 이걸 보세요. 신문에 난 사진 말이에요. 어제 저녁에 합석한 그 사람이에요. 틀림없어요."

"뭐?"

도너 여사는 화장대 위에 놓여 있는 돋보기안경을 들어 얼굴로 가져갔다.

"안경도 필요 없어요. 여기 제1면에 큼지막하게 실렸어요. 머리기사로."

화니의 말대로 돋보기는 필요 없었다.

〈라 트리뷴 도리앙〉이라는 프랑스어판 신문 제1면에 그 동양인의 사진이 큼지막하게 실려있었다. 동그란 테의 안경을 쓰고 있는 모습만이 어제와 다를 뿐이었다. 몸을 약간 왼쪽으로 틀고 왼손으로 살짝 볼을 싶고 있는 모습은 관록과 지성미를 잘 드러냈다. 사진 밑에는 '이승만 박사'라고 적혀 있었다.

도너 여사는 교양 프랑스어를 배운 적이 있어서 '코리아의 독립을 호소한다!'는 머리기사 정도는 읽을 수 있었다.

"그렇구나. 어제 그 사람이 코리아에서 왔다고 했지."

도너 여사가 맞장구를 쳐주자 화니는 더 신이 나서 말했다.

"이 기사에 그 사람 프로필도 나와 있는데요, 미국 프린스턴 대학교에서 인문학 박사 학위를 받았대요. 정말 멋있죠?"

도너 여사는 안경을 벗으며 화니에게 신문을 돌려주었다.

"사진이 잘 나오긴 했구나. 그런데 그게 어쨌다는 거니? 신문은 봤으니까 이제 화장이나 좀 하렴."

"엄마, 어제 저녁을 함께 먹은 사람이 신문에 났잖아요. 게다가 그 사람은 코리아 임시정부의 대통령이었대요."

화니는 동양 남자에게 지나친 관심을 보이고 있었다. 그 사실에 생각이 미치자 도너 여사의 목소리에 힘이 들어갔다.

"한국은 무척 가난한 나라인가 보구나. 임시정분가 뭔가 대통령씩이나 한 사람이 소시지 하나에 감자 몇 알로 끼니를 때우니 말이야."

은근히 우려하고 있던 말을 듣게 되자 화니는 발끈했다.

"그건 그 사람이 그만큼 청렴하다는 증거예요. 자기 동포들은 굶주리는데 지도자가 호의호식한다면 그것이야말로 부끄러워해야 하는 일이죠."

도너 여사도 말싸움에서 지는 성격은 아니었다.

"이 엄마는 정치 같은 건 모른다. 하지만 청렴한 가난뱅이보다는 융통성 있는 부자가 훨씬 좋더라."

화니의 목소리도 따라서 날카로워졌다.

"엄마는 왜 그분을 깎아내리지 못해서 안달이에요? 저는 개인의 영달만을 위해 사는 인간들을 경멸해요."

"흥, 그래 헬무트도 저 하나만 잘 살려는 인간이어서 헤어진 거니? 여자가 지나치게 고고한 척해도 불행해지는 법이야."

말을 다 하고 나서야 도너 여사는 자신이 딸의 상처를 건드렸다는 것을 깨달았다. 하지만 이미 화니의 눈은 붉게 충혈되어 있었다.

"너무해요, 엄마. 어떻게 딸에게 그런 말을 할 수 있죠?"

화니는 두 손으로 얼굴을 감싸 쥔 채 침대 위에 엎어졌다. 소리를 내지 않으려고 안간힘을 썼지만 그녀의 어깨는 심하게 들먹였다. 화니의 전 남편 헬무트 뵈링은 당시 대중들의 폭발적 인기를 얻고 있던 신생 스포츠인 포멀 아인스(경주용 자동차) 선수였다. 그를 처음 만났을 때 화니는 꽃다운 나이 열아홉 살이었다.

독실한 가톨릭 집안인 도너 씨 부부는 헬무트가 신교도인데다가 직업상 사고를 당할 위험이 많아 처음에는 반대했다. 하지만 두 사람의 사랑이 매우 뜨거워 애지중지하는 막내딸의 고집을 꺾을 수 없다는 것을 깨닫고는 결국 이들의 결혼을 축복해주었다.

하지만 그렇게 시작한 화니의 결혼생활은 불행하게도 오래가지 못했다. 헬무트의 타고난 바람기와 잦은 경주 여행, 낭비벽을 자존심 강한 화니가 참아내지 못했던 것이다. 결혼 후 3년 동안 아이가 없던 화니는 짧은 결혼생활을 정리하고 집으로 돌아왔다.

화니가 결혼한 다음 해에 심장병으로 남편을 잃고 빈 근교의 인체르스도르프에서 혼자 소다수 공장을 경영하던 도너 여사는, 마음의 상처를 안고 집으로 돌아온 막내딸을 따스하게 맞아 주었다. 아들 없이 딸만 셋을 기른 도너 여사는 어려서부터 수학과 어학에 재능을 보였던 막내 화니가 공부를 더 해서 가업을 잇기를 기대했다. 화니의 스코틀랜드 유학은 그렇게 결정된 것이었고, 그 이후로 그녀는 어떤 남자에게도 관심을 보이지 않았다.

그런 딸이 남자에게 관심을 나타내는 것은 환영할 만한 일이었다.

하지만 그 상대가 나이가 쉰은 되어 보이는 동양인이라면 사정이 달랐다. 게다가 인문학 박사라고는 하지만 그는 딸을 호강시켜줄 만한 부자로는 보이지 않았다.

아니, 사실 그런 것은 그다지 중요하지 않았다. 이상한 불안감이 그녀를 감싸 안았다. 아직은 아무런 근거도 없지만, 사랑하는 딸을 영원히 낯선 땅으로 떠나보낼지도 모른다는 불안이 그녀를 예민하게 만들었다.

'내가 지나쳤어. 헬무트 얘기는 하지 말았어야 하는데……'

그러나 도너 여사는 머리가 나쁜 사람이 아니었다. 어떻게 하면 딸의 마음을 달랠 수 있는지 그녀는 잘 알고 있었다. 그녀는 화니에게 다가가 부드럽게 어깨를 쓰다듬으며 말했다.

"화니야, 엄마가 아까 한 말은 미안하구나. 혹시 아니, 그 동양 신사가 지금쯤 아침식사를 하러 식당에 내려와 있을지. 그에게 신문기사를 보여주면 좋아하지 않을까?"

과연 고개를 들어 엄마를 바라보는 화니의 얼룩진 뺨에는 숨길 수없는 기쁨이 가득했다. 화니는 날아갈 듯 엄마의 뺨에 키스한 후 화장실로 달려갔다.

도너 여사는 지금 자신이 잘한 것인지 확신이 서지 않았지만, 딸의 기뻐하는 모습에 우울하던 마음은 풀리는 것 같았다.

'그는 잠시 스치는 사람일 뿐이야. 나이 차도 많이 나고, 게다가 동양인이잖아……어쨌든 빨리 여행을 접고 돌아가야겠어.'

도너 여사에게는 천만다행으로 동양 신사는 아침 내내 식당에 나타나지 않았다.

승만은 달걀 두 알을 컵에 깨뜨려 넣은 후 약간의 소금과 식초를 타서 단숨에 들이켰다. 이런 아침 식사는 식당에 내려갔다 올라오는 번거로움도 피하게 하고, 여행 경비 줄이게 해주었다. 조지워싱턴 대학에 다니던 가난한 유학생 시절에 터득한 방법이었다.

그 후로도 언제 조국이 해방되어 돌아갈 수 있을지 기약 없는 고달픈 홀아비 망명객 생활이 20년 이상 계속되고 있었다. 프린스턴 대학에서 인문학 박사 학위를 받았지만, 조국의 독립을 위해 자신의 목숨을 바치리라 맹세한 20대 이후부터 그의 삶은 부귀영화와는 점점 멀어져만 갔다.

지금의 처지도 한가한 관광객 신분이 아니었다. 그는 대한민국 임시정부의 전권대사 자격으로 홀로 제네바에 파견되었다. 항상 재정문제로 쪼들리는 임시정부의 형편상 수행원을 동반할 수 있는 입장도 아니었다.

1931년 9월부터 시작된 일본의 만주 침략은 중국과 서구 열강들로 하여금 경쟁심을 넘어 위기감을 느끼게 했다. 그 결과 국제평화 유지와 군축을 목표로 이제 막 창립된 국제연맹에서 일본의 만주 침략을 대대적으로 성토하자는 것이 국제사회의 여론이었다. 일본의 식민 통치에 신음하던 한국으로서는 이 행사가 한국의 독립을 국제사회에 호소할 수 있는 절호의 기회였다.

'오늘 제일 처음 만날 사람이 누구더라……'

침대에 붙은 자그마한 책상 앞에 앉아 승만은 다이어리를 펼쳤다. 1933년 2월 22일자 페이지에는 한 시간 또는 두 시간 간격으로 일정과 약속이 빽빽하게 적혀 있었다.

바쁜 하루 일정을 마치고 승만은 밤 10시가 넘어서야 호텔에 돌아왔다. 그는 먼저 프런트에 들러 자신에게 온 우편물을 확인했다.

"오늘은 독터 리에게 온 우편물이 꽤 많군요. 여기 있습니다."

호텔 프런트의 야간 당직인 베른트는 30대의 친절한 젊은이였다. 통신이 발달하지 않은 1930년대 상황에서 호텔 프런트는 매우 유용한 연락원이었다.

"베른트, 항상 수고해 줘서 고맙네."

여행 경비를 아껴야 하는 처지였지만 승만은 베른트에게 충분한 팁을 주는 것을 잊지 않았다.

롱코트를 벗어 왼 팔뚝에 걸친 다음 그 손에 편지 뭉치를 들고 오른손으로 봉투를 하나하나 확인하면서 엘리베이터를 향하던 승만은 문득 걸음을 멈췄다. 겉봉에 아무것도 적혀 있지 않은 흰 봉투가 보였기 때문이다. 호텔 인장이 새겨진, 룸에 서비스로 비치되는 봉투였다.

그는 일본 경찰에 의해 30만 달러라는 거액의 현상금이 붙은 망명정치가였다. 따라서 발신 불명의 편지는 그를 무척 긴장시켰다.

승만은 봉투를 열어볼까 잠깐 망설이다가 다시 프런트를 향해 몸을 돌렸다.

"독터 리, 뭐 잊으신 거라도 있습니까?"

"이 봉투가 내게 온 것이 맞는지 확인해주겠나?"

베른트는 봉투를 이리저리 뒤집어보더니 고개를 옆으로 흔들며 다시 돌려주었다.

"제가 근무하는 동안 접수된 것은 아닙니다. 이런 경우 봉투에 수신인이 적혀 있지 않으면 접수하는 사람이 따로 메모를 해놓는데요……."

"알았네. 내가 낮 근무자에게 직접 물어보겠네. 수고하게."

"감사합니다, 독터 리. 안녕히 주무십시오."

승만은 엘리베이터에 타자마자 발신 불명의 봉투부터 열었다. 내용물을 확인하는 순간 그의 온몸을 휘감고 있던 긴장이 일시에 풀리면서 허탈한 듯도 하고 뭔가 알 수 없는 미소가 저절로 피어올랐다.

봉투 안에는 그의 인터뷰 기사가 스크랩되어 있었다. 정성스럽게 오린〈라트리뷴도리앙〉에 실린 그의 기사였다. 그 외에 별다른 메모는 없었다. 오려진 신문지 조각에서 익숙하지 않은 향수 냄새만이 은은히 풍길 뿐이었다.

화니는 엄마와 다정하게 팔짱을 끼고 제네바의 신시가지에 위치한 론 거리를 걷고 있었다. 길 양쪽으로 새로 지은 고전주의 양식의 석조 건물을 임대한 고급 상점들이 저마다 독특한 문양의 간판을 자랑하며 들어서 있는 가운데, 값비싼 모피 외투를 차려입은 행인들이 넘실거렸다.

제1차 대전의 참혹한 피해와 전후 계속되는 경제 공황도 영세 중립을 선언한 스위스는 비켜 가는 것 같았다. 칼뱅 이래로 신교의 중심지 역할을 하고 있는 제네바로 전쟁을 피해온 지식인과 자본가들이 모여들었고, 미국의 지지로 국제연맹 본부가 설치되면서 각국의 고위급 외교관들까지 유치하게 되자 돈이 몰리는 풍요의 도시가 되어 버린 것이다.

화니 모녀는 로렉스, 오메가 등 스위스가 자랑하는 고급 주얼리와 세계적 명성의 패션 전문점들을 둘러보며 아이쇼핑을 즐기는 중이었다. 도너 여사는 사치스러운 편은 아니었지만 옷에는 관심이 많았으므로 자연스럽게 한 부티크 앞에서 발걸음을 멈췄다.

"어머, 화니야, 저 코트 좀 보렴. 라마 털로 짠 모양이구나. 하얀 털이 정말 우아해 보이지 않니?"

"그러네요."

입으로는 엄마의 말에 맞장구를 쳤지만 화니의 시선은 그 옆의 남성 정장 코너에 고정되어 있었다.

"저기 걸린 까만 모자도 무척 예쁘구나. 너한테 아주 잘 어울리겠는걸."

"그래요?"

하지만 그녀의 머릿속은 한 남자에 대한 생각밖에 없었다.

'독터 리가 저 정장을 입으면 얼마나 잘 어울릴까. 내가 골라 준 옷을 입고 거울 앞에 섰다가 나를 향해 웃으며 돌아서는 거야. 그리고 내 뺨에 키스를 해주며…… 아!'

즐거운 상상을 이어가던 그녀의 눈에 유리창에 비친 길 건너편의 신문 가판대가 들어왔다.

'오늘 신문에도 혹시 그 분 기사가 실렸을지 모르겠네…….'

화니의 몸은 이미 가판대 쪽으로 향했다.

"엄마, 잠깐만 기다리세요."

"그래."

도너 여사는 여성복 진열장에서 눈을 떼지 않은 채 건성으로 대답했다. 돌아보지 않아도 화니가 신문 가판대를 향해 종종걸음을 치는 모습이 쇼윈도 유리창에 비쳐 보였다.

다행히 그날 저녁 이후 그 동양인을 다시 마주치는 일은 없었다.

그리고 어제 아침, 화니가 오려낸 신문기사를 봉투에 넣으며 그에게 전해주겠다고 말했을 때 그녀는 반대할 이유가 없었다. 신문을 보여 주자고 먼저 말을 꺼낸 것은 그녀였기 때문이다.

"엄마, 봉투에는 아무 것도 안 썼어요. 누가 보낸 건지 무척 궁금해하겠죠? 후후후."

프런트에게 봉투를 맡기면서 화니가 짓던 장난꾸러기 같은 표정이 떠올랐다.

신문 한 부를 손에 든 화니가 그녀에게 다가와 팔짱을 꼈다.

"엄마, 그만 가요."

도너 여사는 신문에 대한 언급을 회피했다.

"화니야, 저기 초콜릿 전문점이 있구나. 하나 사가지고 갈까?"

"좋지요."

대답하는 화니의 목소리는 마치 노래하듯 들떠 있었다. 승만은 침대에 걸터앉아 생각에 잠겨 있었다. 벽시계가 오후 10시 15분을 가리키고 있는 시간, 그의 손에는 깨끗이 오려진 신문기사가 비죽 튀어나온 편지봉투가 들려 있었다. 벌써 두 번째 받는 익명의 편지였지만, 누가 보낸 것인지는 이미 알고 있었다.

"아, 그 봉투 말씀입니까? 마드무아젤 도너가 부탁한 겁니다."

프런트 주간 근무인 루이스는 친절하게 2프랑의 팁까지 건네준 미모의 손님 이름을 잘 기억하고 있었다.

"마드무아젤 도너?"

"예. 어머니와 함께 여행 중인 오스트리아 숙녀 분 말입니다."

그는 승만에게 슬쩍 윙크를 보내며 말을 이었다.

"도너 모녀는 우리 호텔에 일주일을 예약했죠. 마드무아젤 도너는 매우 아름답고 친절한 여성입니다. 안 그렇습니까, 독터 리?"

"물론이지, 이제 기억이 나는군."

승만은 잠시 턱을 만지다가 루이스에게 말했다.

"자네, 메모지 한 장만 줄 수 있겠나?"

루이스는 의미심장한 미소를 지으며 데스크 서랍에서 호텔 로고가 새겨진 메모지를 꺼내 재빨리 내밀었다. 승만은 즉석에서 그녀에게 보내는 메시지를 또박또박 영문으로 써나갔다.

당신이 보내주신 친절에 감사드립니다.

- 승만 리

예의에 어긋나지 않는 정중한 인사말이었다. 그런데 오늘 밤 호텔 프런트에서 오늘 날짜의 신문기사가 담긴 봉투를 또 받은 것이다. '허허, 이걸 어떻게 해석해야 하나.' 잠시 편지봉투를 들여다보던 승만은 침대에 벌렁 누워 팔베개를 하고 천장을 올려 보았다. 아담한 체격에 이목구비가 또렷한 미스 도너의 모습을 다시 떠올리는 것은 어렵지 않았다. 그녀는 파랗고 동그란 눈을 반짝이며 그를 쳐다보고 있었다.

'코리아에는 양반들이 산다면서요?' '양반'을 어색하게 발음하던 목소리가 다시 들리는 것 같았다. 승만은 침대에서 벌떡 일어나 책상 앞으로 간 다음 서랍에서 편지지를 꺼내놓고 의자를 바싹 당겨 앉았다.

'흠, 장소는 어디가 좋을까……. 그래, 거기면 좋겠군.'

레만 호반을 산책할 때마다 한번 들어가 보고 싶었던 아담한 카페가 떠올랐다. 승만은 조심스럽게 만년필 뚜껑을 열었다.

화니는 급히 호텔 문을 나서며 왼손을 들어 시계를 들여다보았다. 4시 13분. 약속 시각에서 벌써 13분이나 지나 있었다. 약속 장소인 카페 '라미라쥐'는 몽블랑 다리에서 왼쪽으로 레만호를 따라 약 5분 정도 걸으면 도착하는 가까운 곳이지만, 어젯밤부터 내리기 시작한 눈으로 하얗게 덮여 있는 길이 미끄러워서 마음이 더 조급해졌다.

뽀드득 소리가 선명하게 눈 위를 걸어가며 화니의 가슴은 점점 설렜다. 독터 리가 자신에게 차를 한잔 대접하고 싶다는 편지를 보내온 것이다. 그와 만나기로 했다는 말을 차마 엄마에게는 할 수가 없어서, 관광 도중에 몸이 아프다는 핑계를 대고 먼저 호텔로 돌아와 바쁘게 옷차림을 고친 터라 약속시각을 맞추지 못했다.

세상은 온통 눈으로 하얗게 덮여 있어 더없이 아름다웠다. 하늘도 그와의 첫 데이트를 축복해주는지 다시 분가루 같은 눈을 뿌리기 시작했다. 화니가 조심스럽게 카페 문을 열고 들어섰을 때, 승만은 창가 테이블에 자리를 잡고 앉아 책을 보고 있다가 문에 달린 맑은 종소리에 고개를 들었다. 승만과 눈이 마주치자 얼굴을 붉히며 가볍게 고개를 숙여 인사하는 화니의 모자와 어깨에는 눈이 묻어 있었다. 승만은 급히 자리에서 일어났다.

"미스 도너, 이렇게 와주셔서 감사합니다. 자, 이리로 앉으시지요."

승만은 맞은편 의자를 빼며 화니가 앉는 것을 도와주었다.

"늦어서 죄송합니다. 많이 기다리셨나요?"

화니는 의자에 앉기 전에 뒤를 돌아보며 그에게 사과를 했다.

"천만에요, 미스 도너. 덕분에 기다림도 즐거움이라는 걸 새로 배웠으며 1분이라는 시간이 영원할 수도 있다는 것을 알았죠."

그는 조심스럽게 그녀의 어깨에 묻은 눈을 털어주며 말했다. 승만이 다시 자리에 앉기가 무섭게 콧수염을 멋지게 기른 웨이터가 주문을 받으러 왔다.

"미스 도너, 뭘 드시겠습니까?"

"카푸치노로 할게요."

"아가씨께는 카푸치노를, 내게는 그냥 커피를 주십시오. 아, 물도 함께 주시면 고맙겠습니다."

그는 프랑스어로 능숙하게 주문했다.

드디어 그와 둘이서만 함께 있게 되었다는 행복한 느낌이 화니의 입을 마비시켰다. 물어보고 싶은 것도 많고, 나누고 싶은 얘기도 많았는데, 그런 상상만으로 잠을 설치던 시간도 그렇게 많았는데, 지금은 하나도 생각나는 것이 없었다.

다행히도 그는 이런 어색한 침묵을 깨는 방법을 알고 있었다.

"제 기사가 실린 신문을 보내주신 것에 대해 어떻게 감사의 말씀을 드려야 할지 모르겠습니다. 저나 제 조국에 대해 관심을 보여주는 유럽인을 만나면 그렇게 반가울 수가 없습니다."

"천만에요. 훌륭한 분을 만나 뵙게 된 제가 영광이지요. 노력하시는 일이 결실을 맺어 코리아의 독립이 꼭 성취되었으면 좋겠어요."

화니의 말에 승만은 목이 메었다. 많은 외국 친구들과 정치인들로 부터 비슷한 말을 들었지만, 모든 것이 낯선 제네바 땅에서 정치와 전혀 무관한 그녀로부터 조국의 독립을 빌어 주는 말을 듣는 것은 상상도 하지 못한 일이었다.

"네, 코리아는 반드시 독립할 것입니다."

승만은 간신히 이 말을 하고는 탁자에 놓인 물을 급히 들이켰다.

이번에는 승만의 말문이 막힌 것 같았다. 오히려 탁자에 바싹 다가앉으며 먼저 질문을 던진 것은 화니였다.

"코리아에도 눈이 오나요? 코리아에 대해서 좀더 알고 싶어요."

"물론이죠."

물 잔을 내려놓고 창밖으로 시선을 돌리는 승만의 눈에 20년 전 떠나온 고향의 산천이 손에 잡힐 듯 떠올랐다.

기암절봉이 즐비한 북한산과 맑은 물이 흐르는 청계천, 봄이면 어우러져 피는 목련과 개나리와 진달래……. 어린 시절 친구들과 연 날리기를 하던 마을 뒷산, 복숭아꽃이 만발한 남산골…….

"코리아는 사계절이 아주 뚜렷합니다. 겨울이면 포근한 눈이 내리고, 봄이 오면 온갖 꽃이 피어나죠. 여름이면 갖가지 과일이 무르익고, 가을이면 들에 심은 벼들이 풍요로운 황금빛으로 출렁입니다. 산이 많고 물이 맑아 예로부터 금수강산이라고 불리던 아름다운 땅입니다."

마치 시를 읊는 듯 그의 목소리에는 조국에 대한 사랑이 듬뿍 담겨 있었나.

"그 땅에서 우리 민족은 반만 년 동안 평화롭게 살아왔습니다. 단 한 번도 남의 것을 탐내 다른 민족을 침입한 적이 없었고, 국민들은 예의와 도덕을 가장 귀하게 여기며 살았습니다."

간혹 알아듣지 못하는 단어도 섞여 있었지만, 이상하게도 화니에게는 그의 한마디 한마디가 귀에 쏙쏙 들어왔다.

"대륙에서 멀리 떨어진 섬나라 일본은 예로부터 우리 민족에게서 학문과 기술, 문화를 배워가던 나라였습니다. 그들은 우리 땅에서 나는 쌀과 문화재를 얻기 위해 교역을 애걸하거나 해안을 침략해 도둑질하곤 했습니다."

"그런데 어떻게 전혀 반대의 상황이 되어버린 거죠? 유럽인들은 일본이 동양에서 가장 문명이 발달하고 부강하며 예의 바른 나라라고 알고 있어요."

순진하게 물어본 화니의 말이 그의 눈에 드리운 그늘을 한순간 더 짙게 만든 것 같았다.

"문명의 거대한 조류가 방향을 바꾸었기 때문이지요."

그는 침착하게 커피 잔을 들어 한 모금 마시고 말을 이었다.

"지난 2천 년간 가장 뛰어난 발명품은 동양에서 나왔습니다. 종이, 화약, 비단…… 이 도자기만 해도 그렇지요."

그의 말에 화니는 선선히 고개를 끄덕였다.

"우수한 문화재들은 동양에서 탄생하여 서양으로 전해졌습니다.

그런데 그 흐름이 바뀌게 된 겁니다. 지난 수세기 동안 서양에서 더 훌륭한 발명품들이 나오게 된 거죠. 기차, 자동차, 증기선 같은 뛰어난 교통수단, 싸고 질 좋은 상품을 대량으로 만들어내는 생산체계, 그리고 민주주의!"

"아!"

어느덧 화니는 동서양의 문명을 꿰뚫는 승만의 박학다식함과 논리 정연함에 감탄하고 있었다.

"무엇보다도 전쟁 무기와 군대 조직의 발달이 큰 역할을 했습니다. 과거에 동에서 서로 흐르던 문명은 매우 평화적인 것이었지만, 이제는 급격한 전쟁 능력의 차이를 수반하면서 파괴적이고 침략적인 흐름이 되었습니다. 해양국가 일본은 그 흐름의 변화를 아시아에서 가장 먼저 탔기에 부강한 나라가 될 수 있었죠. 하지만 그들은 서양제국에 비해 산업발달이 늦었기 때문에 그 약점을 보완하기 위해 더욱 더 침략 전쟁이라는 수단에 매달리게 되었습니다……. 코리아의 불행은 여기서부터 시작되었죠."

"독터 리의 말씀을 들으니 모든 것이 명확하게 이해되는군요."

화니는 코리아에 대한 깊은 동정심을 느꼈다. 그녀의 조국 오스트리아 역시 역사의 무대에서 지는 해였던 것이다. 제1차 대전에서 패전국에 속한 오스트리아는 참혹한 댓가를 감수하고 있었다. 그녀는 살며시 손을 들어 탁자 위에 놓인 승만의 손등을 부드럽게 쓰다듬어주었다. 그 조용한 위로의 손길은 승만의 팔을 타고 올라가 심장을 두드리더니 마음의 벽 한구석을 무너뜨렸다.

그는 손등을 뒤집어 그녀의 손길을 자신의 손바닥 안으로 이끌었다. 그녀의 손바닥에는 어느새 촉촉한 땀이 배어 속살 같은 감촉이 느껴졌다. 승만은 그녀의 손을 가볍게 잡아 끌어 자신의 입술로 가져갔다.

창밖으로 떨어지는 눈송이는 점점 커져가고 2월의 제네바에는 일찌감치 어둠이 덮이고 있었다. 시간이 어찌나 빨리 가는지 그녀가 두 번째 주문한 찻잔이 비워진 지도 이미 오래였다.

"당신을 돕기 위해 무언가를 하고 싶어요."

화니가 갑자기 생각난 것처럼 급하게 입을 연 것은, 마음이 통하는 대화로 충만해진 두 사람이 그 느낌을 소중히 마음에 새기듯 묵묵히 창밖을 바라보고 있을 때였다.

그 말을 들은 승만의 눈이 조금 커지는가 싶더니 길쭉한 원호로 바뀌어갔다. 웃으면 눈가에 잡히는 주름도 그가 즐거워하는 표정을 더욱 매력적으로 보이게 만들었다.

"그 마음만은 가슴 깊이 새겨놓겠습니다. 미스 도너."

마음만이라니, 화니는 잠깐 서운한 감정이 들었다. 그녀는 절대로 빈말을 하는 성격이 아니었다.

"독터 리. 저도 꽤 쓸모가 있을걸요? 저는 영어통역관 자격증이 있고요, 물론 영문 타자도 칠 줄 알아요. 그리고 또……."

"말씀만은 감사합니다. 그러나……."

"여기서 외교 활동을 하시는 동안 비서가 필요하지 않겠어요? 물론 월급을 주실 필요는 없고요."

화니의 마음은 긴 방황 끝에 비로소 삶의 목표를 찾은 순례자처럼 뜨겁게 달아올랐다.

도너 여사의 표정은 싸늘했다.

"엄마, 죄송해요. 그만 저녁시간을 넘겼네요."

화니는 혀를 살짝 내밀며 애교스럽게 말하고 엄마를 포옹하려 했지만 도너 여사는 단단히 화가 나 있었다.

"몸이 아프다던 애가 메모 한 장만 달랑 남겨놓고 나가서 지금이 몇 시냐?"

"엄마가 좋아 하시는 초콜릿 사왔어요. 미안해요."

"그 동양 녀석이 그렇게 좋던? 걱정하며 기다릴 이 어미는 안중에도 없어?"

"엄마, 그런 게 아니라……."

"정신 차리거라, 그렇게 싸구려로 놀지 말고."

숨이 턱 막혀왔다. 눈도 몹시 쓰라렸다. 동시에 어떤 불덩이 같은 것이 화니의 속에서 치밀어 올랐다.

"엄마, 저 미국에 갈거예요!"

"뭐?"

"결심했어요. 미국에 가서 독터 리를 돕기로요."

"아니, 얘가. 지금 무슨 소릴 하는 거야?"

예상치 못한 화니의 반응에 도너 여사의 날카롭던 기세는 순식간에 누그러졌다.

사실 화니 자신도 이렇게까지 말하게 될 줄은 몰랐다. 엄마의 화가 풀리고 나면 차분하게 그와 만났던 얘기를 할 작정이었다. 그런데 자신을 다그치는 엄마의 태도가 너무나 맹렬해서 그만 마음속에 담아 두었던 말을 순식간에 해버리고 만 것이다.

"너, 지금 뭐라고 했니? 내가 잘못 들은 거지, 그렇지?"

화니의 눈에서는 눈물이 줄줄 쏟아지고 있었지만 속은 오히려 시원했다.

"엄마한테 처음 말하는 거예요. 그분한테도 아직 말하지 않았어요. 하지만 엄마, 진심이에요. 진심으로 그분을 곁에서 돕고 싶어요."

"오, 얘야!"

도너 여사는 격하게 딸을 부둥켜안았다. 손수건을 꺼내 눈물을 닦아주어야 한다는 생각도 들지 않았다. 그저 다 큰 딸이 바람이 되어 어디론가 사라져 버릴까 봐 두려웠다.

"우리 차분하게 얘기를 해보자꾸나, 응?"

아침 일찍 혼자서 산책을 나갔다가 호텔 방문을 열고 들어서던 화니는 깜짝 놀랐다. 침대 위에 놓인 짐이 가득 든 큰 트렁크가 먼저 눈에 들어왔다. 도너 여사는 작은 가방에 화장품과 지갑 등을 주섬주섬 꾸리는 중이었다.

"엄마, 지금 뭐 하시는 거예요?"

화니는 눈이 동그래지며 달려가 작은 가방을 빼앗아 들었다. 가방 안의 것들이 우르르 쏟아지는데도 도너 여사의 대답은 냉정했다.

"네 짐은 엄마가 다 싸놓았다. 옷이나 갈아입으렴."

"무슨 소리예요. 이 방은 아직 예약이 3일이나 남았다고요."

"화니야, 엄마는 이미 결정했다. 집으로 돌아가기로!"

마른하늘에 날벼락 같은 소리였다. 화니는 기가 막혀 멍하니 엄마를 바라보았다. 밤새 이야기했건만 도너 여사는 전혀 달라진 것이 없었다. 집으로 돌아가자는 엄마의 태도는 아주 단호했다.

온몸에서 힘이 빠져나가는 것 같아 화니는 벽을 짚으며 돌아섰다.

'이렇게 돌아가야 하다니, 아직 그 분에게 해야 할 말들이 많은데……'

그녀는 마지막 힘을 짜내 객실 문을 열고 복도로 나섰다. 뒤에서 도너 여사의 냉정한 목소리가 들렸다.

"기차 출발시각은 9시 반이다. 늦지 마라!"

취리히를 향해 달리는 열차의 창밖으로도 눈이 내리기 시작했다.

"엄마, 눈이 와요."

화니가 윗몸을 일으켜 코끝을 창에 바싹 붙이며 말했다. 그녀의 목소리는 어느새 밝아져 있었다.

'녀석, 이제야 풀렸군.'

도너 여사는 누구보다도 딸의 성격을 잘 알았다. 화니는 불같이 화를 내다가도 한번 풀리면 뒤끝이 없었다.

"그래, 올해는 눈이 많이 오는구나. 화니야, 초콜릿 하나 먹을래?"

초콜릿은 화해의 몸짓이었다. 화니는 선뜻 하나를 집어 입으로 가져갔다.

도너 여사도 하트 모양의 초콜릿 하나를 집어 입에 넣었다. 부드럽고 달콤한 초콜릿이 마음까지 따스하게 해주는 것 같았다.

'그래, 이제 다 끝난 거야. 화니야, 그저 여행 중에 있었던 좋은 추억으로 생각하렴.'

하지만 그녀는 꿈에도 생각하지 못했다. 두 사람이 아메리칸 익스프레스를 통해 계속 편지를 주고받을 줄은, 독터 리가 빈을 방문하게 될 줄은, 그리고 결국 운명의 한 쌍이 될 줄은…….

화니는 다시 창가로 시선을 고정시켰다. 창 너머에서 하얀 머리에 콧날이 반듯하고 사슴처럼 선한 눈매의 동양 신사가 자신에게 미소를 보내고 있었다.

1933 · Wien

빈 숲에서 청혼을 받다

빈, 영어로는 비엔나.

대한제국과는 1892년 수교를 맺은 오스트리아의 수도다.

인구 100만 명이 넘는, 유럽의 몇 안 되는 대도시.

오페라와 고전 음악이 유명한 예술의 도시이기도 하다.

오리엔트 특급이 지나가는 동유럽의 관문.

……그리고 프란체스카 도너 양이 사는 곳이다.

- 승만의 메모 중에서

1934년 이승만 박사와 결혼하기 위하여 미국으로 건너갈
당시의 프란체스카. (사진제공 : 조혜자)

친애하는 이승만 박사님께

지난번 편지에서 당신이 빈을 방문할 계획이라는 글을 읽고 제가 얼마나 기뻤는지 당신은 아마 모르실 거예요. 그 편지를 몇 번이나 읽고 또 읽었어요. 당신이 오시면 어디를 안내해 드릴까 하는 상상만으로도 시간이 금방 가는 거 있죠. 빈은 인구 100만 명이 넘는 큰 도시인데다가 700년 역사를 자랑하는 합스부르크 왕가의 수도였던 만큼 파리 못지않게 문화 유적과 볼거리가 산재해 있거든요.

우선 슈테판 대성당은 꼭 가보셔야 돼요. 가톨릭교도가 아니더라도 그 웅장함과 엄숙함에 감동을 받게 되는 기념비적 건축물이죠. 벽에 붙은 좁은 돌계단을 한참 올라가면 탑 꼭대기에 이르게 되는데, 다리가 아프더라도 꼭 올라가셔야 해요. 한눈에 빈 시가지를 내려다볼 수 있는 유일한 곳이니까요.

황제가 거처하며 집무를 보았던 호프부르크에 가면 호화로운 바로크 실내장식과 다채로운 소장품에 놀라실걸요? 합스부르크 왕가의 여름 궁전이었던 쇤브룬은 넓고 아름다운 정원으로 유명하고요, 투르크 전쟁의 영웅 오이겐 왕자에게 바쳐졌던 벨베데레 궁전은 지금은 아름다운 미술관이 되어 있지요. 박사님처럼 지적인 분에게는 마리아 테레지아 기념상을 중심으로 좌우 대칭으로 나란히 서 있는 자연사 박물관과 예술사 박물관을 꼭 안내해 드리고 싶어요. 역대 황제와 대공들의 소장품이었던 보물들이 박물관을 가득 채우고 있답니다. 진귀한 보석과 골동품은 물론 플랑드르 거장들의 미술 작품도 마음껏 볼 수 있어요. 아주 유명한 곳만 꼽아도 이렇게 볼 곳이 많군요.

빈에는 며칠 간 머무르시죠? 한가하게 관광을 하러 오시는 것이 아니라는 것은 알고 있지만, 단지 며칠 묵고 가기엔 빈은 무척 아름다운 도시랍니다. 적어도 일주일은 계셔야 해요. 그래야 제가 당신께 빈의 멋을 안내해드리는 영광을 얻을 수 있겠죠?

7월 초쯤 오실 예정이라니 아직도 한 달이나 남았군요. 저는 요즘 가게 일을 도와주는 틈틈이 코리아나 기타 약소민족의 독립에 관한 기사를 빠짐없이 스크랩하고 있답니다. 신문기사만으로는 부족한 것 같아서 코리아나 일본, 중국 등 동아시아와 관련된 책들을 도서관에서 잔뜩 빌려와 읽고 있는 중이에요. 당신의 비서로서 외교 활동을 보좌하려면 지금부터 충분한 지식을 쌓아야 하니까요. 그렇죠?

제가 당신을 돕겠다고 나서는 것에 대해 부담을 갖지는 마세요. 지난번 편지에서도 썼지만 저는 월급이나 어떤 대가를 바라는 것이 결코 아니니까요.

제 둘째 언니 베티에게 코리아의 독립운동 이야기를 들려줬더니 언니도 당신의 팬이 된 거 아세요? 당신이 젊은 시절 낡은 전제왕조를 개혁하려고 싸우던 일부터 다 말해주었지요. 감옥에 갇혀 사형선고를 받고 손톱이 다 빠지는 혹독한 고문을 받으면서도 굴하지 않았던 일, 6년간 수형 생활을 하면서도 감옥에 도서관을 세우고 죄수들과 어린이들에게 글을 가르쳐 준 일, 유학생 신분으로 미국 대통령을 만나 코리아의 독립선언서를 전달한 일 등등……. 이 이야기를 하면서 말하는 저나 듣는 언니나 함께 눈물을 흘렸답니다.

베티는 당신이 빈에 오시면 꼭 '자허'에서 커피를 대접해드리고 싶대요. 자허는 빈에서도 아주 유명한 커피숍인데요, 초콜릿으로 만든 케이크와 함께 비엔나 커피를 마시면 정말 맛있답니다.

참, 이곳 날씨가 어떤지 물어보셨죠? 빈의 7월은 햇살이 가장 따사로울 때지만 비가 자주 오는 편이에요. 평균 기온은 섭씨 20도 정도랍니다. 낮에는 따뜻하다가도 비가 오거나 해가 지면 쌀쌀해지기 때문에 겉옷을 꼭 챙겨야 해요. 코리아의 여름은 한 달 내내 비가 오고 습기가 차며 태풍이 분다고 하던데, 맞나요? 저도 공부 많이 했죠?

거실에 있는 괘종시계가 벌써 자정을 알리고 있어요. 아직도 엄마는 밤늦게까지 불을 켜놓고 있다가 아침이면 늦잠을 잔다고 딸에게 잔소리가 심하답니다.

오늘 밤에는 케른트너 거리에서 당신과 함께 거니는 꿈을 꾸게 될지도 모르겠습니다. 어쨌든…… 7월은 오겠죠?

1933년 6월 2일 화요일
당신의 진실한 프란체스카 도너

PS. 빈에 오시면 꼭 같이 가고 싶은 곳이 있습니다. '헤르메스 빌라'라고, 빈 근교 조용한 숲 속에 자리한 요정의 궁전 같은 곳인데요, 합스부르크의 마지막 황후 엘리자베스가 살았답니다. 몇 년 전에 일반인에게 공개된 후로 요즘 빈 사람들이 가장 가 보고 싶어 하는 곳이에요(사실은 저도 아직 못 가봤어요).

승만은 입가에서 미소를 지우지 못하고 편지를 접어 가방에 넣었다. 약속 시각 3시까지는 아직도 40분이나 남아 있었다. 그는 머물고 있는 시내의 호텔에서 전차를 두 번이나 갈아타고 헤르메스 빌라를 품고 있는 빈 숲 초입에 있는 마을에 내렸다. 호텔 벨보이가 이곳까지 오는 교통편과 예상 소요 시간을 자세히 가르쳐주었지만, 낯선 도시에서 약속 시각에 맞추려면 한 시간 일찍 출발하는 것이 안전했다.

알프스 산맥이 동쪽으로 밀리고 낮아져 평야와 만나는 지점인 울창한 빈 숲은 구릉 지대였다. 활엽수와 침엽수들이 적당히 섞여서 뿜어내는 신선한 공기가 일요일 오후를 식히고 있었다.

'흠…… 조용한 숲 속 요정들의 궁전이라…….'

그리스 신화에 나오는 전령의 신 헤르메스. '헤르메스 빌라'는 그 명칭만으로도 승만의 호기심을 자극했다. 오스트리아, 헝가리 제국의 통치자인 황제 프란츠 요셉의 황후 엘리자베스가 살던 빌라가 지금은 일반에게 공개된 관광명소가 되어 있는 것이다. 1929년 뉴욕에서부터 시작된 경제 공황의 여파가 아직도 전유럽을 휩쓸고 있었지만 이곳을 찾는 관광객들의 웃음소리를 멈추게 하지는 못하는 것 같았다.

그가 화니를 기다리며 앉아 있는 벤치는 전차 정류장과 헤르메스빌라로 통하는 숲길이 만나는 공터였는데, 관광객을 위한 마차 정류장으로도 이용되고 있었다. 더운 날씨에도 한껏 성장을 하고 모자까지 챙겨

쓴 신사 숙녀 한 무리가 전차에서 내리는 모습이 보였다. 마차를 타려는 듯 마부와 흥정을 시작하는 사람, 곧장 숲길을 향해 걸어가는 사람 등 삶의 다양한 모습을 구경하는 것도 심심치 않았다.

그때 빌라가 있는 숲 방향에서 엔진 소리를 요란하게 내며 우람한 30년식 메르세데스 카브리오가 정류장으로 달려왔다. 그런데 전차에서 내린 사람들이 조심스럽게 길을 비켜주었음에도 메르세데스 운전자는 신경질적으로 경적을 울리면서 정류장을 지나쳤다. 공터의 비포장도로에서 피어오르는 뽀얀 먼지에 승만의 이마는 절로 찌푸려졌다. 오스트리아의 전제 왕조는 제1차 대전 중 망했지만 귀족과 상류층은 여전히 권위적이고 호사스러워 보였다.

일본의 식민지가 된 지 벌써 23년이 된 그의 조국에도 새로운 귀족들이 있었다. 바로 1910년 일본군이 왕궁을 포위하고 총칼로 위협하는 분위기 속에서 한국의 모든 주권을 일본에게 넘기는 조약을 승인한 후 새로운 주인으로부터 작위를 받고 귀족이 된 자들이었다. 그가 미국에서 박사 학위를 받고 귀국했을 때 이미 조국의 주권은 일본에 넘어간 상태였고 왕궁을 비롯한 서울의 문화유적은 일본에 의해 멋대로 개조, 약탈되고 있었다. 민가를 허물고 넓힌 신작로에는 일본 고관들과 조국을 팔아넘긴 자들의 고급 승용차가 위세를 부리며 달리고 있었다.

"어머, 독터 리!"

그를 부르는 반가운 목소리에 흙먼지와 아픈 추억이 단숨에 날아갔다. 오히려 주변에 상큼한 향기가 날리는 것 같았다.

"미스 도녀."

소리 나는 쪽을 바라보던 승만의 눈은 휘둥그레졌다. 레이스가 달린 흰 블라우스와 꽃무늬가 새겨진 던들을 입은 화니의 모습은 말할 수 없이 화사해 보였다. 몇 달 전 겨울 제네바에서의 인상만을 기억하고 있는 그가, 전차에서 내린 사람들 중에서 선뜻 그녀를 알아보지 못한 것도 무리가 아니었다.

화니는 수줍은 미소를 지으며 손에 든 피크닉 바구니를 바닥에 내려놓고 그의 볼에 가볍게 키스했다.

"미스 도너, 먼저 알아보지 못해서 죄송합니다. 그동안 더욱 아름다워지셨군요. 내가 좀 일찍 나와 있었지요?"

그녀를 미처 알아보지 못한 계면쩍음에 승만은 너스레를 떨었다.

"아뇨, 저도 약속 시각보다 30분이나 먼저 노작한걸요."

어깨를 으쓱하며 눈을 살짝 흘기는 화니의 모습이 무척 사랑스러웠다. 승만은 그녀의 어깨를 부드럽게 안으며 이마에 키스를 했다.

"이게 얼마 만인가요, 미스 도너."

'정확히 137일 만이에요.'

매일같이 그와 다시 만나는 날을 손꼽았던 화니에게는 쉬운 문제였지만, 입 밖으로 꺼내기에는 어려운 대답이었다. 그녀는 대답 대신 몸을 틀어 그의 품에서 빠져나왔다.

"독터 리, 저를 화니라고 불러 주시겠어요?"

"오, 화니. 참으로 예쁜 애칭이구려. 한국말로는 매우 밝은 것을 환하다고 한다오. 그러니 그대는 '밝은' 여인이군요."

"어머, 정말요?"

"그럼, 정말이고말고. 자, 그 바구니를 이리 줘요."

두 사람은 다정하게 팔짱을 끼고 헤르메스 빌라로 가는 숲길을 걸어갔다. 화니는 말없이 발끝만 보며 걸었다. 입을 열면 숨이 가쁠 만큼 심장이 두근거리는 것을 들킬 것 같았다. 다행히 승만이 그녀를 위해 발걸음을 늦추어 주었다. 화니는 점차 마음이 편안해졌다. 숲은 점점 깊어졌지만 이 길이 언제까지 계속되더라도 걸을 수 있을 것 같았다.

그렇게 5분쯤 걸었을 무렵, 뒤에서 가벼운 말발굽 소리가 나더니 지붕 없는 관광마차 한 대가 그들 옆을 지나갔다. 마차 뒷좌석에는 중년 남녀가 타고 있었는데, 두 사람 다 호기심이 가득한 표정으로 화니와 승만을 번갈아가며 쳐다보았다. 양복을 점잖게 차려입은 반백의 동양인과 젊은 오스트리아 여인이 팔짱을 끼고 걷는 모습은 결코 흔히 볼 수 있는 일이 아니었다.

마차가 앞서게 되자 마차 위의 여인이 남자의 귀에 대고 뭐라고 속삭이더니 킥킥거리는 소리가 들려왔다.

'저렇게 예의가 없다니…….'

화니의 두 볼이 화끈 달아올랐다. 화니는 슬쩍 승만의 표정을 훔쳐보았다. 그는 별로 마음을 쓰지 않는 것처럼 보였다. 연륜이 이런데서 나타나는 것 같았다.

마차가 굽은 숲길로 사라지자 화니는 분위기를 바꿔야겠다고 생각했다.

"박사님, 빈에는 얼마나 머무를 계획이세요?"

"글쎄, 수요일이 되어야 확실히 알 수 있겠소."

그는 조심스럽게 대답했다.

"어머, 그럼 수요일까지는 계시는 거네요?"

화니는 일단 반가운 마음이 들었다. 지난번 편지에서 승만이 빈을 방문하는 목적이나 일정을 자세히 쓰지 않았기 때문에 그녀는 그 점이 제일 궁금했다.

"화니."

"예?"

주위에 아무도 없었지만 그의 목소리는 나지막했다.

"이번 여행의 최종 목적지는 모스크바요."

"모스크바요?"

"그렇소. 파리에서 소련 입국 비자를 미리 받아놓았지만, 이번 수요일에 빈에서 소련 대사를 만나 모스크바 일정을 다시 한 번 확인하려는 것이오."

'모스크바!'

모스크바는 1917년 2월 혁명으로 차르의 전제왕조가 무너진 후 연이은 10월 혁명으로 볼셰비키가 집권하면서 세계 최초의 사회주의국가, 소비에트 연방의 수도가 된 곳이었다. 피비린내 나는 혁명들, 계급투쟁, 내란, 사유재산 몰수, 일당독재 등 모스크바가 연상시키는 처절한 이미지들이 화니의 마음을 무겁게 했다. 그녀의 목소리도 따라서 낮아졌다.

"그곳엔…… 무슨 일로 가시는데요?"

"내가 유럽에 온 이유는 오직 한 가지 아니오? 일본의 만주 침략에 위협을 느끼는 나라는 모두 우리 편이 될 가능성이 있소."

"그럼 소련이 코리아를 도와줄 가능성이 있는 모양이군요?"

승만은 대답 대신 바구니를 들어 보였다.

"화니, 뭘 이렇게 많이 싸온 거요?"

그러더니 바구니를 든 팔을 축 늘어뜨리며 익살을 부렸다.

"우아, 굉장히 무거운데?"

무거운 공기가 일순간 날아가 버렸다.

"호호호, 박사님이 좋아하시는 사우어크라우트가 두 병이나 들었지요."

"그래? 두 병밖에 안 들었다는 데 무거운 척하면 안 되겠군. 이영차!"

승만은 자신만만하게 두 손가락으로 바구니를 배 높이까지 들어올렸다. 하지만 곧 두 손가락으로 들기에는 바구니가 좀 무겁다는 것이 증명되었다. 그녀는 슬며시 두 손으로 바구니 밑을 받쳐주었다. 바구니는 그의 가슴 높이까지 번쩍 들렸다.

"음…… 화니."

승만의 목소리가 다시 진지해졌다.

"예?"

화니는 긴장했다.

"방금 한국 속담이 하나 생각났소."

"어떤 속담요?"

"백지장도 맞들면 낫다."

"그럼 우리는 '바구니도 맞들면 낫다'가 되네요."

"하하하, 그렇군."

"호호호……."

그들이 헤르메스 빌라 관람을 마치고 숲 속의 작은 공터 잔디 위에 체크무늬 식탁보를 깐 것은 오후 4시가 조금 넘어서였다.

화니는 집에서 정성껏 준비해온 음식을 바구니에서 하나씩 꺼냈다.

참깨와 해바라기 씨가 촘촘히 박힌 큼직한 호밀 빵에 훈제 돼지고기 한 덩어리, 버터, 사우어크라우트가 연달아 나왔다. 흐뭇한 표정으로 그녀를 바라보고 있던 승만은 말랑말랑한 치즈와 종이에 싼 포도 한 송이가 나오자 감탄을 금치 못했다.

"우아, 이 바구니는 마술에 걸린 게로군. 어떻게 이 많은 것들이 들어가 있었지?"

화니는 조용히 웃으며 집게손가락을 세워 입술에 가져갔다.

"쉬."

이어서 그녀가 재빨리 꺼낸 것은 작은 병에 담긴 백포도주였다.

"박사님, 우리가 빈에서 다시 만난 것을 축하해야 하잖아요, 그렇지 않아요?"

"그럼, 축하해야지."

승만도 거절할 이유가 없었다. 오랜만에 맛보는 행복한 날이었다. 국제연맹총회에서 일본의 만주 침략을 규탄하고 한국의 독립을 호소하기 위해 유럽에 온 지도 벌써 8개월이 되어가고 있었다. 런던, 파리, 제네바, 그리고 다시 파리, 런던, 오늘은 빈. 며칠 후면 한국과 중국의 대일 공동투쟁전선에 소련을 참여시켜보겠다는 실낱같은 희망을 안고 백야의 도시 모스크바로 떠나야 하는 고달픈 몸이었다.

그런 승만에게, 잠시 빈을 거쳐 가는 한 망명 정치가인 자신을 이렇게 기쁘게 맞아주는 화니는 천사보다 더 아름답게 느껴지는 존재였다. 게다가 백포도주의 새콤한 맛은 혀 밑을 감돌아 침샘을 자극했고, 그 맑은 액체에 포함된 적당한 알코올은 오랜 객지 생활에서 쌓인 피로를 말끔히 씻어주고도 남았다.

화니는 두툼하게 썬 빵 위에 버터를 바르고 쉰켄(햄)과 사우어크라우트를 얹어 승만에게 건네주었다. 배추를 아주 잘게 썰어 소금과 식초에 푹 절인 사우어크라우트는 한국인이 좋아하는 김치와 가장 비슷한 음식이었다. 승만은 빵과 함께 한 입 가득 사우어크라우트를 씹으며 연신 고개를 끄덕였다.

다음 빵 조각에 버터를 바르는 화니의 입가에는 미소가 떠나지 않았다. 그와 함께 있는 것만으로도 이렇듯 충만함이 느껴지고, 그가 맛있게 먹는 모습만 보아도 몸이 떨리도록 행복해지는 것. 이런 마음을 표현하는 말은 세상에 딱 한가지 밖에 없다는 것을 그녀는 알고 있었다.

사랑. 철없던 20대의 열정 이후 자신에겐 늘 낯선 감정인 사랑을 화니는 지금 온몸으로 느끼고 있었다. 이 축복을 그녀는 결코 놓치고 싶지 않았다.

'설령 이 만남이 어떤 희생을 요구한다 해도…….'

화니가 건넨 두 번째 빵을 한입 가득 씹고 있던 승만은 그녀가 아직 한 조각의 음식도 입에 넣지 않았다는 사실을 깨달았다. 승만은 화니의 잔에 와인을 가득 부어 권한 다음, 그녀가 천천히 와인을 들이켜는 동안 얼른 빵에 버터를 바르기 시작했다. 그리고 쉰켄을 한 조각 얹어 달콤한 미소와 함께 그녀에게 내밀었다.

"저는 됐어요."

연신 손을 내젓는 화니의 모습이 너무나 사랑스러워 승만은 그녀에게서 눈을 뗄 수 없었다. 그러나 승만은 화니에게 바싹 다가앉으며 짐짓 근엄한 표정을 지어 보였다. 그의 입술 양쪽 끝이 밑으로 축처지면서 두 볼에는 굵은 주름이 나타났다.

"화니, 이걸 거절하면 화낼 거예요. 자, 아."

처음 보는 그의 표정이 무척 재미있어서 화니는 손으로 입을 가리며 웃었지만, 승만은 빵을 내민 채 근엄한 표정을 풀지 않았다. 그녀는 못 이기는 척 눈을 살포시 감고 시키는 대로 입을 벌렸다.

"그래, 그래. 착하지."

화니는 마치 어린애가 된 것처럼 그가 넣어주는 빵을 입으로 받아먹었다. 그의 손가락이 입술에 살짝 닿았던 느낌이 사라질까 봐 그녀는 눈을 감은 채 천천히 빵을 씹었다.

어느새 와인병이 바닥을 보이고 포도 줄기가 앙상해졌다. 화니는 자연스럽게 두 다리를 뻗고 승만의 어깨에 머리를 기댄 자세로 조금 남은 와인을 기울이고 있었다.

"박사님, 시시 황후는 정말 아름다운 여성이죠? 고귀한 기품이 느껴지잖아요. 일국의 황후로서 정말 어울리는 미모예요."

화니는 빌라 현관에 커다랗게 걸려 있던 엘리자베스 황후의 초상화를 떠올리며 말을 꺼냈다. 시시는 엘리자베스의 애칭이었다.

"정말 아름답더군. 하지만 내 눈에는 화니라는 여인이 더 아름다워 보이던걸?"

승만은 사람을 겁내지 않고 모여든 새들에게 빵 부스러기를 던져주며 무심한 듯 그녀의 말을 받았다.

"어머, 박사님. 놀리시면 싫어요."

객관적인 표현은 아니라고 생각하면서도 화니의 가슴은 달콤한 초콜릿처럼 녹아내렸다. 화니 역시 미모에 대해서는 자신감이 있었지만 시시황후는 당대에 누구나 인정하던 유럽 최고의 미녀였다.

화니가 살짝 눈을 흘기자 승만은 농담이 아니라는 듯이 진지한 목소리로 말을 이었다.

"일국의 황후에게는 군림하는 화려한 미모보다 더 중요한 것이 있소. 그게 뭔지 알겠소, 화니?"

화니의 고개가 약간 기울어지는 것을 보면서 승만은 말을 이었다.

"국민들을 사랑하는 따스한 마음이오. 어머니의 사랑 같은 그런 마음 말이오."

그제야 화니는 승만이 무슨 말을 하고 싶은지 어렴풋이 알 것 같았다.

"미국 대통령 링컨은 유명한 말을 했지. 나이가 마흔이 넘으면 사람은 자기 얼굴에 책임을 져야 한다고 말이오. 타고난 용모 보다 후천적으로 갈고 닦은 인품에서 풍겨져 나오는 인상이 더 중요하다는 뜻 아니겠소? 당신이 더 아름다워 보인다는 말은 그런 뜻이오."

"하지만 저는 마흔이 되려면 아직 멀었는걸요?"

무심코 대답한 화니의 말에 승만은 즐겁게 웃어주었다.

"하하하, 그대는 농담도 잘하는구려."

일순 그녀가 무안해하는 것 같아서 승만은 말을 계속 이어나갔다.

"나는 황후의 초상화를 보면서 조선의 명성황후를 생각했다오."

"명성황후가 누군데요?"

"그녀는…… 진정한 의미에서 조선의 마지막 황후였지."

승만은 화니에게 명성황후에 얽힌 조선 왕조의 비극을 간단히 들려주었다.

아시아가 격동의 시기를 맞던 19세기 중엽, 아홉 살 때 부모를 잃고 고아로 자란 한 여자아이가, 외척의 세도를 경계하던 왕의 아버지 대원군으로부터 고아라는 점 때문에 후한 점수를 얻어 열세 살 때 왕비로 간택된 것이 이야기의 시작이다. 그녀가 바로 명성황후였다.

"대원군은 어떤 사람이죠? 왕의 아버지면서 왕은 아니었나 봐요?"

화니는 궁금한 것이 있으면 참지 못하는 성격이었다.

"맞았소. 그는 몰락한 일개 왕족이었는데 자신의 아들이 왕위를 계승받으면서 권력을 쥐게 되었소. 어떤 왕조든 망조가 들면 우선 자손이 귀해지는 법 아니오? 조선의 25대 왕 철종은 후사 없이 젊은 나이에 요절했고 왕비가 다음 왕을 결정하는 권리를 갖게 되었소…….."

승만의 설명을 듣다 보니 화니의 머릿속에는 자연스럽게 오스트리아 합스부르크 왕가의 운명이 떠올랐다. 엘리자베스 황후의 외아들 루돌프는 황위를 물려받을 고귀한 신분이었지만 치정에 얽힌 자살로 일찍 생을 마감하고 말았다. 다음 후계자로 지명된 페르디난도 역시 세르비아인에게 사라예보에서 총격당하고, 그 무렵 제1차 대전이 발발하면서 결국 오스트리아, 헝가리 합스부르크 제국은 역사의 무대에서 사라지게 된 것이다.

"……왕비와 왕비의 친척들은 많은 왕족들 가운데 자신들이 마음대로 요리할 수 있을만한 어린애를 다음 왕으로 지목했던 것이오."

"아하, 그렇군요."

하지만 대원군은 은밀하게 야심을 품고 있던 사람이었다. 자신의 아들이 왕위에 오르자 그는 선왕의 외척들을 몰아내고 국정을 개혁하기 시작했다. 왕권을 강화하고 부패한 관행을 바로 잡았으며, 개항을 요구하는 외국의 함대를 힘으로 물리치는 정책을 펴나갔다. 그러나 세월이 흐르면서 서서히 섭정의 한계가 드러났다. 어린 왕은 성인이 되자 자신을 대신하여 권력을 행사하는 대원군과 갈등을 빚기 시작했다. 그때 젊은 왕에게 용기를 준 사람이 바로 명성황후였다. 그녀는 친정 식구들을 중심으로 세력을 모아 드디어 대원군의 섭정을 끝내는 데 성공했다.

"어머, 명성황후는 상당히 영리하고 용감한 여성이었군요!"

"남편보다 뛰어났지. 그녀는 소극적인 성격의 왕을 대신하여 인사권을 휘둘렀고, 어려운 정치 현안이 닥치면 자신의 의지대로 왕의 결단을 몰아나갔소."

"그녀의 판단이 항상 최선이었어요?"

"글쎄, 설령 평화로운 시대였다 하더라도 권력자의 측근이 실권을 휘두르는 것은 바람직하지 못한 현상이오. 거기서 부정부패가 생기게 되거든. 또 당연한 일이지만 명성황후는 대원군과 평생 동안 대립하게 되었는데, 그것은 곧 조선 지도층의 분열을 가져와 국력을 집중하지 못하게 하는 중요한 요인이 되었소."

대원군이 물러난 후 조선은 일본과 서구 제국에 개방정책을 펴며 국력을 키우려고 했지만 정부의 시책은 계속 실패했다. 시장경제가 아직 발달하지 못한 상태였으므로 국가 재정은 빈약했고, 빈약한 국가 재정은 서구식으로 군대를 개편하고 각종 문물을 수입하기 위해 나날이 늘어가는 비용을 감당할 수 없었다.

마침내 몇 달째 봉급을 받지 못한데다가 군제개편으로 밀려날 처지에 놓인 구식 군인들이 대원군을 등에 업고 폭동을 일으켰다. 모든 책임을 뒤집어 쓴 명성황후는 간신히 수도에서 도피할 수 있었다.

조선 민중들의 눈에는 며느리와 시아버지가 권력투쟁을 하는 것처럼 보였다. 그녀는 도피처에서 청나라에 도움을 요청했고, 청나라가 보낸 군대 덕분에 반란군은 진압되었다.

그러나 시련은 계속되었다. 청군의 개입에 반발한 일본이 청나라에 전쟁을 선포하면서 조선은 두 나라 군대의 전쟁터가 되어 버린 것이다.

"일본이 대륙의 청나라를 이기면서 유럽인들을 놀라게 했지요. 명성황후는 그 후 어떻게 되었죠?"

"혼란의 와중에 남편 곁으로 돌아와 다음 기회를 노리고 있었지. 전쟁을 이긴 일본이 조선과 중국의 랴오둥반도를 점령하자 국제적으로 크게 반발을 사게 되었거든……."

그 반발이란 러시아를 중심으로 한 독일괴 프랑스의 간섭이었다. 청나라와 조선에 국경을 맞대고 있던 러시아는 일본이 청나라를 격파하고 대륙으로 진출하자 극도로 위기감을 느끼게 되었다. 그리하여 동북아시아에서의 세력 균형을 원하는 프랑스와 독일을 끌어들여 함께 일본을 협박함으로써, 일본이 중국과 조선의 점령지에서 군대를 철수하게 만든 것이다. 이때를 놓치지 않고 명성황후는 남편인 고종을 부추겨 친러시아 정책을 취하게 했다. 그녀의 눈에는 러시아가 노쇠한 청나라를 대신할 조선의 보호자처럼 보였기 때문이다. 다 잡은 먹이를 놓친 듯 상처 난 자존심에 미쳐 날뛰던 일본 군국주의자들은 그 희생양으로 명성황후를 지목했다. 조선의 침략을 방해하는 가장 얄미운 존재가 바로 그녀였던 것이다.

"마침내 그자들은 끔찍한 만행을 저지르고 말았소."

"끔찍한 만행……이라고요?"

승만은 긴 한숨을 내쉬었다.

"1895년이니까 내가 스무 살 되던 해였지……. 한창 무더위가 기승을 부리던 8월의 어느 날이었소……."

무기력하고 반개혁적인 조선 왕조의 정책에 젊은 시절 앞장서서 저항하던 승만이었지만 명성황후의 시해를 회상하는 것은 가슴 아픈 일이었다.

일본 군부 내에서도 조선 정벌을 강력하게 주장하던 자들은 비밀리에 암살단을 조직하여 조선에 파견했다. 암살단은 일본공사의 안내를 받으며 한밤중에 왕궁을 습격했다. 그들의 목적은 단 한 가지, 친러시아 정책을 주도하는 명성황후를 제거하는 것이었다. 미처 피신하지 못했던 명성황후는 일본인들의 칼에 처참하게 난자당한 후 시체마저 불에 태워졌다.

"세상에…… 어쩌면 일국의 황후를 그런 비열한 방법으로!"

화니는 일본에 대한 한국인의 증오를 이해할 수 있을 것 같았다.

"엘리자베스 황후도 암살되지 않았소?"

"네, 암살되었어요. 몰락하는 왕가의 운명은 동서양이 비슷한가 봐요. 엘리자베스 황후는 우리가 처음 만났던 제네바에서 암살당했어요. 선착장에서 배를 타려는 순간 칼을 든 사람에게 습격을 당했죠……."

두 사람은 한동안 침묵에 잠겼다. 명성황후가 살해된 후 전개된 조선의 역사는 화니도 책을 통해 어느 정도 알고 있었다. 3국의 간섭으로 조선에서 물러난 일본은 영국과 미국의 도움을 받으며 러시아에 칼을 갈았지만 조선의 개혁은 계속 제자리걸음을 하고 있었다. 그 결과 1904년에 발발한 러일전쟁에서 일본이 승리하자 조선 왕조는 어떤 외국의 도움도 받지 못한 채 종말을 맞았던 것이다.

"박사님은…… 코리아가 언제쯤이면 독립할 수 있다고 생각하세요?"

"언제쯤이라…… 일본 군국주의가 망할 때쯤이겠지."

"그럼 일본 군국주의가 망할 날은 얼마나 남았을까요?"

"짧으면 5년, 길어야 10년!"

자신 있게 말을 내뱉는 그의 눈에서는 형형한 빛이 뿜어져 나오는 것 같았다.

"어떻게 그런 말을 자신 있게 하시죠?"

"일본이 패망의 수순을 밟고 있는 것이 아주 확실하게 보이기 때문이오."

"하지만 지금 보기에는 잘 나가고 있는 것 같은데요? 자원이 풍부하고 드넓은 만주 땅까지 손에 넣었잖아요."

"그러나 그것 때문에 미국, 영국과 사이가 갈라지고 있소. 얻은 것에 비해 잃은 것이 더 크다고 할 수 있지. 하긴 이것도 예정된 수순이었지만."

승만의 말은 거침없었다.

"예정된 수순이라뇨?"

"일단은 영국과 미국의 도움을 받아 청나라와 러시아를 정복하고, 이후 적당한 시기가 되면 영국과 미국의 뒤통수를 쳐서 아시아의 맹주가 된다는 일본의 세계 전략 말이오."

"정말 놀라운 말이네요? 정말 일본이 그런 전략을 꾸미고 있다는 말인가요?"

화니의 눈이 동그래진 것을 보면서 승만은 쓴웃음을 지었다.

"대부분의 유럽인과 미국인이 당신과 같이 생각하도록 만든 점이 일본의 교활한 수법이오. 일본은 서양인들에게 자국을 얌전하고 예의바른 민족으로 선전하면서, 동양인들에게는 그들만이 서양 야만족을 몰아낼 수 있는 유일한 민족이라고 소개해왔단 말이오. 놀라운 이중성이지 않소?"

"세상에…… 그게 정말인가요?"

화니는 입을 다물 수가 없었다.

"상당한 수의 한국인과 중국인이 일본 군국주의에 협력하고 있는 것은 힘에 굴복했기 때문이 아니라 일본만이 아시아를 서구 제국주의로부터 해방시킨다는 감언이설에 속아 넘어갔기 때문이오. 그들의 협력을 계속 이끌어내기 위해서라도 일본은 아시아 전역으로 전쟁을 확대해나갈 수밖에 없는 입장인데, 그 무모한 전쟁이 이제 막 시작되는 것처럼 보이는구려."

"일본은 반드시 전쟁에 진다고 보시는군요."

"하하하, 그건 예언이 아니라 과학적인 분석의 결과요. 현대전은 지난 유럽 대전에서 입증되었듯이 첨단 과학기술의 경연장이자 산업 생산력이 뒷받침된 거대한 소모전이오. 그런데 현재 과학과 산업이 가장 발달한 나라는 미국 아니오? 일본은 미국을 적으로 맞이하는 순간 패망의 카운트다운을 시작하게 되는 거지."

화니는 묵묵히 고개를 끄덕이다가 승만의 얼굴을 똑바로 바라보며 핵심적인 질문을 던졌다.

"일본이 패한다고 코리아가 독립한다는 보장이 있나요?"

"그 보장을 받아내는 것이 바로 내가 해야 할 일이오."

그의 대답은 간명했지만 강한 자신감과 사명감이 내비쳤다.

화니는 오른손을 들어 승만의 볼을 부드럽게 어루만졌다.

"그래요, 당신은 하실 수 있을 거예요."

"고맙소."

"지난 유럽 대전에서 패전국의 식민지들은 거의 다 독립했어요. 그러니까 일본이 전쟁에서 진다면 코리아가 독립하는 게 당연해요. 저도 당신이 꿈을 이루는 것을 도울 수 없을까요?"

승만은 깊이 감동받은 듯 한동안 그녀의 얼굴을 바라보았다.

"당신을 귀찮게 하지는 않을 거예요. 월급도 필요 없어요. 그냥……."

승만은 살며시 집게손가락을 자신의 입술에 대며 말을 막더니, 양복상의 안주머니에서 무엇인기를 꺼냈다.

"화니, 이것이 무엇인지 알겠소?"

그의 손에는 군데군데 검은 칠이 벗겨지고 반지르르하게 손때가 묻은 제법 오래된 공예품이 들려 있었다. 공예품에는 가지런한 면으로 매우 촘촘한 빗살이 파여 있었다. 그녀의 머릿속에 어떤 단어가 떠올랐지만 이런 모양과 재질은 처음 보는 것이었다. 화니가 자신 없는 표정으로 고개를 흔들자 승만은 미소를 지으며 그것을 들어 가볍게 머리 빗는 시늉을 해보였다.

"아하, 빗이군요!"

"맞았소. 이게 한국의 전통양식으로 만든 참빗이라오."

"빗이 아닐까 생각했는데, 빗살이 무척 촘촘해서 혹시 다른 용도가 있나 생각했어요."

"이 빗은 돌아가신 내 어머님께서 물려주신 유일한 물품이오. 어머님은 이것으로 내 머리를 빗겨주며 이도 잡아주곤 하셨지."

그 오래된 한국 빗을 바라보는 승만의 말투에는 짙은 감회가 어려있었다. 1896년에 시작된 개혁의 일환으로 단발령을 실시하기 전까지 모든 조선 사람들은 남녀노소 할 것 없이 긴 머리를 하고 있었다. 조선은 동양 삼국 중에서 가장 철저하게 유교를 받들 던 나라였기 때문이다. 유교의 가르침 중에는 부모님이 물려주신 것이므로 머리카락 한 올도 함부로 잘라서는 안 된다는 구절이 있었다. 이에 따라 여자는 물론 남자아이들도 머리를 길러 댕기를 꼬았다. 그러다가 나이가 들면 댕기를 풀어 머리 꼭대기에 상투를 트는 것으로 성인이 되었다는 것을 나타냈다.

"호호호, 그러면 박사님도 어렸을 적엔 머리를 따고 다녔겠네요?"

댕기머리를 하고 있을 승만의 어린 시절 모습을 떠올리자 화니는 절로 웃음이 나왔다. 그러나 승만의 표정은 진지했다.

"화니, 한국 속담에 '과부 주머니엔 은이 서 말이고, 홀아비 주머니엔 이가 서 말이다'라는 속담이 있소. 무슨 말인지 알겠소? 내가 가진 재산은 어머님께서 물려주신 이 빗 하나뿐이라오."

그제야 화니는 느닷없이 승만이 어머님께서 물려주신 빗을 꺼낸 이유를 깨달을 수 있었다. 승만을 바라보는 그녀의 눈빛도 진지해졌다.

"당신은 그 어떤 재산보다 훨씬 소중한 것을 가지고 있어요."

승만은 자신을 똑바로 바라보며 말하는 화니의 눈동자에서 영롱한 빛이 일렁이는 것을 느꼈다.

"그것이 무엇이오?"

"그것은 당신의 고귀한 이상이에요. 자신이 태어나고 살아온 땅에 대한 애정, 외세에 억압받고 고통당하는 동포들에 대한 헌신, 빼앗긴 국권을 회복하겠다는 고귀한 신념, 그 모든 것들이죠. 그것이 당신의 재산이고…… 매력이에요. 억만 금을 주고도 살 수 없는, 아무도 흉내 낼 수 없는 매력이죠."

"화니!"

낮게 울리는 승만의 목소리는 화니에게 받은 감동을 감추지 못했다. 승만의 부드러운 손길이 화니의 뺨에 닿는가 싶더니 곧 그들은 서로를 강하게 부둥켜안았다.

"오, 박사님!"

승만의 뜨거운 입김이 화니의 눈꺼풀과 코를 스치더니 입술 위에서 멈췄다. 첫 키스는 길고 감미로웠다. 그러나 승만의 입술이 아쉬운 듯 화니의 입에서 떨어진 후 제일 먼저 내놓은 말은 더욱 달콤했다.

"화니, 나와 결혼해주시오."

그날 밤, 늦게야 집에 돌아온 화니는 침대에 누워서도 쉽게 잠을 이룰 수 없었다. 하지만 조금도 이상한 일은 아니었다. 오늘은 제네바의 호텔 식당에서 승만을 처음 만난 이후 단 하루도 잊어본 적이 없는 그로부터 청혼을 받은 날이기 때문이다.

그와 함께 유럽과 미국 각지를 다니며 한국의 독립을 호소하고, 일본 경찰의 감시를 피해 상하이로 배를 타고 가서 한국의 독립운동가들과 밀담을 나누는 짜릿한 꿈을 수도 없이 꾸어보았지만, 그가 자신에게 청혼을 하는 장면은 상상도 할 수 없었다. 그저 그를 도와 타이프로 영문 편지를 작성하고 사무실에서 자료를 찾아주고, 여행길을 수행하는 정도로도 충분히 행복하다고 생각했었다.

"지금…… 뭐라고 하셨죠?"

"나와 결혼해 주시오. 진심이오."

"오, 하나님!"

화니는 정신을 가다듬으려고 돌아앉으며 가슴에 손을 얹었다. 눈앞에서 빛의 무리가 빙글빙글 도는 것 같았다.

"역시 당신에게 청혼하기에는 내 나이가 너무 많은 것이오?"

"아니에요. 그렇지 않아요."

"그렇다면……."

그의 떨리는 목소리는 그녀의 대답을 재촉했다.

"너무 가슴이 떨려서…… 그래도 대답을 먼저 해야겠죠? 그래요, 예스, 예스."

"고맙소, 화니. 정말 고맙소!"

승만은 다시 그녀를 부둥켜안으며 정신없이 키스를 퍼부었다.

화니가 그렇게 쉽게 청혼을 허락한 것은 정말 이상한 일이었다. 남녀가 사랑에 빠지는 것과 결혼하는 것은 비슷한 것 같지만 전혀 다른 일이기 때문이다. 예순 살이 다 되어가는 남자가 그토록 매력적으로 느껴지는 것은 사랑이지만, 그 결혼은 곧 과부가 될 수도 있는 길이었다. 식민지 망명 정치인을 영웅적으로 바라보는 것은 사랑이지만, 그 결혼은 곧 떠돌이 무국적자의 아내가 되는 것을 의미했다. 동양적 매력과 신비감을 느끼는 것은 사랑이지만, 그 결혼은 곧 문화적 마찰과 차별성을 헤쳐가야 하는 길이었다.

혼자 남은 엄마와 떨어져 다시는 만나기 어려운 수만 리 타향으로 가게 할 것도 그 결혼이었다. 아무것도 모르고 있는 엄마에게 생각이 미치자 그녀의 가슴이 아려왔다.

'엄마, 미안해요. 하지만 나도 어쩔 수 없어요. 배운 것도 많고 갖은 풍상을 다 겪어본 사람이 오다가다 길에서 만난 나에게 청혼을 했답니다. 엄마 딸은 이제 겨우 서른세 살인 걸요. 온실 안에서만 자랐고요. 그런 내가 어떻게 그에게 사랑과 결혼은 다른 것이라고 강의를 할 수 있겠어요. 그저 운명이려니 생각하고 이 운명을 소중하게 가꿔나가고 싶어요. 사랑하면서 결혼하지 못하는 것은 비극이지만, 사랑으로만 결혼하는 것은 축복이잖아요. 그렇지만 엄마한테는 정말 미안해요.'

그렇게 생각하면서도 늦게 들어왔다고 툴툴대며 문을 열어주던 엄마의 얼굴 위로 승만의 얼굴이 떠오르는 것은 어쩔 수 없었다.

'사, 랑, 해, 요.'

그가 가르쳐준 가장 인상 깊은 한국말이었다.

'이히 리베 디히, 사랑해요. 이히 리베 디히…….'

화니는 몇 번이고 이 말을 되뇌면서 마법사의 주술에 걸린 것처럼 포근한 잠으로 빠져들었다.

카페 자허는 케른트너 거리와 알베르티나 광장을 잇는 짧은 필하모니커 거리에 자리 잡고 있었다. 1840년 프란츠 자허가 처음 만들어낸 초콜릿토르테가 선풍적인 인기를 끌고 그의 며느리 안나가 운영을 이어 받은 이후, 이 카페는 빈에서 아주 유명한 곳 중의 하나가 되었다.

승만의 팔짱을 낀 화니가 행복한 표정으로 카페 문을 밀며 들어선 것은 오후 4시가 조금 넘었을 무렵이었다. 승만이 대리석과 샹들리에로 화려하게 장식된 실내를 둘러보는 동안 화니는 오른쪽 구석 자리에서 담배를 물고 있는 베티를 어렵지 않게 발견할 수 있었다. 화니의 둘째 언니 베티는 가족 중에서 화니가 승만과 사귀고 있는 사실을 알고 있는 유일한 사람이었다.

베티는 함박웃음을 담고 자신을 향해 다가오는 화니를 발견하고는 10년 만에 만난 친구처럼 과장된 몸짓으로 동생을 포옹했다. 그러나 그녀의 시선은 곧 동양 신사에게로 옮겨갔다.

"화니야, 이분이 바로……."

"그래, 이분이 독터 리야. 인사하세요, 제 언니……."

"반갑습니다, 독터 리. 저는 베아트리체인데 그냥 베티라고 불러주세요."

화니의 말이 끝나기도 전에 베티는 애교가 듬뿍 담긴 목소리로 자신을 소개하면서 승만에게 악수를 청했다.

"저도 만나서 반갑습니다. 영어를 아주 잘하시는군요."

"어머, 고마워요. 독터 리가 오신다기에 영어 공부를 좀 했죠. 호호호."

화니는 흐뭇한 표정으로 두 사람이 악수를 나누는 모습을 바라보았다.

베티는 두 연인의 사랑의 가교였다. 승만이 묵고 있는 호텔로 화니가 처음 편지를 했을 때 답장을 받을 수 있는 주소는 빈 시내에 있는 베티가 세든 집이었다. 베티가 엄마의 눈을 피해 승만의 편지를 전해주지 않았다면 그들의 사랑이 이루어지는 것은 불가능했다. 세 사람은 자리를 잡고 앉아 그 유명한 자허토르테를 커피와 함께 주문했다. 주문을 받은 웨이터가 정중하게 고개를 숙이고 물러나자 베티가 승만에게 질문을 던졌다.

"독터 리, 빈 관광은 많이 하셨어요?"

"예, 화니 덕분에."

승만은 옆에 앉은 화니와 눈을 마주치며 말을 이었다.

"이렇게 훌륭한 가이드를 만나지 못했다면 제 아무리 아름다운 곳이라도 눈에 들어오지 않았을 겁니다."

"혹시 제 동생 뒷모습만 보며 따라다니신 건 아니겠죠?"

"옆모습이었습니다. 우린 쭉 팔짱을 끼고 걸었거든요."

"호호호, 정말 말씀을 재밌게 하시네요."

"아이들을 가르치다 보면 농담이 늘죠. 늘 딱딱한 내용만 얘기하려면 나도 지루하고요."

화니가 중간에 끼어들 틈이 없을 정도로 승만과 베티는 주거니 받거니 말을 이어나갔다.

"하와이에서 한인학교를 운영한다는 말은 들었지만, 직접 아이들도 가르치세요?"

"벌써 옛날얘기입니다. 내가 직접 가르쳤던 아이들은 이미 학부형이 되었죠."

"독터 리, 우리 언니도 선생님이에요. 빈에 있는 초등학교."

화니가 얼른 끼어들었다.

"아, 그렇습니까? 우린 통하는 점이 많군요."

"또 통하는 점이 있어요. 여기 있는 우리 세 사람은 모두 독신이잖아요."

"하하하……."

"호호호……."

동양 남자 한 명과 오스트리아 여인 둘이 만들어가는 분위기는 매우

화기애애했다. 승만이 잠시 화장실에 간 사이, 베티는 담배를 꺼내 불을 붙여 한 모금 길게 빨고는 화니에게 짓궂은 질문을 했다.

"너, 저 남자에게 푹 빠졌구나. 그렇지?"

"응, 그렇지 뭐. 사실은……."

"정말 괜찮다, 애. 상상한 것보다 훨씬 잘 생겼어. 나이도 그리 들어 보이지 않고. 날씬하잖아. 학식도 풍부하고!"

"사실은…… 나 청혼 받았어."

"뭐?"

갑자기 베티의 눈이 동그래졌다. 그들이 사랑에 빠진 것은 이미 눈치 채고 있었지만 며칠 사이에 이렇게까지 진도가 나간 줄은 상상하지 못했던 것이다. 화니는 언니 앞에서도 부끄러운 듯 눈을 내리 깔았다.

"그래서, 너는 어떻게 대답했는데?"

"나도 얼마나 놀랐는지 몰라. 그 말을 듣는 순간 정신이 하나도 없더라고."

"그래서 뭐라고 대답했느냐니까?"

베티의 목소리는 흥분으로 가늘게 떨렸다.

"베티, 아직 아무한테도 말하면 안 돼. 엄마나 마리아에게 말이야. 알았지?"

마리아는 화니의 큰언니였다. 베티와는 달리 얌전한 성격의 마리아는 일찌감치 결혼하여 지금 두 딸의 어머니였다.

"너, 그럼…… 승낙했구나?"

"응."

너무도 선선한 화니의 대답에 베티는 벌린 입을 다물지 못했다. 저 혼자 타 들어간 담뱃재가 탁자 위에 떨어졌다.

"우리는 미국에서 살림을 차리게 될 거야. 비자가 나오는 대로 그를 따라가기로 했거든."

"축하한다, 화니. 정말 축하해!"

베티는 급하게 담배를 재떨이에 비벼 끈 후 몸을 일으켜 탁자 건너의 동생을 포옹했다.

"고마워, 베티."

짧은 포옹을 마치고 다시 앉으려는 베티의 눈에 자리로 돌아오는 승만이 들어왔다. 베티는 벌떡 일어나 막 앉으려는 승만을 포옹했다. 승만은 영문도 모른 채 잔뜩 상기된 베티로부터 키스 세례를 받고 말았다.

"독터 리, 축하해요. 당신은 세상에서 가장 귀한 보석을 얻은 거예요!"

"보, 보석요?"

아직도 얼떨떨한 표정의 승만을 향해 화니는 살짝 윙크를 해주었다.

오스트반호프는 동유럽을 거쳐 소련으로 가는 기차가 출발하는 동구의 관문이었다. 그런 까닭에 플랫폼은 무거운 여행 가방을 들고 기차를 타려는 사람들과 화물을 나르는 수레로 무척 혼잡했다. 화니는 모스크바로 떠나는 승만을 배웅하고 있었다.

기적소리가 이별을 아쉬워하는 연인들을 재촉하듯 요란하게 울렸다. 화니는 승만과 마주 보고 서서 헤어지고 싶지 않은 듯 그의 두 팔뚝을 꼭 쥐었다.

"화니, 시간이 정말 무척 빨리 가버리는구려. 하지만 일주일 정도만 기다리시오. 내 기차표는 왕복이라오, 하하하."

"피, 왕복이지만 트윈은 아니잖아요."

화니는 짐짓 토라진 표정을 지었다. 함께 가지 못해 아쉬워하는 그녀의 마음을 알고 있었지만 승만은 모른 척할 수밖에 없었다. 그로서도 이번 모스크바행은 왠지 내키지 않는 걸음이었다. 러시아 시절부터 겨울에도 얼지 않는 항구를 확보하기 위해 남진할 수밖에 없었던 소련이, 동쪽 끝으로 국경을 접하고 있는 코리아를 얼마나 탐내고 있는지 잘 알고 있었다. 소련 역시 코리아의 입장에서는 매우 위험스런 이웃이었다.

그러나 어제의 적이 오늘의 동지가 되고 어제의 동지가 오늘의 적이 되는 냉혹한 국제 외교의 무대에서, 조국의 독립에 도움이 된다면 실오라기만한 가능성이라도 잡아야 하는 것이 그의 입장이었다. 다시 한 번 기적이 요란하게 울렸다. 기적 소리는 말문이 막힌 승만을 구해주는 구세주 같았다. 그는 급히 양손에 여행 가방을 집어 들었다.

"화니, 내 며칠 내로 다시 돌아오리다."

"부디…… 몸조심하세요."

승만이 그녀의 이마에 가볍게 키스를 하고 몸을 돌려 열차계단을 올라가자 기다렸다는 듯이 기차 바퀴가 움직이기 시작했다. 화니는 멀리 방향을 튼 기차가 점점 작아져서 보이지 않을 때까지 하염없이 플랫폼에 서 있었다.

며칠 후 화니는 뜻밖에도 집 앞 정원수에 묶여 있는 파란 리본을 보고 깜짝 놀랐다. 그 리본은 승만이 모스크바에서 돌아왔다는 것을 알리기 위해 미리 약속한 표시였다. 아직은 그녀의 집을 직접 방문할 처지가 아닌 승만이 제안한 방법이었다. 승만이 돌아올 때가 안 됐다는 것을 잘 알고 있었지만 화니는 설레는 마음으로 약속된 호텔을 찾아갔다.

"오, 마이 허니!"

방문이 열리자마자 단추가 풀린 셔츠 차림으로 그녀를 뜨겁게 안아 준 것은 바로 승만이었다.

"아, 박사님. 정말 반가워요. 그런데 어떻게……."

그를 다시 만나게 되어 말할 수 없이 반가운 가운데도 화니는 예정보다 빨리 만나게 된 이유가 무척 궁금했다. 승만의 안색은 며칠간의 기차 여행으로 초췌해 보였지만 화니를 바라보는 그의 눈동자는 이글이글 타오르고 있었다.

"당신이 보고 싶어서 하루 만에 짐을 싸들고 다시 왔소. 믿어지오?"

"오, 세상에!"

화니는 더 이상 말을 이을 수 없었다. 그의 뜨거운 입술이 그녀를 원하고 있었다.

"화니!"

"박사님!"

그날이 두 사람의 첫날밤이었다.

승만의 모스크바 밀행을 알게 된 일본 외무성이 소련 관리들에게 그의 퇴출을 요구했고, 일본과 남만주철도 매매 협상을 벌이고 있던 소련 정부가 일본의 요구를 수용함으로써 승만이 빨리 돌아오게 된 것이었다. 승만의 입장에서는 다시 한 번 느끼게 된 약소국의 비애였고, 소련으로서는 훗날 독립하게 된 코리아의 가장 유력한 지도자를 적으로 만들게 되는 작은 에피소드였다. 그리고 덕분에 화니는 승만의 품에 안겨 앞으로 미국에서 함께할 행복한 날들을 꿈꿀 수 있었다.

1934 · New York

오직 사랑 하나만으로

1934년 10월 8일 미국 뉴욕에서 이승만 박사와 결혼.

(사진제공 : 김노디 컬렉션 Nodie Kim Collection)

사랑하는 화니에게

그대와 빈에서 만난 것이 어느덧 1년이 되었구려. 지금도 눈을 감으면 그대와 함께 거닐던 빈의 숲길이 눈에 선하오.

어머니와 그대의 누이들도 잘 지내는지요. 이 편지에서 그대에게 반가운 소식을 전하게 되어 내 마음이 얼마나 기쁜지 모르오. 드디어 그대의 미국 비자 문제가 잘 해결되었소.

빈 주재 미국 대사관에서 당신의 비자 신청을 이런저런 핑계를 대며 미룬다는 그대의 편지를 받고 내 어찌 편히 잠을 이룰 수 있었겠소. 그래서 몇 날을 고민한 끝에 지난 22일 미스터 혼벡을 방문했소. 그는 미 국무부에서 정치고문을 맡고 있는 사람이오.

나는 미 행정부와 의회의 고위 인사들을 많이 알고 있지만 그들에게 개인적인 청탁을 한 일은 한 번도 없었소. 조국의 독립을 위한답시고 자신의 이득이나 챙기는 정치 모리배로 오해받기 싫었기 때문이오. 그러나 당신의 비자 문제는 결코 내 개인적인 문제가 아니었소. 내게 미국 영주권이 없다는 이유로 당신이 나와 결혼하러

오기 위해 신청한 비자를 거부한다는 것은 나에 대한 일종의 정치
압력이기 때문이오.

1904년 겨울, 미국에 첫발을 디딘 이후 나는 지난 30년 동안 여러
가지 이유에서 미국 시민권을 취득하라는 권유를 받았소. 하지만
내 대답은 언제나 단호했소.

"우리 한국은 곧 독립할 것입니다. 나는 영원한 한국인으로 남고
싶지 미국인이 되고 싶지는 않습니다. 기다려주십시오."

미스터 혼벡은 나의 정당한 항의를 주의 깊게 듣더니 당신의 비자
발급 문제에 협조할 것을 약속했소. 그리고 당신에게 나와의 결혼
을 축하한다는 말도 전해달라고 했소. 이 얼마나 반가운 말이오?
곧 빈주재 미국 대사관에서 당신에게 통보가 갈 것이오. 당신이 뉴
욕에 도착하는 대로 멋진 결혼식을 올리려고 계획하고 있소. 허니
문으로 미국 대륙을 횡단하는 자동차 여행이 어떻소? 미국 각 주
에 흩어져 있는 나의 친구와 지지자들도 만나보고 말이오. 그들은
우리를 따스하게 맞아줄 거요. 여행의 종착지는 하와이 호놀룰루
요. 하와이에 대해서는 당신도 많이 들어보았으리라 믿소. 당신이
태어난 1900년에 미국의 준주로 편입된 곳으로, 태평양에 떠 있는
여러 개의 섬들이 모여 있는 곳이라오. 그중에서도 오아후는 1년
내내 따스한 햇살이 내리쬐는 섬으로 야자수가 늘어선 멋진 해변,
호놀룰루가 있는 곳이오. 하와이는 내게 제2의 고향 같은 곳이라
오. 그곳에는 내 손으로 세운 학교와 교회가 있고, 지금껏 기쁨과
슬픔을 함께했던 동지들이 있소.

당신의 어머니에게도 다시 한 번 감사한다고 전해주시오. 사랑하
는 딸을 머나먼 이국땅으로 시집보내는 어머니의 마음을 내 어찌
모르겠소. 우리 한국이 독립하는 날 제일 먼저 당신의 어머니를 초
대할 것을 약속드려주시오. 그대 언니 베티와 마리아에게도 안부

를 전해주시오.

비자를 받는 대로 곧 답장 해주기 바라오.

1934년 7월 25일 몽클레어 호텔 1208호

당신의 영원한 승만 리

10월 4일 오전 10시.

갑판에 선 화니 앞으로 저 멀리 줄지어 늘어선 마천루들이 빚어내는 멋진 스카이라인이 서서히 다가왔다. 날씨는 맑았고 적당히 부는 바닷바람은 상쾌했다.

화니는 독일의 북부 항구 도시 함부르크에서 대륙간 여객선 '유럽호'를 탄 지 6일 만에 뉴욕 항 앞바다에 들어서고 있었다. 그녀의 주위에는 오랜 항해 여행에 지친 승객들이 저마다 갑판에 나와 신대륙의 번영을 대표하는 도시의 첫인상을 가슴 깊숙이 새기고 있었다.

대부분 기회의 나라 아메리카에 첫발을 디디려는 이민자들이었다. 유럽의 끔찍했던 전쟁과 경제 공황에서 탈출하기로 마음먹은 그들에게 뉴욕은 기회의 도시였다. 그러나 화니에게 뉴욕은 그리운 임이 기다리는 곳이었다. 잠시 후 배가 정박하고 입국 수속을 마치면 그토록 그리던 사람을 보게 되는 것은 물론 그와의 꿈같은 결혼이 기다리고 있었다. 게다가 이 결혼은 화니에게 큰 희생을 요구한 결정이었다. 승만에게 청혼을 받고 떨리는 마음으로 수락했던 그날 이후, 화니에게 남은 문제는 완고한 어머니로부터 결혼 승낙을 받아내는 것이었다. 부모의 승낙을 받아야 결혼할 수 있는 나이는 지난 지 오래지만, 사랑하는 막내딸을 머나먼 대륙으로 떠나보내야 하는 엄마의 상심을 조금이나마 덜어줄 수 있는 방법을 찾아야 했다.

알프스를 타고 내려온 단풍이 화니의 집 앞마당에 있는 은행나무를 노랗게 물들이던 어느 토요일 저녁, 화니는 정성껏 식사를 장만했다. 식탁 양쪽에 은촛대를 놓고, 엄마가 가장 좋아하는 1930년산 화이트와인을 준비하는 것도 잊지 않았다. 그녀는 엄마와 조용히 대화할 시간을 가지기 위해 가정부 하우프트만 부인에게 이틀간 휴가를 주기까지 했다.

"화니, 이렇게 먹음직스러운 송어 요리는 정말 오랜만이로구나!"

아무것도 모르고 식탁 앞에 앉은 도너 여사는 감탄사를 아끼지 않았다. 화니는 노안이 된 엄마를 위해 은접시에 놓인 송어 가시를 발라 주고 맞은편 자리에 앉았다. 등가시를 발라낸 송어의 연한 살 위로 도너 여사가 뿌리는 레몬향이 진하게 풍겨왔지만 화니는 전혀 식욕을 느낄 수 없었다. 마음을 굳게 먹고 말을 꺼내야 한다고 다짐에 다짐을 했지만 점점 눈앞이 뿌예졌다. 이제 고향을 떠나면 다시는 엄마에게 송어 요리를 해드릴 수 없을지도 모른다는 생각이 들자, 그녀는 급히 무릎 위에 놓았던 냅킨을 들어 눈 밑을 찍었다.

그제야 도너 여사는 딸의 이상한 낌새를 눈치 챈 것 같았다.

"얘야, 너…… 무슨 일 있니?"

화니는 고개를 들어 엄마의 얼굴을 똑바로 바라보았다.

"엄마, 나 미국으로 가게 됐어요."

"뭐, 뭐라고?"

도너 여사는 가슴이 덜컹 내려앉았다. '미국'이라는 단어에 유쾌하지 않은 기억의 한 조각이 머리에 떠올랐다. 제네바의 한 호텔에서 딸이 이와 비슷한 말을 했던 것도 같았다.

'그 사람과의 관계는 이미 다 끝난 줄 알았는데…….'

충격을 받은 듯한 엄마의 표정에 약해지려는 마음을 다잡으면서 화니는 식탁 밑 서랍에서 승만에게서 온 초대장을 꺼냈다.

"이게 뭐냐?"

도너 여사는 딸이 내미는 초대장에는 손도 대지 않은 채 냉정하게 물었다.

"미국에서 온 초대장이에요, 엄마."

"그 동양인이 보낸 것인가 보구나, 그렇지?"

"네, 독터 리가 보낸 거예요. 그분이 나에게 청혼을 했어요."

도너 여사는 쾅 소리가 나게 식탁을 내리치며 분노를 가득 담은 목소리로 외쳤다.

"이런 염치없는 녀석이 있나!"

"우리 결혼을 허락해 주세요."

"절대로 안돼! 너 고생하는 꼴을 내가 어떻게 보겠니."

"엄마!"

화니는 뛰듯이 식탁을 돌아서 고개를 외로 꼬고 있는 어머니 옆에 무릎을 꿇었다.

"내가 고생하는 것은 걱정하지 마세요. 단지 엄마 곁을 떠나는 것이 마음 아플 뿐이에요."

"그런 걱정은 말아라. 네가 잘살면 나는 그만이야. 하지만 이 결혼은 절대 안 돼!"

"엄마!!"

도너 여사는 냉정하게 자리를 박차고 일어섰다.

"그 사람과 너는 모든 것이 맞지 않아. 그는 나이가 많은데다가 식민지 출신의 동양인이야. 나는 한눈에 알아봤다. 가난뱅이에다 되지도 않을 일을 선동하고 다니는 혁명가. 너는 실컷 이용만 당하다가 결국은 불행해질 거다."

엄마의 말 마디마디는 날카로운 비수처럼 화니의 가슴에 상처를 안겼다.

"엄마, 그는 온건하고 이성적인 사람이에요. 얼치기 혁명가가 아니라고요. 그는 엄마의 딸을 사랑하는 한 남자일 뿐이에요. 저는 그의 꿈을 믿어요. 그를 진심으로 사랑하고요. 그런데 뭐가 더 필요하죠?"

"더 듣기 싫다!"

도너 여사는 도망치듯 방으로 들어가 문을 쾅 닫아버렸다. 그 시간부터 도너 여사는 방 밖으로 한 걸음도 나오지 않았고, 음식도 입에 대지 않았다. 화니가 정성껏 끓인 수프를 들고 들어가도 침대에 돌아누워 눈물만 흘렸다. 그럴 때마다 화니는 뒤돌아서서 나올 수밖에 없었다. 그래도 한마디는 잊지 않았다.

"엄마, 사랑해요. 하지만 우리의 결혼 약속은 어쩔 수 없어요."

그렇게 이틀이 흘렀다.

하우프트만 부인이 휴가에서 돌아오기로 한 날 아침, 도너여사는 몰라보게 수척해진 얼굴로 거실에 나와 화니와 마주 앉았다.

"너는 옛날부터 내가 어쩔 수 없는 딸이었지. 자식 이기는 부모는 없나 보다."

"엄마!"

화니는 감격에 겨워 엄마를 불렀지만, 코가 시큰해져서 뒷말을 이을 수가 없었다.

벽에 걸린 남편의 사진을 흘긋 바라보는 도너 여사의 눈에는 다 큰 딸을 어떻게 할 수 없는 안타까움이 어려 있었다.

"그래, 언제 가기로 했니?"

"비자가 나오는 대로요."

엄마가 고집을 꺾은 모습을 보이고 있는데도 화니는 기쁘지만은 않 았다.

"그자가 네게 지참금을 요구하지는 않더냐?"

"전혀요, 엄마. 오히려 배표 살 돈을 부쳐주었어요."

하시만 이 말은 거짓이었다.

"그래? 흠…… 그는 미국에 집이라도 한 칸 있다던?"

화니는 고개를 가로저었다.

"우리 사이에 그런 것은 중요하지 않아요."

도너 여사는 한숨을 내쉬었다.

"코리아가 독립할 기미는 좀 보인다던?"

"당장은 어려울 거예요. 하지만 기회가 오고 있다고 했어요."

"그가 너를 정말 사랑하니?"

"네, 엄마. 저도 그를 사랑하고요."

도너 여사는 눈을 돌려 창밖을 바라보았다. 목소리가 다시 냉정함을 되찾고 있었다.

"네 큰언니 마리아에게 연락을 보냈다. 공장과 가게는 형부 루돌프가 맡아서 운영할 게다. 이 엄마는 이제 많이 늙었어."

결국 그렇게 되겠지만 서운한 마음이 드는 것은 어쩔 수 없었다. 소다수 공장은 아빠가 돌아가신 후 엄마와 화니가 운영하던 가업이었다.

"원래는 네 것이 될 수 있었는데 이제는 아니구나."

드디어 유럽 호가 맨해튼의 사우스 스트리트 시포트에 정박하자 승객들은 콩이 자루에서 쏟아져 내리듯이 일제히 배에서 내리기 시작했다. 화니도 1등석 승객들에 섞여 항구에 첫발을 내딛었다. 이민객들이 길게 줄을 선 입국 심사대와는 달리 여행객들을 위해 마련된 출구에서 미 국무부의 특별 비자가 찍힌 여권을 제시한 그녀는 간단히 통로를 빠져나올 수 있었다. 초조한 표정으로 긴 행렬을 이루고 있는 이민객들의 부러운 눈초리가 등 뒤로 따갑게 느껴질 정도였다.

'드디어 미국에 온 거야!'

화니는 설레는 마음으로 주위를 둘러보았다. 거대한 대합실에는 수많은 사람들이 북적거렸지만 그녀가 그토록 보고 싶어 하는 얼굴은 쉽게 눈에 띄지 않았다.

'내가 엉뚱한 출구로 나왔나? 분명히 여기가 맞는데……?'

화니는 조금씩 불안해지기 시작했다.

"마담, 택시를 타실 것 아닙니까?"

화니가 뒤를 돌아보자 그녀의 커다란 여행 가방들을 핸드카에 싣고 따라온 흑인 포터가 싱글거리며 대답을 기다리고 있었다.

"조금만 기다려주세요. 마중 나온 사람을 만나야 하거든요."

주변에서는 연신 반가운 사람들끼리 만나 터뜨리는 환성과 뜨거운 포옹들이 연출되고 있었다.

"혹시 나오는 출구가 여기 말고 또 있나요?"

이미 복잡한 출구 한쪽에서 5분 정도를 기다린 포터의 얼굴에는 짜증스런 기색이 완연했다.

"여기뿐입니다, 마담."

그의 대답은 화니를 더 초조하게 만들었다.

"미안합니다만 저는 다른 승객들 짐을 더 날라야 하는데요."

"아, 그렇군요. 미안해요."

화니는 얼른 지갑에서 1달러짜리 지폐를 꺼내 그에게 건네주었다. 팁을 받은 포터는 무표정한 얼굴로 돈을 챙기더니 그녀의 짐을 대합실 의자 옆에 대충 쌓아놓고 부리나케 사라져버렸다.

갑자기 신대륙에 홀로 남겨진 것 같은 막막함이 화니를 휘감았다.

동시에 온갖 불길한 생각들이 떠오르며 그녀의 머리를 뒤죽박죽으로 만들었다.

혹시 그가 자신의 도착 날짜를 착각하고 있는 것일까, 오다가 교통사고를 당한 건 아닐까, 아니면 엉뚱한 곳에서 애타게 자신을 찾고 있지는 않을까, 아니면, 아니면…….

그렇게 불안 속에서 승만을 기다린지 30분이 흘렀다.

"화니."

구세주의 목소리 같았다. 대합실 출입문을 뚫어지게 바라보다가 짐을 쌓아놓은 벤치 쪽을 돌아보던 화니는 얼른 고개를 돌렸다.

"오, 박사님!"

엷은 갈색 정장을 입은 승만이 그녀를 향해 손을 흔들며 급한 걸음으로 다가오고 있었다. 누가 먼저랄 것도 없이 두 사람은 서로를 부둥켜 안았다.

"화니, 먼 길 오느라 고생이 많았지. 오래 기다렸소?"

"아니에요. 이렇게 박사님을 다시 만나다니…… 모든 것이 꿈만 같아 요."

30분 동안이나 그를 기다리며 애태웠던 마음은 이미 신기할 정도로 녹아 사라진 뒤였다.

"나도 그래. 더 일찍 도착하려고 했는데 오는 길에 가벼운 자동차 접 촉 사고가 있었지 뭐요."

"자동차 사고요? 어디 다친 데는 없어요?"

"걱정하지 말아요. 다친 사람은 아무도 없소. 정말 기다렸소, 화니!"

그는 걱정하지 말라는 듯 부드럽게 그녀의 어깨를 안아주었다.

"아 참."

승만은 잊고 있던 일이 생각난 것처럼 그녀를 떼어놓으며 주변을 둘 러보았다. 부드러운 인상에 콧수염을 기른 서양신사가 그의 뒤에서 흐 뭇한 미소를 머금고 그들을 바라보고 있었다.

"서로 인사하시오. 내 약혼녀 프란체스카 도너, 이 신사는 내 친구 킴벌랜드 대령이오."

"미스 도너, 뉴욕에 잘 오셨습니다."

키가 큰 킴벌랜드 대령은 약간 허리를 굽히며 화니에게 악수를 청했 다.

"고맙습니다. 저도 만나 뵙게 돼서 반가워요."

인사가 끝나자 승만이 화니의 손에 든 가방을 건네받았다.

"자, 이제 가면서 밀린 얘기를 합시다. 차를 청사 입구에 세워놓았거든."

"잠깐, 짐이 더 있어요."

화니가 한쪽에 쌓아놓은 자신의 짐을 가리키자 승만은 짐짓 놀라는 표정을 지었다.

"아니, 화니. 아예 옷장을 통째로 가져온 것 아니오?"

화니의 짐은 커다란 나무상자 네 개, 여행용 가죽 트렁크 두 개에 그녀가 들고 있는 가방 하나였다. 신부의 짐으로서는 결코 많은 편이 아니었다. 하지만 그녀는 이렇게 말해주는 승만의 마음 씀씀이가 고마웠다.

"미스 도너, 저희 집에는 다행히 옷장이 넉넉합니다. 걱정하지 마십시오."

어리둥절해하는 그녀의 모습에 승만이 얼른 대령의 말을 받았다.

"우리는 뉴욕에서 이 친구의 집에 묵게 될 거요. 결혼식도 거기서 올리고."

"어머, 그래요? 대령님 저택이 굉장히 큰 모양이군요."

"하하하…… 뉴욕에서는 결코 큰 편에 들지 못합니다."

말은 그렇게 했지만 대령은 상당히 유쾌한 표정이었다. 승만은 자랑스럽다는 듯 대령의 어깨를 두드렸다.

"그래, 34층짜리 건물은 뉴욕에선 작은 편이지."

그리고 화니를 향해 한쪽 눈을 찡긋해 보였다.

"화니, 이 친구의 집은 호텔이오. 호텔 몽클레어."

대령이 손수 운전하는 링컨 리무진을 타고 호텔로 가면서 화니는 차창 밖으로 보이는 풍경에 정신을 차릴 수 없었다. 1934년의 뉴욕은 미국 경제를 대표하는 인구 1천만 명의 대도시일 뿐 아니라 세계에서 가장 화려한 도시였다. 1929년의 세계 경제 공황을 촉발한 증권 파동의 진원지였지만 전혀 아랑곳 않는 듯 새로 지은 초고층 건물들이 줄줄이 늘어서 있었다.

"와……."

화니는 고층 건물의 꼭대기를 보기 위해 목을 길게 뺐다가 다시 허리를 숙여 올려다보았다. 그래도 차 안에서 건물의 상층부를 보는 것은 불가능했다.

"화니, 유럽에서는 저렇게 위로만 뻗은 건물들은 보지 못했지?"

"대단해요. 마치 건축 기술의 한계를 보는 것 같아요."

뉴욕의 마천루 경쟁에 불을 붙인 것은 1913년 유통 재벌 울워스가 세운 울워스 빌딩이었다. 그러다가 1930년에 높이 318미터의 크라이슬러 빌딩이 세워지며 기록을 갈아치웠고, 화니가 뉴욕에 도착하기 3년 전에 완공된 엠파이어 스테이트 빌딩이 지상 102층 381미터의 높이로 세계 최고 빌딩의 기록을 보유하고 있는 참이었다.

"어떤 사람들은 마천루를 바벨탑에 비유하기도 하지. 인간의 오만함에 대한 경고의 상징 말이오. 어쨌든 지금 미국이 누리고 있는 번영을 뉴욕의 마천루만큼 잘 보여주는 건축물은 없는 것 같소."

"정말 그러네요."

입으로는 승만의 설명에 맞장구를 치면서 화니의 눈길은 거리로 향했다.

건물의 1층에서는 온갖 상점들이 세계 전역에서 들여온 각종 상품들을 전시해 놓고 행인들을 유혹했다. 거리는 아일랜드인, 중국인, 아프리카인, 유대인, 이탈리아인, 인도인 등 인종 전시장을 방불케 하는 수많은 사람들이 가득 메우고 있었다. 화니의 눈길을 좇던 승만이 이들 네 명 중 한 명은 실업자라고 귀띔해주었다. 포드, 크라이슬러 같은 싼 자동차들과 메르세데스, 캐딜락 같은 고급 자동차들이 한데 섞여 넓은 도로를 뒤덮고 다니는 것도 장관이었다. 파리, 런던, 암스테르담 등 유럽의 대도시를 다녀본 화니였지만 뉴욕만큼 모든 것이 크고 새롭고 혼잡한 곳은 없었다.

맨해튼 동부의 렉싱턴 애버뉴에 있는 호텔 몽클레어는 승만의 프린스턴 대학 동창인 킴벌랜드 대령이 경영하는 호텔이었다. 대령은 승만을 열렬히 지지하는 친한파 미국인 중 한사람이었다. 그런 인연으로 승만은 뉴욕에 오면 저렴한 비용으로 이 호텔에 장기 투숙했던 것이다.

대령은 그들을 위해 전망 좋은 18층의 방까지 직접 안내를 해주더니 승만을 향해 한쪽 눈을 찡긋하고는 사라졌다. 거실에 방이 두개나 달린 스위트룸이었다.

화니가 꿈을 꾸는 듯한 표정으로 거실을 둘러보는 동안 승만은 창가로 다가가 커튼을 열었다.

"화니, 이리로 와보시오."

"와아!"

창 아래로 복잡한 뉴욕에 어울릴 것 같지 않은 푸른 녹지가 드넓게 펼쳐져 있었다.

"저기가 센트럴파크요. 뉴욕의 허파지. 오늘 저녁에 저곳으로 산책을 나가봅시다."

"오, 박사님! 정말 행복해요."

화니는 격정적으로 승만의 어깨를 안았다.

"나도 그렇소. 이 먼 곳까지 당신이 찾아와 주다니…… 당신을 보고 있으면서도 꿈을 꾸고 있는 듯한 기분이오."

"저는 당신이 있는 곳이라면 그 어떤 곳이라도 찾아왔을 거예요."

"내가 코리아 서울에 있었어도?"

"일본인들이 방해하지만 않는다면요."

"음…… 일본인들이 방해한다면?"

승만이 짓궂게 묻자 화니는 그를 밀치는 시늉을 하다가 주먹을 살짝 쥐고 그의 가슴을 두드렸다. 그러나 그녀의 주먹은 점점 약해지더니 슬며시 풀리며 승만의 목을 휘감았다. 승만의 키스는 그만큼 달콤하고 부드러웠다.

다음날 화니는 승만의 손에 이끌려 뉴욕 관광에 나섰다.

"자, 화니. 유럽에서는 당신이 가이드였지만 여기서는 내가 가이드요."

"저는 정말 행복한 여자예요."

"왜?"

"결혼식도 하기 전에 신혼여행으로 뉴욕 관광부터 하니까요."

승만은 호탕하게 웃었다.

"하하하, 이건 시작일 뿐이오. 역마살이 뻗친 남자를 만났으니 이제부터 지겹도록 여행을 할 걸?"

"피, 당신은 엉터리 가이드예요."

"왜?"

"자신이 안내할 여행을 지겨울 거라고 하잖아요."

"하하하, 당신 말이 맞소. 미스 도너, 그럼 엉터리 가이드와 나가 볼까요?"

"좋아요. 하지만 먼저 들를 데가 있어요."

"어디요? 당신이 뉴욕에서 제일 먼저 가보고 싶은 데가."

"우체국요. 어젯밤에 집에 보낼 편지를 썼거든요."

화니는 웃으며 핸드백에서 편지를 꺼내 보였다.

"화니, 당신은 정말 효녀로군. 그런데 이거 어떻게 하지? 우체국이 어디 있는지 모르겠는걸?"

승만의 과장된 몸짓에 화니는 그의 가슴을 콩콩 두드렸다.

"당신은 정말 엉터리예요."

"항복, 항복. 그렇지만 좋은 방법이 있어."

"뭐죠?"

"편지를 호텔 프런트에 맡기는 거지."

하지만 호텔을 나서자마자 그가 절대 엉터리 가이드가 아니라는 사실이 드러났다. 30여 년 째 미국 생활을 하고 있는 승만은 뉴욕에 대해 웬만한 미국인보다 더 잘 알고 있었다. 화니는 뉴욕의 명소들을 다니면서 승만으로부터 미국의 초기 이민사에서 최근의 정치 현안에 이르기까지 풍부한 에피소드를 곁들인 설명을 들을 수 있었다. 그의 설명은 그가 겪었던 생생한 사건들이 녹아 있어서 더욱 생동감이 넘쳤다.

맨해튼 북부의 롱아일랜드 섬 오이스터베이에 있는 하계 백악관은 승만이 평생 잊지 못할 특별한 추억이 어려 있는 곳이었다. 그곳에서 1905년, 미국에 온 지 1년 밖에 안 된 유학생이 미주 한국인 대표의 신분으로 미국 대통령을 만났던 것이다. 짧은 면담이었지만 서른 살의 이 청년은 러일전쟁의 중재를 맡은 루스벨트 대통령에게 한국의 독립을 보장해 달라는 청원서를 당당하게 제출했다.

"대단한 일이었네요. 그때 기분이 어땠어요?"

두 사람은 엠파이어 스테이트 빌딩 전망대에 있었다.

"사실 정신이 하나도 없었지. 루스벨트는 체격이 건장하고 콧수염을 멋들어지게 기르고 있었는데, 나를 만났을 때는 승마복 차림이었소. 내게는 아주 희망적인 말을 해주었지."

"그럼 그가 코리아를 위해 정말 힘을 써주었나요?"

"그 반대였지. 그는 이미 일본과 비밀 협정을 맺어놓고 있었거든.

미국의 필리핀 지배를 일본이 묵인하는 대신 일본의 코리아 지배를 미국이 묵인한다는 내용으로 말이오. 물론 나는 그런 비밀 협정을 맺은 줄은 까맣게 모르고 있었소."

"루스벨트는 정말 음흉한 사람이었군요. 그래 놓고 당신은 왜 만나주었죠?"

"글쎄, 일본에 대한 협상력을 높이려는 계산이 아니었을까? 당시에는 코리아가 완전히 식민지로 전락한 상태는 아니었으니까."

"아무튼 당신은 일찍부터 놀라운 경험을 했군요?"

"그런 셈이지. 실패로부터 배우는 경험."

담담하게 대답하는 승만의 얼굴에는 산전수전을 다 겪은 노장의 관록이 넘쳐났다.

뉴욕시 컬럼비아 대학도 승만의 추억이 남아 있는 장소였다.

"프린스턴 대학에서 내 입학 신청을 받아주지 않았다면 나는 이 대학에 다녔을지도 모르오."

창밖으로 대학 캠퍼스가 보이는 한 레스토랑에서 점심을 먹고 난 후 커피를 마시며 승만이 입을 열었다.

"프린스턴 대학이 까다로운 입학 조건을 내걸었나 보군요?"

"하하하, 까다로운 것은 나였지."

"네?"

화니는 어리둥절했다.

"내가 입학 허가를 요청하는 편지에서 까다로운 조건을 내걸었던 말이오."

"재미있군요. 무슨 조건이었는데요?"

"2년 안에 박사 과정을 마치게 해달라는 요구였소. 보통은 4년이 걸리는 과정인데 말이오. 우리나라의 형편이 무척 위태로웠기 때문에 빨리 졸업하고 돌아가야 했거든. 내 요구를 들어주지 않으면 컬럼비아 대학에 등록하겠다고 엄포를 놓았지. 다행히 프린스턴이 내 조건을 들어주었소. 하하하."

그 웃음에는 열악한 환경을 배짱과 신념으로 극복한 자신감이 어려 있었다.

"그럼 2년 만에 박사 과정을 마친 거예요?"

"그 대신 무척 많은 강의를 들어야 했소. 그중에는 수강료가 아까운 과목도 있었지만. 그중에…… 대표적인 것이 국제법이었지."

"국제법이 어때서요?"

"국제법이란 게 순 사기더란 말이오. 법이란 효력과 강제력이 있어야 하는데, 지금 국제사회에 그런 것이 존재하오? 비밀 협상이나 무력을 앞세운 침략이 나라 간에 정식으로 맺은 조약을 우선하고 있는 현실에서 국제법은 휴지 조각이나 마찬가지지. 안 그렇소?"

"그렇군요."

국제법과 관련된 논문으로 박사 학위를 받은 그의 입에서 나오는 말들은 굉장한 아이러니를 담고 있었다.

점심 식사 후 두 사람은 리버티 섬으로 갔다. 화니는 자유의 여신상을 찬찬히 살폈다. 그 거대한 조각은 오른손에는 횃불을 들고 왼손에는 작은 두루마리를 가슴 쪽으로 안고 있었다. 그 두루마리는 토머스 제퍼슨이 기초한 미국의 독립선언서였다.

"아시오? 코리아에도 독립선언서가 있소, 화니. ……그해는 유럽대전이 끝나고 파리에서 강화회의가 열리던 1919년이었지……."

"1919년이면 당신이 임시정부의 대통령으로 선출되었던 해네요?"

"그렇소. 그해 3월, 한국에서는 세계에서 유래를 찾아볼 수 없는 대규모 평화 시위가 벌어졌지. 그 자리에서 우리 민족의 대표들이 독립선언서를 낭독했소."

승만의 목소리에는 자신의 민족에 대한 자랑스러움이 배어 있었다. 그 시위로 자신감을 회복한 한국인들은 임시 정부를 구성하고 승만을 대통령으로 뽑았던 것이었다.

"저도 그 독립선언서를 읽어보고 싶어요."

"영어로 번역해 놓은 것이 있으니 워싱턴에 있는 내 사무실에 가면 보여주리다."

"워싱턴에는 언제 가죠?"

"흠…… 결혼식이 끝나면 바로 가지 뭐."

화니는 갑자기 그가 예비한 결혼식이 궁금해졌다.

"그럼 우리 결혼식은 언제하죠?"

"오늘 당장 하지 뭐."

"정말요?"

그녀의 눈이 동그래지는 것을 보며 승만은 재미있다는 듯이 너털웃음을 웃었다.

"하하하. 왜 내가 너무 서둘렀나?"

"그건 아니지만……."

"걱정 마시오, 화니. 정식 결혼식은 8일로 잡아놓았소. 오늘은 시청에 혼인 신고를 하러갑시다."

"당신은 미국 시민권이 없다면서요?"

"그래도 혼인 신고는 얼마든지 할 수 있소. 자, 시청이 문을 닫기 전에 얼른 갑시다."

승만은 양복 조끼 주머니에서 회중시계를 꺼내 보더니 급하게 재촉했다. 화니는 승만이 이끄는 대로 정신없이 맨해튼으로 돌아가는 배에 올랐다.

"오, 박사님! 믿을 수가 없어요. 우리가 드디어 결혼을 했군요."

시청에서 간단한 혼인 신고를 마치고 근처 레스토랑에서 저녁을 먹은 후 둘만의 공간으로 돌아왔을 때까지도 화니는 정신을 차릴 수가 없었다.

"화니, 이제는 정식으로 결혼을 했으니 나를 더 이상 박사님이라고 부르지 말아주시오."

"그럼 뭐라고 부르면 좋을까요?"

"글쎄, 뭐가 좋을까. 미국에서는 일반적으로 남편을 달링 또는 허니라고 부르지. 당신이 좋은 것을 골라보시오."

"한국에서는 남편을 어떻게 부르나요?"

"좋은 질문이오. 한국에서는 '서방님'이라고 하오. '서방님'."

"셔바앙님? 셔바앙님, 재미있네요, 셔바앙님."

"하하하, 화니. 그냥 달링이라고 부르는 게 낫겠소. 발음하기가 어려울 거요."

"그럼, 셔바앙님은 무슨 뜻이죠?"

승만은 잠시 머리를 긁적거렸다. 어떻게 설명해야 할지 생각하는 표정이었다.

"음…… 서방님이란 직역을 하면 글공부하는 임이란 뜻이오. 10대중반에 일찍 결혼을 하는 풍습 때문에 남자들은 학생 신분으로 결혼을 하곤 했소.……나 역시 마찬가지였지."

순간 화니의 얼굴이 굳어졌다. 승만은 자신이 홀아비라는 것은 밝혔지만 전처와 관련된 말은 한 번도 한 적이 없었다. 이제 그 순간이 다가오고 있었다.

화니가 긴장하고 있다는 것을 눈치 챈 승만은 그녀의 손을 잡아끌며 침대에 앉았다.

"화니, 이제 그대와 나는 부부요. 결혼 서약에서도 말했지만 우린 죽을 때까지 한 몸이 되어야 하오. 내가 당신에게 말하지 못할 게 뭐겠소. 그녀는 나와 한 동네에 살던 어릴 적 친구였소. 결혼식을 올릴 때 우리는 열다섯 살 동갑이었지……."

어린 나이에 관습에 따라 부모님의 주선으로 결혼을 했지만 승만은 어린 신부에게 특별한 애정을 느낄 수 없었다. 승만은 관리가 되기 위한 시험공부에 열중해 있었고 그들 부부는 각방을 썼다. 몇 년후 그녀는 아들을 낳았다. 할아버지는 그 아이에게 봉수라는 이름을 지어주었다.

그러나 승만은 나라를 개혁하는 운동에 너무나 바빠 단란한 가정을 꾸리는 일에는 신경을 쓸 수가 없었다. 그러다가 개혁운동을 탄압하는 황제의 명령으로 그만 체포되고 말았다. 사형선고가 무기징역으로 감형되기는 했지만 젊은 부부에게는 끔찍한 생이별이었다.

평생 동안 감옥에서 나갈 수 없다면 그는 아내에게 새로운 인생을 찾도록 해야 한다고 생각했다.

다행히 그는 5년 반의 수형 생활 끝에 특별사면으로 풀려나왔다. 그러나 새로운 운명이 그를 기다리고 있었다. 누군가가 러일전쟁의 중재자인 미국 대통령을 만나 한국의 입장을 대변해야 하는데, 대한제국의 외교관들은 이미 일본의 감시와 통제에서 벗어날 수 없었던 것이다. 이 어려운 임무가 승만에게 맡겨졌다.

"그럼 옥에서 풀려나자마자 그녀와는 또 이별을 하게 된 것이군요?"

"그렇소. 그러나 무사히 임무를 마친다 하더라도 곧 돌아올 생각은 없었소."

해외여행은 꿈도 꿀 수 없었던 당시의 한국인들에게 미국에 갈 수 있는 기회는 일종의 특권이었다. 게다가 미국의 대학에서 공부하는 것은 승만의 오랜 꿈이었다.

미국에 도착한 승만은 대학에 입학하고 자리를 잡자 고향에 있는 아내에게 초청장을 보냈다. 그러나 가족과 함께 살 수 있다는 꿈은 물거

품이 되었다. 그의 아내는 오랜 바다 여행을 감당하지 못하고 병에 걸려 도중에 돌아가야 했던 것이다.

"코리아에서 미국에 오는 것이 그렇게 힘든가요?"

"상상하기 힘들 정도지. 서울에서 가장 가까운 인천항에서 배를 타고 부산으로, 부산에서 다시 일본으로, 일본에서 하와이로, 하와이에서 샌프란시스코…… 샌프란시스코에 도착해도 기차를 타고 아메리카 대륙을 횡단해야 워싱턴까지 올 수 있소."

"오, 하나님!"

외국어를 전혀 모르는 그녀가 어린 아들까지 데리고 그 험한 뱃길을 여행하다가 병에 걸리는 장면은 상상만으로도 화니의 가슴을 아프게 했다. 승만은 손수건을 꺼내 그녀의 눈물을 닦아주었다.

"저는 괜찮아요. 계속 들려주세요."

"그녀는 자신이 갈 수 없다는 것을 깨닫자 아이만이라도 나에게 보내려했소……."

실의에 차있던 승만은 옥중 동지였던 한 후배로부터 미국으로 유학을 온다는 연락을 받았다. 그는 뛸 듯이 기뻤다. 그의 아들에게 믿음직한 동행이 생긴 것이다. 이렇게 해서 승만과 일곱 살 난 그의 아들 봉수는 워싱턴에서 감격적인 상봉을 할 수 있었다. 그러나 기쁨도 잠시, 몇 달 후 그는 미국 순회강연을 하던 중 아들을 맡아주던 미국인 가정으로부터 충격적인 내용의 전보를 받았다.

그의 아들 봉수가 갑자기 디프테리아로 사망했다는 내용이었다.

"오, 달링!"

화니는 승만의 얼굴을 끌어당겨 안았다. 불행한 부부를 이어주던 마지막 끈이 너무나 허무하게 사라진 것이다. 자신의 가슴에 안긴 이 사나이는 더 이상 불굴의 독립투사도, 노련한 정치가도 아닌 한 외로운 인간이었다.

"화니, 나는 이야기를 끝까지 해야 하오."

승만이 미국에서 박사 학위를 마치고 6년 만에 귀국했을 때, 그의 아내는 하나뿐인 아들을 돌보지 못한 남편을 극도로 원망하고 있었다. 그녀와 더 이상 부부의 정을 느낄 수 없었던 그는 별거를 시작했다. 개인적인 불행을 잊기 위해서라도 승만은 더욱 독립운동에 매진했다. 그러나 이미 한국의 국권을 모두 빼앗은 일본 경찰은 이 위험한 사상을 지닌 지식인을 철저하게 감시했다. 그는 결국 조선총독 암살음모사건으로 수백 명의 한국인 지도자들이 체포되던 상황에서 귀국한 지 2년이 채 못 되어 다시 조국을 떠날 수밖에 없었다.

"한국을 떠나기 며칠 전 그녀를 만나 불행했던 결혼 생활을 정리했소. 그녀는…… 나를 잊고 새로운 삶을 살고 있으리라 믿소."

승만의 긴 이야기가 끝났을 때 화니의 얼굴은 눈물로 흠뻑 젖어 있었다.

"불쌍한 사람…… 당신은 행복한 부부생활을 해보지 못했군요."

화니는 숱이 적은 승만의 머리를 쓸어 주었다. 그의 머리는 온통 백발이었는데 그것이 그녀에게는 그렇게 멋있어 보일 수가 없었다.

"화니, 나는 한 여자를 행복하게 해주는 데는 서투른 사람이오. 그래서 두렵소. 나는……."

"쉬!"

그녀는 집게손가락으로 그의 입술을 눌렀다.

"오늘처럼 나를 행복하게 해준 남자는 만난 적이 없어요. 그게 당신이라고요. 아셨죠?"

승만은 만면에 행복한 미소를 지으며 조용히 고개를 끄덕였다.

승만이 잘 자라는 인사를 하고 자신의 방으로 들어간 후에도 화니는 잠을 이룰 수 없었다. 혼인 서약서에 도장을 찍을 때는 미처 느끼지 못했는데, 그의 과거를 듣고 나니 비로소 그의 아내가 되었다는 것이 실감이 났다. 혁명가의 아내가 걷는 길은 결코 평탄하지 않았다. 승만의 첫 부인이 겪은 고통이 절절하게 화니의 가슴을 때렸다.

'하지만 나는 그녀와 달라.……그 어떤 멀고 험한 길도 그와 나를 떼어놓을 수는 없어! 코리아로 가는 길이 아무리 험하다고 해도…….'

몇 년 후가 될지 모르지만 한국이 해방되면 그는 조국으로 돌아갈 것이었다.

'그때는 꼭 함께 갈 거야. 그녀처럼 혼자 남아서는 안 돼!'

죽은 아이에게 생각이 미치자 화니는 모성애가 발동했다.

'나는 그에게 아주 예쁜 아이를 낳아줄 거야. 그를 쏙 빼닮은 남자아이면 더 좋겠지?'

그러자 갑자기 불안한 생각이 들었다. 그녀의 나이는 이미 서른네 살이었다. 첫 출산의 고통을 감당하기에는 많이 늦은 나이였다. 그리고 비록 짧은 기간이었지만 전남편 헬무트와의 결혼 생활 중에도 임신이 되었던 적은 없었다.

'헬무트 이야기를 그에게 해야 할까…….'

그러자 그녀가 인체르스도르프를 떠나던 날 마지막으로 신신당부를 하던 엄마의 얼굴이 떠올랐다.

"화니야, 이 말만은 명심해서 듣거라. 절대로 헬무트와의 과거를 그에게 말하면 안 된다, 알겠니? 이 세상 모든 남자들은 자신이 여인의 첫 번째 남자이고 싶어 하는 법이거든. 이것은 절대 그를 속이는 것이 아니다. 오히려 그를 위하는 것이야. 화니야, 이것만은 꼭 이 어미 말을 듣거라."

화니는 몇 번이고 몸을 뒤척이다가 침대에서 내려와 창가로 갔다. 승만이 꼭 여며놓고 간 커튼을 살짝 열자 부드러운 달빛이 침실로 흘러들어왔다. 고향에서 보던 것과 똑같은 달이련만 맨해튼의 밤하늘에 걸려 있는 달은 더욱 크고 신비스러웠다.

'미안해요, 달링. 당신에게 헬무트와의 이야기는 하지 않는 게 좋겠어요. 우리는 아직 테스의 시대에 살고 있으니까요……'

10월 8일 오후 4시30분. 결혼식은 몽클레어 호텔 별실에서 치러졌다.

결혼 예식은 한국인 윤병구 목사와 미국인 홈스 목사가 공동으로 주관했다. 신부의 들러리는 재미교포인 미시즈 남궁과 호텔의 안주인인 미시즈 킴벌랜드였고, 신랑의 들러리는 레이머 목사와 킴벌랜드 대령으로 두 사람 모두 승만의 대학 동창이었다.

하객들은 뉴욕과 인근에 거주하는 재미 한인들과 승만의 미국인 친구들이었다. 번거로운 것을 싫어하는 승만이 청첩장을 많이 돌리지 않았는데도 객실을 모두 채울 정도로 많은 하객들이 왔다.

신랑 59세, 신부 34세. 25년의 나이 차가 나는 부부였다. 하지만 하얀 머리를 단정히 깎고 예복을 입은 승만은 어느 신랑 못지않게 당당하고 생기에 넘쳤다. 하얀 웨딩드레스에 화관을 머리에 쓴 화니의 모습도 신랑과 매우 잘 어울렸다.

결혼 서약을 마치자 신랑은 신부에게 서른여섯 개의 작은 다이아몬드가 박힌 백금반지를 끼워주었다. 가난한 신랑이 마련한 유일한 예물인 반지에는 'S. R to F. D 34. 10. 8'이라는 글자가 새겨져 있었다.

"정말 멋진 결혼식이었어요, 달링."

결혼식 피로연이 끝나고 호텔 객실로 돌아온 것은 10시가 넘어서였다.

"나도 그래. 이렇게 많은 축하객들이 올 줄은 몰랐소."

승만은 양복을 벗고 넥타이를 풀며 대답했다.

"혹시 제가 실수하지는 않았어요? 무척 많은 사람들을 한꺼번에 소개 받아서 이름을 기억하지 못하겠어요. 특히 한국 사람들요."

태어나서 이제까지 화니는 이렇게 많은 동양인들을 한꺼번에 만나본 적이 없었으므로 소개받은 사람들을 분별할 수가 없었다. 그 얼굴이 그 얼굴처럼 모두 비슷비슷해 보였다.

"화니, 그건 당연한 일이오. 나도 미국에 처음 왔을 때 그랬으니까. 눈이 파랗고 머리가 노란 사람이면 다 얼굴이 비슷해 보여서 누가 누군지 구별이 안 되더군. 저 사람이 톰인가 해서 인사를 하면 자기는 잭이라는 거야. 얼마나 당황했던지……. 하하하, 하지만 시간이 지나면 다 해결되니까 걱정하지 마시오."

승만은 자기의 경험을 예로 들면서 화니의 당혹함을 달래주었다.

"그런데 한국 사람들은 성도 다 비슷비슷해요. 김씨가 열 명도 넘고 또 이씨도 얼마나 많은지……."

"그건 우리 민족이 오랫동안 다른 민족과 교류를 하지 않고 살아왔기 때문이오. 김씨가 가장 많고 그 다음은 이씨, 박씨 순이지. 이 세 성씨가 전체 한국인의 60퍼센트를 차지하오. 세월을 거슬러 올라가면 한국인은 같은 조상을 가지고 있다는 것이겠지."

"그럼 이씨들은 모두 친척이라는 뜻인가요?"

"그렇다고도 볼 수 있지. 그래서 한국에서는 친족 간의 계보를 연구하는 보학이 발달했소. 어린 시절에 우리 아버님도 한가한 시간이면 늘 족보를 펴놓고 보셨소. 아 참!"

승만은 깜빡 잊었다는 듯이 급히 옷장으로 가더니 벗어놓은 양복안주머니에서 매우 오래되어 보이는 종이를 꺼내 화니에게 보여주었다.

"돌아가신 아버님께서 내게 물려주신 우리 집안의 가계도요."

"우아!"

앞으로 뒤로 차곡차곡 접은 한 장의 긴 종이가 펼쳐졌다. 화니로서는 전혀 알아볼 수 없는 글자가 위에서 아래로 쭉 적혀 있는 종이였다.

"신기하군요. 이 문자는 중국어인가요? 처음 봐요."

"우리는 한자라고 부르오. 한자는 동양의 라틴어인 셈이지. 우리 민족은 고유의 문자인 한글을 가지고 있지만 귀중한 문서는 이렇게 한자로 쓰는 것이 관습이오."

"마치 유럽의 학자들이 라틴어로 논문을 쓰는 것과 비슷하군요."

"그렇지. 한국·중국·일본 동양 3국이 모두 한자를 쓰고 있는데 읽는 방법은 각각 다르오. 하지만 뜻은 통하지."

승만의 설명을 들으며 화니는 조심스럽게 낡은 문서를 앞뒤로 살펴보았다. 무척 낡아 보였지만 종이는 질기고 튼튼했다.

"여기 씌어 있는 게 어떤 내용이에요?"

"우리 집안은 전주 이씨 양녕군 파로 내가 그 16대 손이오. 여기 우리 선조들과 그 배우자의 이름이 죽 적혀 있소."

승만은 너털웃음을 터뜨리더니 만년필을 꺼내 들었다.

"자, 당신은 이제 정식으로 우리 가족이 되었으니 이 족보에 이름을 올려야겠소. 먼저 내 이름과 생년월일을 쓰고."

승만이 휴대용 족보의 왼쪽 끝에 있는 여백에 자신은 알아볼 수 없는 글씨를 쓰고 있는 모습에서 화니는 깊은 감동을 느꼈다. 몇 시간 전에 올린 결혼식과는 또 다른 한국적 의식이 행해지고 있는 것이었다. 그는 화니의 이름과 생년월일을 쓰고 나서 그녀의 아버지와 어머니의 생년월일까지 꼼꼼히 적어 넣었다.

"당신의 조상들은 어떤 사람들이었죠?"

승만이 잠옷으로 갈아입고 욕실에서 나왔을 때 화니는 침대에 누워 신기한 듯 족보를 이리저리 살펴보고 있었다.

"양반들이었지."

승만은 간단히 대답하고는 침대에 올라와 화니 옆에 누웠다. 그리고 그녀가 거꾸로 들고 있던 족보를 돌려서 똑바로 해주었다. 조선왕조의 문무 관료를 총칭하는 말이 양반이라는 것은 화니도 알고 있었다.

"양반이 되려면 나라에 공을 세워야 하지 않아요? 유럽의 귀족들은 대개 그렇거든요."

"우리 집안의 경우는 공을 세웠다기 보다는…… 부모를 잘 만났지. 왕족이었거든."

"그래요? 조선의 왕들도 당신처럼 이씨들이어서 혹시나 했는데."

"뭐, 왕족이었다 해도 그렇게 대단한 건 아니었소. 다만 16대 조상인 양녕군은 조선 왕조의 네 번째 왕이 될 뻔한 분이지."

"왕이 될 뻔했다고요? 그런데 왜 왕이 되지 못했죠?"

화니의 목소리가 자기도 모르게 높아졌다. 만약 양녕군이 왕이 되었다면 그의 후손인 승만은 조선의 마지막 왕이 되었을지도 모른다고 생각하니, 아주 중요한 전환점이었다고 여겨졌다. 하지만 그의 목소리는 의외로 담담했다.

"흠…… 양녕군은 조선의 3대왕 태종의 맏아들이었소. 맏아들이 왕위를 계승한다는 원칙이 지켜졌다면 왕이 될 수 있었지……."

그러나 조선 왕조에서는 이 원칙이 제대로 지켜지는 경우가 드물었다. 양녕군의 아버지 태종은 자유분방하고 호걸형인 큰아들 양녕군보다 얌전하고 영리한 셋째 아들을 더 사랑했다. 태종 자신도 아버지의 뜻을 무시한 채 위로 형들을 제치고 유혈 쿠데타로 왕권을 장악한 인물이었다.

자연히 이들 부자간의 관계는 날로 험악해져 갔다. 양녕군은 형제를 죽이고 왕이 된 아버지가 자신과 유혈극도 불사할 인물임을 깨달았다. 자신을 추종하는 세력을 모아 아버지에게 반기를 들 수도 있었지만 양녕군은 깊은 방황과 고민 끝에 자신의 왕위 계승권을 포기하기로 마음먹었다.

이 결단은 성공적이었다. 그의 희생으로 왕실은 평화를 되찾았고, 그의 자리를 차지한 동생 세종은 조선 역사상 가장 뛰어난 임금으로 평가받았다. 그후 양녕대군의 후손들은 조선의 왕위 계승에서 영원히 멀어지게 되었다.

"후, 당신의 조상은 정말 힘든 양보를 했군요."

화니는 작은 한숨을 내쉬며 족보를 침대 옆 테이블에 내려놓았다.

"화니, 당신은 그 사건이 무척 아쉬운 모양이지? 하지만 다 잊어버리시오. 그리고 다른 사람들에게는 내 조상에 대해 말을 하지 않는 편이 좋소."

"왜죠?"

"공연한 오해를 살 수 있기 때문이오. 이미 왕이 나라를 다스리는 시대는 지나갔소. 그리고 우리가 새로 세우려는 나라는 민주주의 국가요. 왕조를 다시 부활시키려는 게 아니란 말이오. 이해가 가오?"

"그렇군요. 당신이 왕이 되고 싶어서 독립운동을 한다는 오해를 살 수도 있겠어요. 알았습니다, 미스터 프레지던트. 착한 화니는 입을 꼭 다물고 있겠습니다."

"고맙소, 화니."

그는 가볍게 키스를 하더니 몸을 일으켜 스탠드 불을 껐다.

"귀중한 첫날밤을 얘기만 하며 보낼 순 없지 않겠소."

다음날부터 그들은 신혼여행 준비로 바빴다.

최종 목적지는 하와이 호놀룰루였지만 그전에 북미 대륙을 횡단하는 여행이 계획되어 있었다. 승만은 자동차를 빌려서 미국의 주요 도시를 순회하며 한국 교민들에게 독립의식을 고취하는 강연을 할 계획이었다. 승만으로서는 이미 몇 번을 돌아본 미주였지만 화니는 생전 처음 겪는 긴 여행이 될 것이었다.

"화니, 북미 대륙은 동서로 무려 4천 5백 킬로미터나 돼. 두 달 내내 여행을 해야 하는데 괜찮겠소?"

부피가 큰 짐을 배편으로 하와이로 부치고 오는 길에 승만이 걱정스러운 듯 물었다.

"제가 여행을 얼마나 좋아하는지 모르세요? 텍사스의 사막과 콜로라도의 로키산맥을 차로 여행할 수 있다니, 생각만 해도 가슴이 뛰어요."

"좋아, 당신은 떠돌이의 마누라로서 자격이 있구려. 올 크리스마스는 따뜻한 로스앤젤레스에서 보내게 될지도 모르겠는데?"

"어머, 눈이 없는 크리스마스라니, 상상이 안돼요."

"하하하, 그건 하와이도 마찬가지라오."

하와이는 승만에게 제2의 고향 같은 곳이었다. 1913년, 고국에 돌아간 지 2년이 채 못 되어 일본 경찰의 수사망을 피해 미국으로 망명한 승만이 처음 정을 붙인 곳이 바로 하와이였다.

당시 미국 전역에는 약 9천 명의 한국인들이 살고 있었는데 그 중 6천 명이 하와이에 살고 있었다. 1902년 대한제국 정부가 처음으로 이민을 허락한 이래 2년 사이에 무려 7천여 명의 한국인이 하와이 사탕수수 농장으로 몰려들었고, 세월이 흐르면서 자작농으로 성장하거나 도시로 진출하여 각종 상업에 종사하는 이들도 생겨났다. 미국에서 가장 많은 한국인들이 하와이에 살게 된 이유가 여기에 있었다. 따라서 해외 동포들을 거점으로 독립운동을 할 수밖에 없던 망명객들이 속속 하와이로 모여들었다.

이곳에서 승만은 〈태평양잡지〉라는 한글 잡지를 발행하여 교민들의 독립의식을 고양하는 것으로 사업을 시작했다. 이어서 교포 자녀들을 위한 학교를 세우고 한인교회를 세우는 등 사업을 확장시켜나갔다.

"닥터 리, 잠깐만 기다리십시오. 오늘은 편지가 여러 통 왔습니다."

호텔 방 열쇠를 찾으려는 승만에게 프런트 데스크가 친절하게 말했다.

"그래? 화니, 먼저 방에 올라가 있어요. 내 곧 따라 올라가리다."

"알았어요, 천천히 오세요."

화니는 열쇠를 받아 들고 먼저 엘리베이터를 탔다. 이 호텔에 묵는 것은 오늘 밤이 마지막이었다. 호텔 몽클레어는 결혼식을 올린 장소로 추억 속에 영원히 간직될 것이었다. 잠시 후 방에 들어온 승만의 표정은 어딘지 모르게 굳어 있었다.

"하와이의 우리 동지들에게서 전보가 왔소. 그런데……."

승만은 그답지 않게 말끝을 흐렸다. 화니는 대답을 재촉하는 눈빛을 보내며 그가 말을 잇기를 기다렸다.

"당신을 두고 나 혼자 와서 경과 보고를 해달라는구려."

"네?"

화니의 눈이 휘둥그레졌다. 상상도 하지 못한 일이었다.

"당신이 놀라는 것은 당연하오. 내 결론부터 먼저 말하리다. 우리가 함께 하와이로 가는 것은 누구도 말릴 수 없소. 암, 그렇고말고."

승만은 화니의 옆에 앉으며 두 손을 꼭 잡았다.

"그들은 내가 외국 여성과 결혼한 것이 못마땅한 모양이오. 모두 대단한 민족주의자들이거든."

승만의 말을 듣는 순간 화니의 눈가는 붉게 달아 올랐다. 도대체 민족주의자는 외국인과 결혼하면 안된다는 법이라도 있단 말인가!

엄마가 그녀의 결혼을 반대하며 하던 말이 생생하게 떠올랐다.

"그는 그렇다 치고, 그의 동료들이 너를 받아들일 것 같니? 그들이 왜 독립을 하겠다고 하는데. 자기들끼리만 똘똘 뭉쳐서 남들은 배격하는 것이 민족주의자들이야."

"그렇지 않아요. 그건 잘못된 민족주의예요. 무조건 타민족을 배척하자는 건 아니라고요."

"똑똑한 척하지 말거라. 독터 리는 그들의 지도자야. 결혼도 아무하고나 할 수 없는 위치라고. 저만 좋다고 젊은 외국 여자와 결혼하는 한심한 늙은이를 누가 믿고 따르겠니."

엄마의 말은 잔인하지만 현실을 냉정하게 반영하고 있었다. 뉴욕에 도착한 후 모든 것이 장밋빛으로 보이던 행복한 나날이 단숨에 깨지는 것 같았다.

"저하고 결혼한 것 때문에 동료들의 신망을 잃으신다면……."

"그렇지 않소."

승만의 말투는 확신에 가득차 있었다.

"그들이 아직 당신을 잘 모르기 때문에 걱정하는 것이오. 그들은 단지 어떤 젊고 아름다운 여인으로 인해 오랜 동지를 잃게 될까 봐 걱정하고 있을 뿐이오."

"저는 그런 여자가 아니에요."

"그렇소. 그렇기에 내가 자신 있게 말하는 것이오. 당신은 그들의 걱정을 말끔하게 풀어줄 거요. 그렇지 않소?"

항상 그랬지만 그의 말을 들으면 새로운 희망이 보였다.

'그래, 문제가 그것뿐이라면…… 난 자신 있어.'

승만은 그의 품에 안겨 자신의 옷깃을 눈물로 흠뻑 적셔버린 화니의 등을 토닥거려주었다.

"화니, 나는 당신이 얼마나 한국을 사랑하는지, 얼마나 한국의 독립을 원하는지 잘 알고 있소. 우리 동지들을 만나면 이렇게 말해줄 작정이오. '보시오, 여기 우리 한국을 이승만보다 더 사랑하는 여인이 있소. 그녀의 이름은 리 프란체스카요, 여러분!'"

승만은 마치 청중을 앞에 둔 것처럼 몸짓과 함께 우렁차게 말했다.

"피, 순 엉터리예요. 어떻게 제가 당신보다 더 한국을 사랑할 수 있어요?"

화니의 볼에는 어느새 보조개가 살포시 떠올랐다.

"허허, 왜 그러면 안 되나?"

"몰라요."

승만은 그녀의 얼룩진 볼을 부드럽게 닦아주며 말했다.

"화니, 부디 훌륭한 한국 여인이 되어주시오. 오늘 전보를 보낸 동지들이 모두 부끄럽게 여기도록 말이오."

'그래요, 이제 시작일 뿐이겠죠. 제가 이겨내야 할 모든 어려움들이……'

그와 함께라면 할 수 있다고 화니는 굳게 다짐했다.

'문화'와의 인사

하와이의 구성원은 다민족의 집합체다.

이민족들이 혼성되어 있는 현실에도 불구하고

하와이는 서로 반목이라든가 알력이 없었다…….

백인들은 이런 하와이 주민들의 전체환경을 가리켜

멜팅포트(Melting pot)라고 말했다.

– 이원순 〈세기를 넘어〉

화와이 호놀룰루에서 열린 이승민 박사 환영식에서
교민들이 준비한 꽃 목걸이를 걸고 찍은 사진
(사진제공 : 조혜자)

이승만 박사가 화와이 호놀룰루에 세운 한인기독교회.
광화문을 본 떠 세운 교회 앞에 선 사람들은 대한부인구제회 회원들
(사진제공 : 조혜자)

3만 톤급 여객선 퍼시픽 호는 이제 30분 안으로 호놀룰루 항에 도착할 예정이었다. 화니는 혼자 객실에 들어와 일찌감치 싸놓은 가방을 다시 열어 뒤적여보았지만, 자신이 뭘 하고 있는지 도무지 알수 없었다. 남편 승만과 함께 갑판에 있다가 멀리서 오아후 섬이 보이자 자꾸 가슴이 두근거려서, 멀미가 난다는 핑계를 대고 혼자 객실로 돌아와 버린 것이었다. 이제 배에서 내리면 자신을 떼어놓고 오라는 가혹한 전보를 보냈던 남편의 동지들과 만나야 할 것이었다.

　그녀는 한동안 멍하니 침대에 걸터앉아 있다가 선실을 둘러보았다. 천장이 낮고 좁은 선실 벽에는 동그란 창이 나 있었고, 한쪽 벽에는 싸구려 그림이 한 장 걸려 있었다. 그나마 2등선실 표를 끊은 것도 이번 여행은 신혼여행이라는 점을 승만에게 누누이 강조하여 얻은 선물이었다. 평소에 승만은 여비를 아끼기 위해 호놀룰루에서 샌프란시스코까지 열흘이나 걸리는 싸구려 선박을 주로 타고 다녔다고 했다.

화니는 벌떡 일어나 선실 한쪽 세면대 위에 달린 거울로 다가갔다. 거울에 비친 그녀는 유럽에서 유행하고 있는 옷차림과 정성껏 한 화장 덕분에 젊고 아름다운 모습이었지만 어딘지 자신이 없어 보였다.

'화니야, 힘을 내는 거야. 그이가 너를 지켜줄 거야. 미리 겁먹을 것 없어. 우선은 신나는 일만 생각하자고.'

화니는 거울에 비친 자신에게 미소를 보냈다. 마스카라를 칠한 눈이 가늘어지면서 양쪽 입가가 한껏 올라갔다.

'그래, 그렇게 웃어 보이는 거야. 와이키키 해변, 따뜻한 햇살, 야자 수 나무……'

그때 갑판 계단을 내려오는 소리가 들리더니 승만이 선실로 들어왔 다. 그는 셔츠 위에 조끼를 받쳐 입고 넥타이를 맨 검은색 정장 차림이 었다.

"화니, 아무래도 내 눈이 많이 나빠진 모양이구려."

"예? 왜요?"

"아, 항구에 사람들이 잔뜩 모여 있는 것은 보이는데 말이야, 그들이 들고 있는 플래카드에 써 있는 글씨가 도무지 보이지 않는구려."

"항구에 사람들이 잔뜩 모여 있다고요? 데모를 하나요?"

"글쎄…… 아무튼 당신도 갑판에 나와보구려, 어서."

사람들이 모여 있다는 말에 그녀는 호기심이 생겼다.

갑판에 나와보니, 과연 저 멀리 보이는 항구에 인파가 가득 차 있었 다. 대개가 머리색이 검은 사람들이어서 말 그대로 새까맣게 모여 있었 다.

"모두 동양인들 같은데요. 웰컴이라는 글씨가 보여요. 제가 읽을 수 없는 글씨도 있고요."

"한복 입은 모습도 보이는 걸 보니 한국 사람들이야, 화니."

어떤 예감이 들었는지 대답하는 승만의 입가에 슬며시 미소가 어렸다.

"상당히 많은 사람들인데요. 몇 명이나 될까요?"

"대략 3천 명은 돼 보이는군. 나도 하와이에서 저렇게 많은 한국인들이 모인 광경은 처음 보오."

그녀는 플래카드에 쓰인 글씨를 더욱 자세히 읽으려고 손바닥을 동그랗게 오므려 망원경처럼 두 눈에 갖다 댔다.

항구에 다가가면서 퍼시픽 호가 뱃고동 소리를 크게 울렸다. 이에 호응하듯 항구에 모인 사람들이 '와아' 하는 함성을 질렀다.

"오, 하나님!"

"그래, 글씨가 좀 보이오?"

"예."

대답하는 화니의 목소리가 떨렸다.

"뭐라고 써 있는데?"

플래카드에는 웰컴이라는 글씨와 함께 '축! 결혼'이라는 영문이 씌어 있었다.

"오, 달링. 정말 믿어지지 않아요."

화니는 감격에 겨워 승만의 목을 끌어안았다.

"우리 결혼을 축하한대요!"

교민들의 맨 앞줄에서 동지들과 함께 배가 도착하기를 기다리는 이원순의 표정은 잔뜩 상기되어 있었다. 40대 중반으로 키는 작았지만 다부진 체격 위에 고급 회색 양복을 걸치고 있는 그는 현재 승만의 후원 조직인 '대한인동지회'의 회장이었다.

'정말 이 박사의 인기는 이해할 수 없군. 오늘이 일요일이긴 하지만 이렇게 많은 환영 인파가 모이다니……'

승만이 뉴욕에서 어떤 오스트리아 여인과 결혼을 하고 하와이로 신혼여행을 온다는 소식이 담긴 전보를 받고 이원순은 심각한 고민에 빠져 있었다. 가뜩이나 말 많은 교민 사회에서 그의 결혼 소식은 스캔들처럼 받아들여질 것이 뻔했다.

그는 서둘러 동지회 간부들에게 연락을 보내 회의를 소집했다. 그가 승만의 전보를 공개하자 예상대로 동지들은 모두 놀란 표정을 감추지 못했다. 곧 치열한 토론이 벌어졌다. 토론 결과 이승만 개인의 선택을 존중하자는 소수의 의견도 있었지만 대세는 젊은 외국 여인과 결혼한 사실을 이해할 수 없다는 분위기로 기울었다. 그리하여 이원순은 자신이 존경하는 지도자에게 두 번씩이나 전보를 보내 젊은 신부는 워싱턴에 남겨두고 혼자만 하와이로 와서 경과보고를 하라는 전보를 보낼 수밖에 없었다. 그런데도 그에게서 날아온 답장은 끝내 그녀와 함께 하와이로 온다는 것이었다. 평소에는 합리적이다가도 한번 의견을 세우면 누구도 못 말리는 고집불통인 그의 성격을 이원순은 누구보다도 잘 알고 있었다.

결국 이원순은 이승만 박사가 외국인 신부와 1월 24일 11시에 호놀룰루 항에 도착한다는 사실을 하와이의 각 교민단체에 알리고 조심스럽게 사람들의 반응을 살폈다. 하지만 오늘처럼 이렇게 많은 동포들이 환영하러 나올 줄은 전혀 예상하지 못했다. 하와이 각 섬에 흩어져 살고 있는 한인들은 약 6천 명 정도인데, 그 절반가량이 이 곳에 모인 것이다. 20년째 하와이에 살고 있는 그로서도 처음 보는 인파였다.

삼삼오오 자유로운 대열을 이룬 환영객들의 대화에서 관심의 대상은 단연 이승만 박사를 사로잡았다는 젊은 유럽 여인이었다.

"그녀가 그렇게 젊고 이쁘다매?"

"아, 그러니께 우리 이 박사님이 홀딱 넘어간 것 아니것어?"

"뭐하든 여자라냐?"

"글씨, 오스트리아 혁명 투사 딸이라나, 그렇지?"

"아 그러니께 우리 이 박사님이 유럽에 갔을 때 말여. 그 혁명가 집을 떡 허니 방문했는디, 그 집 따님이 찻잔을 들고 들어왔단 말임씨……."

대중들의 상상력은 대단했다. 처음 이 소식을 하와이에 알린 이원순 자신도 모르는 그녀에 대한 인적 사항을 그들은 마치 직접 보고 들은 일인 것처럼 주고받았다.

이토록 많은 인파가 몰린 이유는 간단했다. 모두들 신비의 유럽 여인이 도대체 어떻게 생겼는지 직접 보고 싶었던 것이다. 그것은 또한 이승만 박사의 인기가 그만큼 높다는 반증이기도 했다. 이원순은 손수건을 꺼내 이마의 땀을 닦으며 슬쩍 자신의 옆에 서 있는 노디 김의 얼굴을 쳐다보았다. 서서히 항구로 다가오는 여객선을 묵묵히 주시하고 있는 그녀도 한껏 긴장된 모습이었다. 15년 동안이나 비서로 이승만 박사를 수행했던 그녀는, 지금은 그를 대신하여 '한인기독학원' 원장직을 맡고 있었다. 한때는 독신인 미남 대통령과 단순한 비서 이상의 관계가 있다는 소문의 주인공이 되기도 했다. 그렇기에 그녀는 누구보다도 자신의 상사를 사로잡은 유럽 여인을 궁금해 할 것이었다.

"와아!"

드디어 퍼시픽 호가 호놀룰루 항에 닿자 한국인들은 일제히 함성을 울렸다. 그들은 '축 결혼, 이 박사님'이라든가 '환영, 이 박사님 내외'라는 글씨가 영문으로 씌어진 플래카드를 흔들며 기뻐했다. 한국인 여학생들로 이루어진 밴드가 연주를 시작하자 환영객들은 앞을 다투어 배로 올라왔다. 그들은 승만의 옆에서 밀어닥치는 인파로 어쩔 줄 몰라 하는 화니의 목에, 환영의 인사말과 함께 하와이 사람들이 전통적으로 손님을 맞을 때 사용하는 꽃목걸이인 레이를 걸어주었다.

화니는 도무지 정신을 차릴 수 없었다. 미처 고맙다는 인사를 할 틈도 없이 다음 사람이 나타나 또 레이를 걸어주고, 그 다음 사람이 또 밀려오고…… 이 사람 저 사람과 어울려 사진도 몇 번을 찍었는지 알 수 없었다.

겨우 배에서 내리자마자 한국인 여학생 밴드가 하와이언 댄스와 스코틀랜드 민속 음악인 〈올드랭사인〉 등을 연주하는 가운데, 화니는 군중들의 박수를 받으며 남편의 손에 이끌려 부두에 임시로 마련된 연단에 올라갔다. 마치 꿈을 꾸고 있는 듯한 기분으로 화니는 남편이 대중 앞에서 연설하는 모습을 지켜보았다. 한국어로 하는 연설의 내용을 알 수는 없었지만, 그가 대단한 웅변가임은 금방 알 수 있었다. 카랑카랑한 목소리로 제스처를 섞어가며 열변을 토하는 그에게, 청중들은 때로는 웃음보를 터트리기도 하고 때로는 열렬한 환호와 박수를 보내주었다.

연설 도중 승만이 갑자기 화니의 이름을 부르며 앞으로 나오기를 청했을 때 화니는 쥐구멍에라도 숨고 싶은 심정이었다. 이렇게 많은 청중

앞에 나서는 것도 생전 처음이었지만 무슨 말을 해야 할지 아무 생각도 나지 않았다. 더군다나 그녀는 한국어를 아직 배우지 못한 상태였다. 화니는 간단한 영어로 '만나서 반갑습니다, 여러분. 고맙습니다, 사랑합니다'라고 정신없이 읊조렸다. 화니는 어차피 웅변가 타입은 아니었다.

'정신을 똑바로 차려야 해, 화니야. 정신을 똑바로 차리라고!'

화니는 온통 자신에게 쏠리는 눈길들 속에서 스스로를 다잡으려고 노력했다. 오늘처럼 자신이 한 민족의 지도자의 아내가 되었다는 사실이 생생하게 느껴지기는 처음이었다. 정말 뜻밖의 환대에 감격이 목구멍까지 차올랐지만 허리를 똑바로 펴고 얼굴에는 미소를 잃지 않았다.

"화니, 당신이 이렇게 인기가 있을 줄은 나도 미처 몰랐소."

"그렇습니다. 하와이 생활 20년에 이렇게 많은 동포들이 모인 것은 처음입니다."

운전석에 앉은 이원순이 슬쩍 뒤를 돌아보며 승만의 말을 받았다. 화니를 의식해서 그들은 대화를 영어로 나누었다.

환영식이 끝나고 점심을 먹으러 가는 중이었다. 점심 연회는 승만이 이사장으로 있는 한인기독학원 강당에 마련되어 있다고 했다. 운전석 옆에는 노디 김이 탔고, 뒷자리에는 목에 몇 겹의 레이를 두른 화니와 승만이 앉아 있었다.

"정말 모두에게 너무나 감사해요. 전혀 기대하지 못했는데……."

차창 밖의 남국 풍경에 눈이 팔려 있던 화니가 고개를 돌려 이원순에게 미소를 보내며 말했다.

"이 친구 많이 찔리겠구먼. 뉴욕으로 전보를 두 번이나 보낸 사람이 누구더라?"

"어이쿠 박사님, 왜 이러십니까? 그래도 박사님 내외가 오신다는 소식을 전 하와이에 돌린 게 접니다. 좀 봐주십시오."

그 순간 차가 덜컹하더니 심하게 좌우로 흔들렸다. 바퀴가 큰 돌부리를 밟은 모양이었다. 차에 타고 있던 사람들의 몸도 마구 흔들렸다.

"아이고, 농담일세. 한마디 했더니 차가 먼저 주인 편을 드는구먼."

"호호호."

승만의 말에 노디 김이 맑게 소리 내어 웃었다. 그제야 화니는 그녀의 존재를 느낄 수 있었다.

"노디, 그동안 학교에는 별일 없었소?"

"별일 없긴요, 학교가 발칵 뒤집어졌죠."

"왜?"

"이사장님이 몰래 장가를 갔다고 다들 야단이에요. 한 턱 내시지 않으면 가만 안 있겠다고 단단히 벼르고 있는걸요."

"이거 정말 야단났군. 속옷까지 팔게 생겼으니 말이야."

"홀아비가 입던 속옷을 누가 삽니까?"

운전을 하던 이원순이 장난스럽게 끼어들었다.

"이젠 홀아비 아니네, 이 사람아."

"어이쿠, 제가 또 실수했군요."

"호호호."

이번에는 화니가 소리 내어 웃었다. 이원순은 상당히 재미있는 사람이었다. 마치 한 가족 같은 분위기가 그녀의 긴장을 풀어주었다.

한인기독학원은 호놀룰루 시내에서 약간 떨어진 칼리히 계곡에 자리 잡고 있었다. 사방으로 산이 보이는 넓은 부지에 그리 작지 않은 목조 건물들이 몇 동 들어서 있었다.

일요일이어서 학생들의 모습은 보이지 않았지만, 한국의 전통복을 차려 입은 여인들이 마당에 서 있다가 그들이 탄 차를 보고 환하게 웃으며 손을 흔들어 주었다. 그들은 점심 준비를 위해 부두에는 나오지 못한 모양이었다.

"화니, 여기가 바로 우리 학교요."

승만의 목소리 에는 짙은 감회가 묻어 있었다.

"학교가 아주 멋있어요. 마치 남국 휴양지에 있는 호텔에 온 것 같아요."

차에서 내린 화니는 열대수림 속에 서 있는 목조 건물 앞에서 감탄사를 남발했다. 그들의 뒤로 환영식장에서 함께 출발한 자동차들이 줄줄이 학교 마당으로 들어섰다.

"박사님, 먼저 미세스 리에게 학교 구경을 시켜드릴까요?"

노디 김이 승만에게 조심스럽게 물었다.

"아, 그것도 좋지."

그때 건물 안에서 한 무리의 나이든 한국 여인들이 우르르 몰려나왔다. 그들은 먼저 승만에게 공손하게 인사를 하더니 곧 바로 화니에게 눈길을 주었다.

"우리 박사님 홀킨 서양 색시가 이분인교?"

"아따, 곱네 그려. 눈알도 파랗고 피부도 뽀얀 거시."

그녀들은 화니가 알아들을 수 없는 말을 나누더니 시끌벅적하게 웃음을 터뜨렸다. 화니가 알아들었다면 얼굴을 붉혔을 내용이었다. 대신

승만의 얼굴이 붉어졌다. 그는 얼른 분위기를 바꾸었다.

"자, 여러분. 내 신부를 소개합니다. 프란체스카 리입니다."

승만의 소개에 화니는 얼른 공손히 머리를 숙이며 인사했다. 한국인들에게는 이렇게 인사해야 한다고 깨달았기 때문이다.

"만나서 반갑습니다. 프란체스카입니다."

"워메, 뭔 소린지 모르지만 목소리도 곱구마잉."

"자네는 하와이 온 지 20년인디 영어도 못 알아먹는당감? 웰컴 프란째스카, 웰컴!"

그녀들은 또 한번 떠들썩하게 웃으며 화니를 둘러싸고는 서툰 영어로 저마다 말을 걸었다.

그녀들은 신랑감의 사진 한 장만 달랑 들고 머나먼 하와이까지 결혼하러 온 이민 1세대였다. 교육을 받을 기회가 없었기에 영어는 서툴렀지만 하와이의 한인 사회를 지탱하는 당당한 주역들이었고, 승만에게는 든든한 후원자들이었다.

"미세스 리, 집이 어디유?"

"빈이에요. 오스트리아 빈."

"아, 오스트레일리아. 호주에서 왔구먼."

"그럼 호주댁이네."

그녀들은 오스트리아와 오스트레일리아를 구분하지 못했다.

"아뇨, 오스트레일리아가 아니고요, 오스트리아."

"아, 오스트리아! 그래, 거기가 호주 아녀?"

호주가 한국식으로 오스트레일리아를 부르는 말이라는 것을 화니가 알 리가 없었다.

"예스, 오스트리아."

화니는 그저 성심껏 대답할 수밖에 없었다.

"성님요, 우리 호주댁 나이가 몇 인가 좀 물어봐 주이소. 완전히 딸뻘 아잉교."

그녀들 사이에서 또 한번 웃음소리가 터졌다.

"호주댁, 올해 몇이여?"

"저요? 제 나이요?"

"그려. 올해 몇이냐고. 스물다섯? 서른?"

"아뇨, 서른다섯이에요. 저는 1900년생이에요."

화니는 당황했지만 정성껏 그녀들의 질문에 응대해 주었다. 승만은 한쪽에서 뒷짐을 진 채 어색한 듯 연신 헛기침을 해댔고, 이원순과 노디 김은 그런 모습을 재미있다는 듯 바라보고 있었다.

"뭣들 하능교. 밥 다 식는다 아입니꺼? 후딱 오이소."

마침 한 중년 여인이 건물에서 나오더니 손에 든 큼직한 주걱으로 손짓을 하며 사람들을 불렀다. 승만으로서는 그녀의 출현이 그렇게 반가울 수가 없었다.

"그렇지. 여러분, 우리 그만 점심 먹으러 갑시다."

승만은 우렁찬 목소리로 외치며 차에서 내린 일행들의 등을 떠밀고 건물 안으로 들어갔다. 화니도 나이든 한국 여인들에게 둘러싸인 채 음식이 차려진 강당 안으로 안내되었다.

목조 건물의 1층에 자리한 아담한 강당은 학생들을 위한 예배당으로도 쓰이는 것 같았다. 사방으로 테이블이 배치되고, 강당 한가운데에 각종 음식들이 커다란 그릇에 담겨 뷔페식으로 진열되어 있었다.

화니는 남편 옆에 앉고 싶었지만 여인들이 그녀를 한쪽 테이블로 데리고 가더니 가운데 의자에 앉혔다. 재미있는 것은 남자들은 남자들끼리, 여자들은 여자들끼리 자리를 잡고 있는 것이었다. 먼저 강당에 들어온 승만은 벌써 남자들에게 둘러싸여 한창 이야기보따리를 풀어놓고 있었다. 이제 그의 도움을 받는다는 것은 기대할 수 없었다.

흰 한복을 입은 여인들이 그녀가 앉은 식탁으로 음식을 잔뜩 날라오기 시작했다.

'그래, 이게 한국적인 방식인가 봐. 내가 적응해야지 뭐.'

화니가 이렇게 생각하고 있을 때 노디 김이 상냥한 미소를 띠며 그녀 쪽으로 다가왔다.

"아직 한국 음식이 익숙하시지 않죠? 참, 포크와 나이프를 갖다 드릴까요?"

"괜찮아요. 이제부터 배워야죠. 이렇게 훌륭한 음식들은 본 적이 없어요. 울긋불긋한 색들이 정말 아름다워요."

그러자 화니 곁에 앉았던 한 여인이 노디 김을 위해 자리를 내주었다.

"교장 샌님, 마침 잘 왔네요. 통역도 좀 해주시고 여기 앉으시소."

상에 차려진 음식들은 대부분 화니로서는 생전 처음 보는 것들이었다. 망고, 파인애플, 바나나 같은 열대성 과일도 푸짐하게 차려져있었지만 더욱 그녀의 관심을 끈 것은 한국 음식들이었다. 숯이 피워진 화로 위에 챙이 달린 모자처럼 생긴 냄비가 놓여 있었는데, 잘게 썰려 양념이 된 고기가 육수를 뿜어내며 익고 있었다. 고기에서 흘러나오는 달콤한 냄새가 그녀를 유혹했다.

"저 음식은 '불고기' 예요. 소고기로 만든 요리인데 한국에서는 아주 귀한 음식이랍니다. 서양 사람들 입맛에도 잘 맞지요."

화니의 눈길이 머물고 있는 곳을 알아챈 노디 김이 묻지 않았는데도 친절히 설명해주었다. 게다가 젓가락을 이용해 화니의 접시에 불고기를 덜어주기까지 했다.

화니는 얼른 자신의 앞에 놓인 젓가락을 집어 손가락 사이에 끼워보았다. 그러나 처음 잡아본 젓가락은 손에서 빠져나갈 듯이 제 멋대로 요동을 쳤다.

"성님, 저것 좀 보시오. 호주댁이 젓가락을 거꾸로 잡았소."

"그러게. 우리 박사님이 젓가락질하는 법은 아직 안 가르쳐주신 모양이여."

한국 여인들이 또 한번 웃음 보따리를 터뜨렸다. 그녀들의 말을 알아들을 수는 없었지만 화니는 얼굴이 회끈 달아올랐다. 노디 김이 옆에서 바르게 젓가락 잡는 법을 가르쳐주었다. 다행히 화니는 몇 번 연습을 한 끝에 젓가락으로 불고기를 집을 수 있었다. 힘들게 입에 넣은 불고기는 고생한 보람이 있게 그녀의 입맛에 딱 맞았다.

"정말 맛있군요, 고마워요. 그런데 김치는 어디 있나요?"

"아, 김치를 아시는군요?"

김치라는 말에 노디 김이 반가운 표정을 지었다.

"그럼요, 박사님이 김치를 좋아하셔서 저도 따라서 좋아하게 되었지요."

사실 화니는 김치를 먹어 본 적이 없었지만, 왠지 이렇게 말하고 싶었다.

"워메, 김치를 먹을 줄 안디야?"

노디 김의 옆에 앉은 중년 여인이 친절하게 김치가 담긴 접시를 화니 앞으로 끌어당겨 주었다.

화니가 붉은 고추 양념으로 잘 버무려진 김치를 서툰 젓가락질로 듬뿍 집어들자 주위의 시선이 모두 그녀에게 쏠렸다. 그녀는 시선을 의식하면서 의연한 표정으로 한 입 가득 김치를 입에 넣었다. 약간 새콤하면서도 산뜻한 배추 내음이 입 안에 고이는가 싶더니…… 입 안에서 수십 발의 폭죽이 한꺼번에 터지는 듯한 느낌이 오면서 혀는 감각이 마비된 듯 얼얼하고 코로 매운 기운이 치솟았다. 눈물도 찔끔 나오는 것 같았다. 그러나 모두가 보고 있었다. 어떻게든 음식을 삼켜야 했다.

시뻘게진 얼굴로 김치를 입에 넣고 쩔쩔매는 화니를 보고 노디 김이 눈치 빠르게 냉수를 건네주었다. 화니는 그렇게 노디 김이 고마울 수가 없었고, 그렇게 냉수가 시원할 수가 없었다. 처음으로 매운 김치를 먹으며 혼이 난 경험을 하게 되는 것은 한국의 음식 문화를 접하는 서양인이라면 누구나 겪게 되는 통과 의례였다. 하지만 화니가 침착하게 냉수와 함께 김치를 다 먹는 것을 본 한국 여인들은 내심 감탄하는 표정이었다.

"밥과 함께 조금씩 드세요."

노디 김이 친절하게 작은 목소리로 일러주었다.

"고마워요. 나는 괜찮아요. 김치가 정말 맛있네요."

그러나 화니의 시련은 거기서 끝나지 않았다.

한 할머니가 작은 그릇에 담긴 딸기 잼 같아 보이는 것을 밥에 넣어 다른 나물과 함께 비비더니 맛있게 한 입 먹는 것이 화니 눈에 띄었다.

"노디 김, 저 잼은 이름이 뭔가요?"

"아, 고추장요?"

"아주 맛있어 보이는군요. 밥에 발라먹는 것인가요?"

화니의 말에 노디 김은 당황하는 기색이 역력했다. 김치를 먹고 그렇게 매워하던 화니가 고추장을 먹으면 어떻게 될지 안 봐도 뻔했다. 그러나 김치보다 훨씬 매우니 먹지 말라고 하면 그녀의 자존심이 상할지도 모르는 일이었다.

"그 고……츄정을 먹어보고 싶어요."

화니는 고집까지 있었다.

그리고 결국 그날 고추장까지 맛을 보았는데, 그 결과를 그녀는 먼 훗날 이렇게 술회했다.

……나는 이때 처음으로 김치와 고추장을 먹어보고 그 매운맛에 정말 혼났다. 김치도 매웠지만 고추장은 입 안에서 폭탄이 터지는 듯한 느낌이었다. 그렇지만 김치와 고추장은 남편이 가장 좋아하는 한국 음식이었기에 만드는 법을 자세히 배워두었다가 김치부터 담가보았다…….

"하하하, 당신이 그렇게 김치를 잘 먹을 줄은 미처 몰랐소, 화니."

식사를 마치고 두 사람이 첫 살림을 시작할 집으로 가는 차 안에서 승만은 기분이 좋은 듯 연신 웃음을 터뜨렸다.

"저도 놀랐습니다. 미세스 리는 사모님 자격이 충분하다고 다들 엄지손가락을 치켜들더군요."

운전석에 앉은 이원순도 한마디 거들었지만 화니는 그저 조용히 미소를 지을 뿐이었다. 이것으로 첫 번째 통과의례는 무사히 치른 셈이었다. 오전까지만 해도 어느 정도의 냉대를 각오하고 선실에서 마음 졸이던 심정을 생각하면 지금은 천국을 날고 있는 기분이었다. 화니가 받은 한국인의 첫인상은 무척 마음이 따스한 사람들이라는 것이었다. 그들은 투박했지만 화니에게 스스럼없이 마음을 열어주었다. 나중에 승만에게서 들은 말이지만 한국인들은 무엇보다도 '정'이 많은 민족이었다. 한국인들은 친밀한 마음을 '사랑'보다는 '정'으로 더욱 광범위하게 표현했는데, 들을수록 정감이 가는 단어였다.

한인기독학원이 홀아비 이사장을 위해 마련해준 사택은 학교에서 차로 5분이면 닿는 가까운 주택가에 있었다. 방이 두 세 킨 징도 있어 보이는 아담한 목조 가옥이었는데, 아열대성 기후의 주택답게 건물이 말뚝에 의지하여 지면에서 50센티미터 정도 떠 있었다.

차 트렁크에서 짐을 내려준 이원순은 집 안까지 짐을 들어다 주겠다고 하며 이를 말리는 승만과 잠시 실랑이를 벌이더니, 어쩔 수 없다는 듯 싱긋 웃고는 화니에게 간단한 작별 인사를 하고 차에 올랐다. 그의 차가 먼지를 날리며 아직 포장이 안 된 야자수 길을 달려가자 화니는 몸을 돌려 남편의 목을 끌어안았다.

"오, 달링! 정말 행복해요."

그날부터 호놀룰루에서의 본격적인 신혼살림이 시작되었다. 드디어 아메리카 대륙을 횡단하고 태평양을 반이나 건넌 그들의 신혼여행이 끝난 것이다. 화니가 뉴욕에서 부친 짐은 그들보다 먼저 도착해 있었다. 그녀가 제일 먼저 한 일은 집 안을 새로 정돈하고 자신의 짐을 풀어 수납하는 것이었다. 화니가 조금도 피로한 기색 없이 씩씩하게 두 팔을 걷어붙이고 집안 정리에 나서자 승만도 그녀를 도와주었다.

"화니, 내 짐은 내가 치우겠소. 이제 새로운 주인이 나타났으니 낡은 물건들은 자리를 비켜주어야겠지?"

"어머, 그렇게 말씀하시니까 내가 무슨 점령군이 된 것 같아요."

"맞았어. 당신은 점령군 사령관이야. 내 마음을 몽땅 점령했으니까. 안 그렇소?"

"피, 엉터리. 점령당한 건 내 마음이에요."

두 사람은 농담을 주고받으며 함께 짐을 정리했다.

그의 짐은 오랜 세월 혼자 살아온 사람답게 깔끔하게 정리되어 있었다. 놀랍게도 승만은 자신의 기록들을 버리지 않고 거의 완벽하게 보존해왔다. 자신의 주요 저서나 글모음들은 물론이고 학창 시절의 성적표, 지인들과 주고받은 편지와 사진들, 심지어 여행 도중 지출한 영수증까지 꼼꼼하게 정리되어 있었다. 그가 살아온 환경이 매우 불안정하고 떠돌이 생활의 연속이었다는 점을 감안하면 더욱 놀라운 일이었다. 조그만 액수의 지출도 꼭 영수증을 보관하는 그의 습관은, 항상 쪼들리는 독립운동의 재정 운영을 투명하게 처리하려는 노력을 보여주는 것 같아 화니의 마음을 찡하게 했다.

승만의 양복을 정리하다가 화니는 이상한 점을 발견했다. 그의 오래된 양복바지들에는 하나같이 기장을 조금씩 늘였다 줄였다 한 흔적이 남아 있었다.

"아, 바지 말이오? 거기에는 재미있는 사연이 있지."

승만은 자신이 처음 하와이에 도착했을 때의 일화를 들려주었다.

"초기 하와이의 한인 사회에는 노총각들이 많았소. 대개는 사탕수수 농장의 농업 노동자로 이민선을 탄 사람들이었기 때문에 마땅히 결혼할 만한 처녀들이 아주 귀했소. 그래서 하와이 주 정부에 조국에서 신붓감을 초청할 수 있도록 탄원서를 냈다오……."

이것은 비단 한국인들만의 문제는 아니었다. 하와이에 거주하는 중국인이나 필리핀인들도 같은 문제로 고민하고 있었다. 주 정부도 이 문제를 해결하기 위해 팔을 걷어붙였는데, 그래서 시작된 것이 이른바 '사진결혼'이었다.

하와이의 노총각들이 사진을 찍어서 조국에 보내면 조국의 처녀들이 오직 사진 한 장만을 보고 신랑을 선택하는 식이었다. 당연히 사진이 얼마나 잘 나오는가가 노총각들의 최대의 관심사가 되었다. 그러나 노총각들은 돈이 없어 변변한 양복 한 벌 장만할 수 없었다. 그런 그들에게 승만은 자신의 양복을 아낌없이 빌려주었다. 오로지 사진 한 장만으로 신랑감을 선택한 처녀들은 머나먼 뱃길을 견디고 호놀룰루에 도착해서 또 한번의 시련을 겪어야 했다. 부두에 마중 나온 신랑감이 사진과는 달리 무척 늙어 보일 때였다. 당시는 한국의 조혼 풍속으로 인해 신붓감의 나이가 대개 10대 중반이나 후반이었던 것이다. 이국에 온 처녀들이 울고 불고 난리를 치며 아버지뻘 되어 보이는 신랑을 따라가기를 거부하는 사태가 벌어졌다. 그런데 언제부턴가 승만의 양복을 빌려 입고 부두에 나가면 신부들이 순순히 따라온다는 소문이 퍼졌다. 그러면서 그의 양복은 더욱 인기를 끌게 되었고, 그러다 보니 양복바지도 빌리는 사람의 키에 따라 늘었다 줄었다 하는 수난을 수없이 겪게 되었다. 승만의 얘기를 듣는 화니의 뇌리에는 자신을 따스하게 맞아주던 한국 여인들의 모습이 떠올랐다.

'그래, 그녀들이 바로 사진 신부들이었어!'

아버지뻘 되는 나이 차에도 불구하고 자신들의 지도자를 선택해준 여인에게 그녀들은 강한 동질감을 느꼈을 것이다. 더구나 공공연히 백인들로부터 문화적·인종적 차별을 느껴오던 차에 화니가 백인 여성이라는 점은 큰 호기심과 감사의 마음을 품게 만들었을 것이다.

"달링, 오늘 저녁 메뉴는 김치에 쌀밥이에요."

"그게 정말이오? 누가 김치를 주었소?"

"누가 주기는요. 제가 직접 만들 거예요. 만드는 법도 다 적어 놓았지요."

"아직 피로가 다 풀리지도 않았을 텐데 마음만으로도 고맙소!"

승만은 감동을 받은 표정이었다. 그런 남편의 표정과 말 한마디가 화니에게는 가장 큰 보상이었다. 자신이 사랑받고 있다는 느낌, 자신이 그에게 꼭 필요한 사람이라는 확신이 그녀를 가장 행복하게 해주었다.

저녁식사 후 화니는 승만과 함께 파인애플을 후식으로 먹으며 앨범을 정리했다. 그녀가 생전 처음 담가본 김치는 배추에 간이 덜 배어 서걱서걱했지만 승만은 연신 엄지손가락을 들어 보이며 남김없이 접시를 비워주었다.

빈에서부터 가지고 온 화니의 가족 앨범을 승만이 다 보고 나자 화니는 승만의 앨범이 보고 싶었다. 그것은 진작부터 그녀가 눈독을 들이던 일이었다. 사진이 아주 귀한 1800년대 후반, 그것도 그녀가 한 번도 가보지 못한 아시아의 동쪽 끝 코리아의 풍경을 그의 사진을 통해 본다는 것은 타임머신을 타고 50년 전의 코리아로 가는 것만큼이나 그녀의 가슴을 설레게 했다.

과연 승만의 앨범은 화니의 기대를 저버리지 않았다. 1893년 그가 아직 조선의 전통적인 교육을 받고 있을 때 아버님을 모시고 찍은 사진은 사진관에서 찍은 듯, 신비로운 안개가 피어오르는 동양의 풍경화를 배경으로 하고 있었다. 그들 부자는 모두 흰 도포를 입고 머리에는 말총으로 엮은 관을 쓰고 있었는데, 수염을 길게 기른 아버지는 당당한 풍채에 인자한 얼굴로 의자에 앉아 있었고 아직 앳된 얼굴에 날씬한 몸매의 아들은 입가에 보일락 말락 한 미소를 걸치고 아버지 옆에 서 있었다.

"우리 아버님은 물려받은 재산을 까먹으며 평생을 글이나 읽고 산천 유람이나 하면서 보낸 한량이셨소. 그 덕분에 어머니가 고생을 많이 하셨지……."

승만의 어린 시절은 물질적으로 풍요하지는 않았지만 행복했던 추억이 많은 것 같았다. 미국인 선교사들이 세운 배재학당에 다니던 시절의 사진에서 그는 상투를 자르고 서구식 복장을 하고 있었다.

"이 학교에 들어가면서 내 운명이 변했다고 할 수 있소. 이곳에서 나와 동료들은 젊은 혁명가가 되어갔소. 미국인 선생들이 매우 급진적이라고 우리의 목숨을 걱정할 정도로 말이오. 하하하……."

감옥에서 동료들과 나란히 서서 찍은 사진도 화니의 눈길을 끌었다. 푸른 죄수복에 몸에는 쇠사슬을 두른 상태였지만 그는 아주 행복한 표정으로 카메라를 바라보고 있었다. 어딘지 삶에 찌든 듯한 동료들의 무표정한 얼굴과는 매우 대조적이었다.

"당신은 감옥에 갇힌 사람답지 않게 즐거운 표정이네요."

"그렇군."

"어떻게 그럴 수 있었죠? 당신이 낙천주의자인 것은 알지만, 감옥사진이 제일 행복한 표정을 하고 있어요. 혹시 고통을 즐긴 건가요?"

"하하하, 그것도 말이 되는군. 하지만 난 마조히스트는 아니니 오해 말아요. 이 시절 나는 종교적 열정에 빠져 있었소. 사형선고를 앞둔 죽음의 공포 속에서 오히려 신앙으로 거듭나는 체험을 했던 거지. 그 힘으로 감옥 학교도 만들고, 동료들을 기독교로 개종시키기도 했소. 돌이켜보니 하루하루가 신나는 생활이었던 것 같소. 이해하겠소?"

"흠, 무슨 말인지 알겠어요. 그런데 말이죠, 저도 언젠가는 코리아에 가볼 수 있겠죠?"

"그럼, 우리 조국이 해방되면 당신도 나와 함께 코리아로 가는 거요. 꼭 가야지."

대학 생활이 담긴 앨범도 흥미진진했다. 그는 미국에서 세 개의 유명한 대학을 다녔다. 조지워싱턴 대학에서 학사를 끝내고, 하버드대학에서 석사 학위를 받은 후 박사 학위는 프린스턴 대학에서 받았던 것이다. 학창 시절에 찍은 사진과 주고받았던 편지들이 모두 하버드 졸업 앨범 안에 정리되어 있었다. 그의 은사였던 우드로 윌슨의 사진도 있었는데, 그는 후에 미국의 대통령이 되었다.

윌슨의 둘째 딸 제시와 다정하게 찍은 모습을 가리키며 그녀가 한때는 승만과 무척 가까운 사이였으며, 한국에 선교사로 가려고 자원하기도 했다는 설명을 들을 땐, 화니의 속이 왠지 부글부글 끓는 것 같았다.

졸업 후 한국에 돌아갔을 때의 모습으로 넘어가자 드디어 하와이에서 찍은 사진들이 나왔다. 배경도 하와이의 산야와 사탕수수 농장의 목조 가옥으로 바뀌어 있었다. 지금부터 20년도 넘은 사진들이었다. 30

대 후반이던 승만의 얼굴에는 자신감이 넘쳐났다.

"내가 하와이에서 본격적인 망명 생활을 시작한 것이 1913년이었소……."

사진들을 보자 승만은 옛 추억이 새록새록 되살아나는 듯했다. 한국 동포들이 가장 많이 살고 있는 하와이에서 장기적인 독립운동의 기틀을 잡아나가기로 작정하고 승만이 호놀룰루에 왔을 때, 물론 동포들도 열렬히 환영해주었지만 한국 교민 선교에 앞장서던 미국인 목사들도 그를 반겨주었다. 특히 감리교의 하와이 총책임자 와드먼 목사는 승만을 위해 '한인기숙학교'의 교장직과 호놀룰루 한인감리교회의 교육 책임자 역을 제의했다.

승만은 그의 제의를 고맙게 받아들여 '한인기숙학교'의 명칭을 '한인중앙학원'으로 바꾸고, 학생들에게 영어와 성경과목 외에 한글과 한자, 한국사를 가르치도록 커리큘럼을 개편했다. 또한 〈태평양잡지〉라는 순한글 월간지도 창간했다. 독립운동에서 언론의 중요성을 누구보다도 잘 알고 있는 승만은 이 잡지의 주필로서 동포들에게 애국심을 고취시키고 그 방법론을 제시할 수 있는 수단을 갖게 되었다.

다음으로 그는 한국 동포들을 대상으로 한 선교 사업을 열심히 전개했다. 한성감옥에 수감되어 사형수로서 초조한 하루하루를 보낼 때 기독교로 개종한 이후 기독교 사상은 민족주의와 더불어 그의 든든한 사상적 축이 되었다. 많은 한인들이 그의 설교와 인품에 감화되어 교회를 찾았다. 짧은 기간에도 그의 선교 활동은 매우 성공적이었다.

"그럼 당시에 당신의 직업은 뭐였죠? 선생님이었나요, 언론인이었나요, 아니면 선교사였나요?"

승만의 설명을 들으며 사진을 넘기다가 화니가 재미있다는 듯이 물었다.

"직업? 하하하…… 월급 받은 걸로 따지면 학교에서 받았으니까 선생님이었겠지?"

"당신 직업은 그냥 지도자예요. 지, 도, 자."

"하하하, 그냥 지도자라, 지도자…… 재미있는 표현이구려."

화니의 직관적인 표현은 그녀가 승만에게서 받은 인상을 잘 표현한 것이었다. 승만은 언론인이니 교육자니 하는 개인적인 직업을 넘어서 항상 민족의 장래를 먼저 걱정했고, 그 독립을 위해 필요하다면 자신의 생업도 아낌없이 포기해 왔다.

황량한 사탕수수 농장에서 수십 명의 한인 노동자들과 함께 쇠스랑을 들고 찍은 사진을 넘기니 한 중년 미국인의 상반신 사진이 나왔다. 넓은 이마에 눈매가 선하게 생긴 전형적인 앵글로 색슨인이었는데, 수더분한 양복 차림에 콧수염을 기르고 있었다.

"이분이 바로 와드먼 목사님이오. 한국인들의 처지를 진심으로 이해하고 도와주기 위해 애쓰셨던 분이었소."

"지금도 하와이에 계신가요? 나도 만나보고 싶어요."

화니의 물음에 승만은 쓸쓸하게 고개를 저었다.

"안타깝게도 내가 하와이에 정착한 이듬해에 임지를 옮기셨소."

"그래요? 참 인상이 좋아 보이는 사람인데……."

"화니, 당신은 사람 보는 안목이 있구려. 실제로 그가 하와이를 떠난 후로 내게는 큰 시련이 닥쳤소."

와드먼의 후임으로 온 프라이 목사는 승만의 활동에 제약을 가했다.

프라이 목사는 한인감리교회활동에 손을 떼고 교육 사업에만 전념하기를 요구했는데, 본래의 목적은 선교를 겸한 승만의 독립운동에 제동을 걸겠다는 것이었다. 따라서 교포 학생들에 대한 민족주의적인 교육 내용도 비판하고 나섰다. 주 정부의 민족 혼합적인 교육 목표에 저촉된다는 것이었다.

그의 부당한 간섭에 대해 승만은 항거했지만 감리교 교단 내에서 프라이 목사가 행사할 수 있는 권력은 막강했다. 고민에 고민을 거듭하던 승만은 결국 감리교와 관련된 모든 직위에서 자진 사퇴를 선언했다.

"저런, 당신은 2년 만에 다시 신념 때문에 실업자가 되었군요."

화니가 부드러운 손길로 승만의 뺨을 어루만지며 말했다. 그녀가 생각하기에도 망명가 승만이 하와이에서 얻은 지위는 개인적으로 뿌리치기 힘든 안락한 자리였다.

"그래서요, 그 다음에는 어떻게 하셨죠?"

승만은 화니의 손을 당겨 가볍게 입을 맞추었다.

"화니, 그렇게 애처롭게 말하지 말아요. 하늘은 스스로 돕는 자를 돕는다고 하지 않았소? 당시 나는 스스로의 길을 개척할 자신이 있었소."

믿었던 감리교단과 미국인들에 대한 실망에서 비롯된 승만의 방황은 길지 않았다. 그는 몇몇 동지들과 함께 하와이 전역을 샅샅이 돌며 한국인이 스스로 세우는 학교 설립의 필요성을 역설하고 다녔고 결과는 대성공이었다. 재미 한국인 독립단체인 '대한인국민회'에서 3에이커의 토지를 제공했고, 교민들은 당시의 화폐 가치로는 적지 않은 액수인 7천 7백 달러를 모금해 주었다. 이를 기반으로 승만은 미국인 교단으로부터 완전히 독립된 민족 교육 기관을 마련할 수 있었다. 새로운 학교의 이름은 '한인기독학원'이라고 명명했다. 또한 승만은 내친김에 '한인기독교회'라는 독립교회를 설립했다. 감리교회와 인연을 끊은 승만은 예배를 드릴 곳이 필요했는데, 여러 한인 목사와 성도들이 승만의 뜻에 호응해주었다. '한인기독학원' 건물을 빌려 예배를 드리는 처지였지만 교회는 계속 성장했고, 몇 년 후에는 작지만 독립된 교회 건물도 마련할 수 있었다. 그리고 세월은 강물처럼 흘러 그가 하와이에 정착한지 어느덧 22년이 흘렀다.

"어머, 벌써 11시가 넘었어요! 당신 얘기를 듣다 보면 항상 시간가는 줄 모른다니까요. 내일은 출근해야죠?"

화니는 부산을 떨며 탁자 위에 놓인 찻잔을 들고 들어섰다.

화니가 간단한 세면을 마치고 침실로 들어가자 잠옷을 입고 침대에 앉아 기다리고 있던 승만이 따스한 손길로 그녀의 손목을 잡아 이끌었다.

"화니, 한국 풍습에서는 남자들이 여자의 부엌일을 도와주지 않는다오. 당신이 이해하겠지?"

"그럼요, 우리 고향 빈에서도 정숙한 여성들은 부엌일에 남자의 도움을 받으면 안 된다고 배웠는걸요."

"고맙소. 당신은 정말 현명한 여인이오. 당신을 만난 것이 내게는 가장 큰 복이오."

승만은 입가에 미소를 띠고 연신 그녀를 칭찬해주었다.

잠자리에 들었지만 화니는 한동안 잠을 이룰 수가 없었다. 고향집마당이 떠오르고 엄마의 얼굴이 그려졌다. 자신을 부러워하던 베티 언니의 얼굴도 떠올랐다. 그녀는 마음속으로 엄마에게 보내는 편지를 썼다.

'엄마, 지금 화니는 굉장히 행복해요. 엄마가 걱정하던 것들은 다 부질없는 것들이었어요. 사실은 나도 조금은 마음을 졸였는데, 이곳 한국 사람들은 너무도 친절하게 나를 맞아줬어요. 우리를 환영하기 위해 나왔던 수천 명의 인파를 엄마도 봤어야 하는데……. 엄마 사위가 이곳 사람들에게 얼마나 존경받고 있는지 아세요? 나는 너무너무 자랑스러워요. 엄마, 우리 집 마당엔 아직도 눈이 하얗게 덮여 있겠죠? 거짓말처럼 여기는 한여름이에요. 엄마 딸이 내일은 와이키키 해변에 나가 해수욕을 할 거랍니다. 1월 달인데 말이죠. 나는 정말 무척 행복해요……. 그렇지만 엄마가 보고 싶은 건 어쩔 수 없네요. 엄마, 사랑해요…….'

제2부

그날을 기다리며

행복한 추억

이화장은 대한민국 초대 대통령 이승만이 1947년부터
경무대로 이사하기 전까지 거주하던 집이다.
1948년에는 이곳 조각당에서 우리나라 건국 이후 초대내각이
조직되기도 했으며, 전통 한옥인 본관에는
이승만 대통령의 유품이 소장되어 있어 기념관으로
이용되고 있다.

- 서울시, 이화장 안내문

프란체스카 여사가 직접 길러서 먹던 콩나물,
그 옆에는 며느리 조혜자씨

(사진제공 : 조혜자)

프란체스카 여사 결혼 53주년을 맞이하여 각국 외교관 부인들과 함께 찍은 사진

(사진제공 : 조혜자)

열 시간이 넘는 긴 시간이 지나고 이제 비행기는 중국을 지나 대한민국 영공으로 접어들었다.

3년 만에 찾아오는 조국이 왠지 새롭게 느껴졌다. 하늘에 떠 있는 새털구름이나 눈 아래 펼쳐진 검푸른 바다, 낮은 산들이 굽이굽이 이어진 강산이 크게 변했을 리는 없으련만, 한국은 나날이 변하는 곳이었다. 특히 지난 1988년에 서울올림픽 자원봉사차 한국을 방문했을 때의 놀라움은 지금도 기억이 새로웠다.

아시아에서는 도쿄에 이어 두 번째로 서울에서 올림픽이 열리기로 결정되었을 때 체육학을 공부했던 한 사람으로서 얼마나 기뻤는지 모른다. 외국에서 결혼하여 살고 있는 몸으로서 나는 조국을 위해 무언가 보람 있는 일을 하고 싶었다. 그래서 우편으로 대한체육회에 자원봉사를 신청했는데, 뜻밖에도 IOC위원을 위한 독일어 통역을 맡게 되었다.

불과 5년 사이에 조국의 모습은 몰라보게 달라져 있었다. 택시를 타고 공항을 벗어나자 우중충하던 건물들은 모두 없어지고 새로 지은 세련된 건물들과 대형 음식점들이 왕복 8차선의 도로 주변을 장식하고 있었다.

서울을 동서로 가로질러 흐르는 한강의 양안에는 새로운 도시 고속도로가 놓여 있었는데, 이곳을 차로 달리며 바라보는 서울의 경치는 절경이었다. 드넓은 한강 위에는 유람선과 요트들이 떠다니고, 고층건물과 아파트들이 한강을 따라 죽 늘어선 풍경 뒤로 북한산의 기암절봉들이 멋진 스카이라인을 이루었다. 유럽과 미국, 동남아시아의 웬만한 대도시들을 한 번쯤 방문해본 사람으로서 다른 어느 도시에 비해도 빠지지 않는 경치라는 생각이 들었다.

서울에서 대학을 다니고 20년 이상 살았지만, 오랜만의 방문에서 예전에 느껴보지 못한 서울의 아름다움을 발견하니 뭐라고 말로 표현하기 어려운 감정이 들었다. 무역량으로 세계 10위 안에 들게 되었다는 경제지표가 현실로 느껴졌다. 그동안 한국은 눈부시게 발전한 것이다.

1910년부터 35년간 일본의 식민지로 지내다가 해방되자마자 미국과 소련에 의해 남북이 분단되고, 3년간 유엔군과 중공군이 참전한 국제전의 전쟁터로 잿더미가 된 나라. 학생혁명, 군사혁명, 군부독재 등 정치적 불운의 연속 속에서 한국이 오늘날의 경제발전을 이룬 것을 외신은 '한강의 기적'이라고 표현하기도 했다.

망명지 하와이에서 남편 이승만 박사를 떠나보내고 빈으로 돌아갔다가 5년 만인 1970년에 한국으로 돌아온 프란체스카 여사도 지금 내가 느끼는 것과 비슷한 감정을 느꼈을 것 같았다. 그러나 아직도 한국은 동서 냉전의 산물인 민족 분단이 유지되고 있는 유일한 나라였다.

나의 이번 고향 방문은 서울에 있는 어머니와 친정 식구들을 보러 오는 것이었지만, 작년에 인스브루크에서 만난 프란체스카 여사를 방문하는 것도 빼놓을 수 없는 목적이었다.

아직 남편 헤버트 외에는 아무에게도 알리지 않았지만, 나는 프란체스카 여사의 이야기를 글로 쓰고 있었다. 꼭 책으로 내야겠다고 생각하는 것은 아니지만, 오스트리아 여인으로서 한국 정치가의 아내가 되어 험한 한국 현대사를 함께 살아온 삶이 내 가슴을 울렸다. 더욱이 그녀의 나이는 올해로 아흔한 살, 한국 나이로는 아흔두 살이었다. 아직은 정정하지만 언제 돌아가실지 아무도 모르는 일이었다. 프란체스카 여사가 살아 계실 때 한 번이라도 더 만나보고 싶었다. 더불어 글을 쓰려면 한국에서 그녀와 관련된 자료를 찾아봐야 했다.

이런저런 생각에 빠져 있는 동안 어느새 비행기는 활주로를 향해 급격히 고도를 낮추고 있었다.

"네, 사학과 사무실입니다."

전화는 벨이 몇 차례 울린 후에 연결되었다. 수화기 너머로 조교로 추정되는 여학생의 음성이 들렸다.

"박민호 교수님 좀 바꿔주시겠어요?"

"잠깐만 기다리세요. 누구시라고 전해드릴까요?"

"친구예요. 김순이라고 하면 알거예요."

"김순이 씨요, 알았습니다."

연결되는 동안 수화기에서는 전자 톤의 경쾌한 음악이 흘러나왔다. 박민호는 남녀 공학이던 고등학교 동창으로 현재 한국대학교 사학과의 교수였다. 프란체스카 여사에 대한 자료를 찾기 위해서는 역사를 전공

한 그와 상의하는 것이 도움이 될 것 같아 만나볼 생각이었다.

"야, 이거 누구야. 정말 순이 맞아?"

수화기 저쪽 편에서 민호의 반가운 목소리가 들려왔다.

"그래, 나야 순이. 오랜만이지?"

"그럼, 오랜만이고말고. 너 어디야, 서울이야?"

"응, 오랜만에 친정에 왔어."

"오스트리아가 좋은가 보다. 그리로 시집가서 연락 한 번 안하고 말이야."

"말하다 보니까 미안해지네. 미안하니까 내가 저녁 살게. 시간 있지?"

"시간이 없으면 만들어서라도 내야지. 먼 유럽에서 온 손님인데 말이야."

나는 민호와 그의 대학 후문에 있는 조용한 한정식당에서 저녁을 함께 하기로 했다.

한참을 학창 시절의 추억과 친구들의 소식으로 수다를 떨고 나서 나는 본론으로 들어갔다.

"근데, 민호야, 너 이승만 박사에 대해서 어떻게 생각하니? 역사학자로서 말이야."

"이승만 박사? 우리나라 초대 대통령 말이야?"

"그래, 이승만 박사."

"갑자기 그런 질문을 하면 어떻게 대답을 해야 하나. 근대사 수업시간에 느닷없이 학생한테 구석기 시대에 대한 질문을 받은 기분인걸. 묻고 싶은 게 뭔데?"

나는 프란체스카 여사를 만난 얘기를 들려주었다. 그리고 그녀에 대한 책을 쓰고 싶은데 어떤 자료를 참고하면 좋겠느냐는 말을 빼먹지 않고 덧붙였다. 이미 쓰고 있는 사실을 쓰고 싶다는 말로 살짝 바꾼 것이다. 막상 책을 쓰려니까 내가 우리나라 현대사에 대한 지식이 별로 없다는 것을 알았다는 점은 솔직하게 말했다.

"네가 쓰려는 책이 어떤 성격인지에 따라 어떤 자료가 필요한지 결정되겠지. 야, 이거 솔직하게 말하면 나도 잘 모르겠는데? 이승만 박사에 대한 자료라면 꽤 많지만, 프란체스카 여사라…… 그녀가 아직 살아 있는지도 잘 모르고 있었거든."

"너무 어렵게 생각하지 마. 이 박사는 1875년생인데 1965년에 하와이에서 돌아가셨지. 프란체스카 여사는 1900년생으로 아직 생존해 계시고. 그러니까 내가 필요한 것은 19세기 말부터 1960년대까지의 한국사에 대한 지식이야. 이 박사나 프란제스카 여사와 관련된 전문직인 것이면 더 좋고."

"아, 그런 정도라면 얼마든지 도와줄 수 있지. 그런데 말이야, 요즘 그런 책이 나오면 누가 관심을 가질까? 아, 내 말은 책이 팔리고 안팔리고를 떠나서 정치적으로 이 박사는 잊혀진 인물이라는 뜻이야."

그는 오해하지 말라는 듯 얼른 부연을 달았다.

"잊혀진 인물이라니?"

"정확하게 말하면 잊고 싶은 인물이라고 할까. 그가 우리 역사에 남긴 족적은 상당하지만 일단 그는 실패한 독재자거든."

"하지만 나는 이 박사에 대한 얘기를 쓰고 싶은 게 아니야. 주인공은 프란체스카 여사라고. 그녀가 살아온 이야기는 정말 감동적이야."

"글쎄…… 그녀에 대한 사람들의 감정도 이 박사보다 좋지는 않아. 왜 당시에 유행하던 말 있지? '인의 장막' 말이야. 프란체스카 여사는 노쇠한 이 박사를 둘러싸고 정보를 차단하던 인의 장막 중의 하나라고 알려져 있거든."

나도 들은 적이 있었다. 당시 프란체스카 여사는 막강한 권력을 행사하는 대통령의 부인이면서 일반인들과는 말이 통하지 않는 파란 눈의 여인으로서 신비화의 대상이 되었다. 그 결과 수많은 억측과 심증이 마치 사실처럼 포장되어 그보다 더 심한 말들까지 일반에게 유포되었다.

"절대 권력이 오래 지속되면 주변에서 아부를 일삼고 통치자의 눈을 가리려는 무리들이 있게 마련 아닐까? 하지만 내가 본 프란체스카 여사는…… 여든 살이 넘어서도 막중한 국사를 책임져야 하는 남편을 둔, 자나 깨나 이 박사의 건강만을 걱정하는…… 그런 착한 여인일 뿐이었어. 권력이나 개인적 치부에는 관심도 없는 사람이었다고."

"알았다, 알았어. 너 그새 프란체스카 여사의 팬이 다 됐구나."

"민호야, 너 그럼 자료를 확실하게 알아봐 주는 거지?"

역사에 관한 한 전문가인 그가 도와준다면 내 작업은 한결 쉬워질 것이었다.

"좋아, 까짓 거. 공부하는 셈 치고 도와주지. 하지만 너, 나만 믿고 있으면 안 된다? 결국 글을 쓰는 사람은 너니까 말이야."

"물론이지. 그런데 민호야, 내가 이미 시내 대형 서점들은 한 바퀴 돌아보았는데, 정작 나한테 필요한 책들은 대부분 절판됐더라고. 출판사에 전화를 해봐도 창고에 재고가 없다는데?"

"흠…… 그런 어려움이 있겠구나. 우리 같은 사람이야 자기 분야의 신간이 나오면 절판되기 전에 얼른 사놓지만. 소위 대형 서점이라는 곳들도 잘 팔리지 않는 책들을 서가에 오래 꽂아놓지는 못하는 현실이라서 말이야. 그런데 국회도서관은 가봤어?"

"국회도서관?"

"그래, 우리나라에서 책이 아주 많은 곳 중의 하나지. 단행본이든, 학위 논문이든, 신문 잡지든, 모든 인쇄물은 나올 때마다 한 권씩 그곳에 보관하게 돼 있거든."

"고맙다, 얘. 역시 고등학교 동창이 좋긴 좋구나."

"고맙긴 뭐. 책 나오거든 나 한 권 주는 거 잊으면 안 돼?"

그는 교수님답게 책 욕심은 감추려 하지 않았다.

'이화장'은 서울 시내 한복판, 종로구 이화동 주택가에 자리 잡고 있었다. 전화로 미리 프란체스카 여사와 통화를 하고 방문 날짜를 잡았다. 그녀는 작년 유럽 여행이 아무래도 노구에 무리가 됐는지 건강이 약간 안 좋다고 했지만, 전화 목소리에는 반가움이 듬뿍 담겨 있었다. 그녀가 길을 매우 꼼꼼하게 가르쳐준 덕분에 이화장은 어렵지 않게 찾아갈 수 있었다.

1945년 해방된 조국에 돌아온 이승만 박사는 거처할 집이 없어 처음에는 조선호텔에 묵었고, 그 후 2년간 돈암장과 마포장으로 이사를 다녔다. 이를 안타깝게 여긴 국내 유지들 서른세 명이 사재를 모아 이 집을 사서 1947년 10월 이 박사에게 기증했다고 한다.

'이화장'이란 명칭은 마포장, 돈암장의 경우처럼 동네 이름에 '장莊' 자를 붙인 것인데, 건물이 특별히 거창해서라기보다는 역사적으로 유명한 분이 살던 곳임을 나타내기 위한 편의적 명칭이었다. 그 후 그들 부부는 이 박사가 초대 대통령에 선출되어 대통령 공관인 경무대로 이사할 때까지 1년 정도 이곳에서 살았다.

이화장 건물은 1930년에 옛 조선의 고관이 살던 널따란 집터에 새로 건축한 기와집이었다. 낮은 구릉이 시작되는 경사진 땅에 인공을 거의 가하지 않고 집을 짓고 정원을 꾸며서 그런지 숲속에 집이 몇 채 있는 것 같은 분위기였다. 주변은 집들이 빽빽이 들어찬 주택가인데 허름한 정문을 지나 이화장으로 들어서니 수풀이 울창해서 작은 공원에 들어온 것 같은 느낌이 들었다.

이화장 입구에는 오른손에 책을 들고 왼손을 높이 든 이승만 박사의 동상이 세워져 있었고, 동상 밑에는 생전에 이 박사가 국민들에게 호소하던 유명한 구호가 새겨져 있었다.

'뭉치면 살고 흩어지면 죽는다!'

이 말은 몽고를 비롯한 북방 유목 민족에게는 잘 알려진 교훈이다. 한 유목민의 어머니가 죽음을 앞두고 불화가 심한 아들들을 불러 모았다. 어머니는 아들들에게 각기 화살을 하나씩 주며 꺾어보라고 했다. 화살들은 쉽게 꺾였다. 다음에는 하나씩 나누어 준 화살을 모두 모아 꺾어보라고 했다. 그러자 아들 중 누구도 화살 뭉치를 꺾지 못했다. 그리고 그제야 그들은 어머니의 뜻을 알고 화합하게 되었다는 이야기다.

뭉치기 위해서는 강력한 구심점이 필요한 법이다. 일본인들이 단결을 잘하는 이유는 그들이 정신적 구심력으로 떠 받들 수 있는 '천황'이 있기 때문이다. 그러나 불행하게도 우리 민족의 근대사는 조선 왕조가 무너진 이후 새로운 구심력이 형성되기 전에 외세와 이데올로기라는 각종 원심력에 휘둘려 산산이 흩어진 형세였다. 안타까운 일이 아닐 수 없었다.

이화장은 1988년부터 '대한민국 건국대통령 우남 이승만 박사 사적관'으로 일반에게 공개되기 시작했는데, 동상도 그때 세워졌다고 한다.

평일 오후여서 그런지 방문객이 별로 없어 한산했다. 오른쪽으로는 조각당, 약간 왼쪽으로 본관을 가리키는 팻말이 보였다. 오른쪽을 돌아보니 언덕 위 나무들 사이로 아담한 별채가 있었다. 방이 한 칸이나 두 칸 정도밖에 없을 것 같아 보이는 작은 집이었다. 1948년 이승만 박사가 대통령에 선출되면서 내각 인선을 고심했던 장소여서 조각당이라는 명칭이 붙었다고 한다. 그곳에 한번 올라가 볼까하다가 곧바로 본관으로 향했다.

본관 앞 정원에서 전지가위를 들고 꽃나무를 다듬고 있던 프란체스카 여사가 나를 발견하고 반갑게 맞아주었다.

"안녕하세요? 오랜만이에요, 순이."

흰머리를 곱게 빗어 머리 뒤로 모아 쪽을 지고, 노란색 한복을 차려 입은 모습은 한국 할머니 그대로였다.

"그동안 잘 계셨어요? 건강은 좀 어떠세요?"

밝게 웃고 있지만 그녀의 얼굴은 1년 사이에 많이 늙어 보였다.

"괜찮아. 이제 우리 이 박사님 곁으로 갈 날만 남았는걸."

"한복이 무척 잘 어울리시네요. 저는 한복 입은 모습, 처음 보잖아요."

"호호호, 집에서는 늘 한복을 입고 있지. 우리 박사님도 내가 한복을 입고 있으면 늘 흐뭇해하셨어."

나는 얼른 손에 든 꾸러미를 그녀에게 건네주었다.

"초콜릿 좋아하시죠. 오스트리아에서 모차르트 초콜릿을 가져왔어요. 드셔보세요."

"고마워요. 자, 안으로 들어가자고."

프란체스카 여사는 기념관으로 꾸며진 본관 안에 혼자서 주거하고 있었다. 생활하기 편리하도록 본관 아래쪽에 새로 지은 별관에서 지내는 이인수 박사 가족이 별관으로 오시라고 강권해도 그녀는 고집을 부리며 본관을 지키고 있었다. 주거의 편리함보다는 이승만 박사와의 추억이 살아 숨 쉬는 유품 속에 묻혀 지내는 것이 더 행복하다는 무언의 말이었다.

본관은 마치 1960년에서 시간이 멈추어버린 장소 같았다. 대통령 시절, 이승만 박사는 이화장의 수리를 절대 금했다고 한다. 사저를 수리하는 것은 부정부패의 원인이 된다는 이유에서였다. 그래서 그런지 본관 건물은 흘러간 세월보다 더 낡아 보였다. 10월이었는데 건물 안은 난방이 안 돼 있어 꽤 쌀쌀하게 느껴졌다.

현관을 들어서자 나는 어느 쪽으로 먼저 갈까 망설였다. 잠깐 동안 그 자리에 서서 두리번거리고 있는데 프란체스카 여사가 물었다.

"순이, 따뜻한 모과차를 한잔 줄까?"

"감사합니다만, 먼저 집 구경을 하고 싶어요."

"그것도 좋지. 자, 이쪽으로 와요."

방 세 칸은 전시실이었다. 이승만 박사가 쓰던 가구와 함께 거실이 고스란히 보존되어 있었다. 타자기나 전화기 등 그의 손때가 묻었을 사무용품들도 지금은 모두 골동품이 된 것들이었다.

"이 타자기가 우리 재산 목록 제1호였지. 먼 길을 갈 때도 항상 챙겨

갈 정도였으니까. 이 타자기로 쓴 중요한 문서들이 수도 없이 많아요."

"정말 중요한 역할을 한 타자기로군요."

아내로서뿐 아니라 비서로서도 이승만 박사를 놓치고 싶지 않았는지, 프란체스카 여사는 퍼스트레이디가 된 후에도 중요한 외교 문서를 비서들에게 맡기지 않고 손수 타이핑했던 것으로 유명하다.

그 외에도 역사적 사진과 문서들, 이승만 박사가 입던 양복과 한복, 친필 원고 등 지나간 시대를 기념할 만한 소품들이 잘 전시되어 있었다. 공식적인 외교 관계에서 이승만 박사는 한국의 품위를 지키기 위해 양복을 입는 편이었는데, 때로는 실크 모자에 단장을 짚고 멋을 내기도 했다.

진열대 한쪽에 있는 물건이 눈길을 끌었다. 종이로 꼬아 만든 노끈이었다.

"순이, 이게 뭔지 알겠어요?"

"글쎄요, 노끈 아닌가요?"

"호호호…… 그냥 노끈이 아니고 편지라오. 일본 경찰의 눈을 피해 한국과 연락을 취하던 한 수단이지. 종이에 글을 써서 노끈을 만들면 감쪽같거든."

"야, 좋은 아이디어네요!"

가장 인상적인 것은 가구를 비롯하여 집기들 중에 고가품이라고 할 만한 것이 전혀 눈에 보이지 않는다는 점이었다.

전시실로 꾸며진 방들 외에 침실과 부엌은 아직도 프란체스카 여사가 사용하고 있었는데, 심지어 삐걱거리는 옛날 침대까지 그대로였다. 어릴 때부터 몸에 밴 지독한 근검절약과 남에게 신세를 지지 않으려는 꿋꿋한 생활태도가 고스란히 드러났다.

"참, 순이도 우리 이 박사님 목소리를 들은 적이 있던가?"

"그럼요, 이승만 박사님의 명연설은 어렸을 때 라디오를 통해 자주 들었지요."

"그럼, 이 연설도 들어봤는지 모르겠네."

말이 채 끝나기도 전에 프란체스카 여사는 침대 머리맡에 놓인 낡은 카세트테이프의 스위치를 눌렀다. 곧 테이프 돌아가는 소리가 들리더니 이승만 박사의 카랑카랑한 목소리가 흘러나왔다.

"나는 이승만입니다. 미국 워싱턴에서 국내, 해외에 산재한 우리 2천 3백만 동포에게 말합니다……."

귀에 익은 이승만 박사의 음성이었다.

내가 어릴 적만 해도 한국에는 텔레비전의 보급률이 낮아서 라디오가 인기였다. 목소리로 연기를 하는 성우들 중 구민이라는 사람이 있었는데, 그는 이승만 박사의 목소리를 잘 흉내 내는 것으로 더 인기가 있었다. 그가 감쪽같이 흉내를 내던, 나지막하게 떨리면서도 힘찬 그 목소리가 계속 들려왔다.

"……나 이승만이 지금 말하는 것은 우리 2천 3백만의 생명의 소식이요, 자유의 소식입니다. 저 포악무도한 외적의 철망 쇠사슬에서 호흡을 자유로 못하는 우리 민족에게 이 자유의 소식을 일일이 전하시오……."

내가 이승만 박사의 연설 녹음을 들으며 옛 생각에 젖어 있는 동안 프란체스카여사는 어느새 모과차를 끓여서 들어왔다. 아흔 살이 넘은 나이에도 손수 차를 끓이는 그녀의 태도가 존경스러운 한편 차를 받아

마시는 나는 송구스럽기 그지 없었다.

"이 연설은 언제 녹음하신 거예요? 내용을 들어보니 아직 해방 전인 것 같은데요."

"그러니까 그게…… 일본이 진주만을 폭격한 다음 해였지. 1942년이 었어."

프란체스카 여사는 눈을 가늘게 뜨고 아득한 옛 기억을 떠올렸다.

"미드웨이 해전에서 미국이 승리한 6월이었을 거야. 미국의 라디오 방송을 통해 단파로 몇 주일 동안 해외에 방송되었지……. 한국에 있는 동포들에게 일본에 협조하지 말고 때가 오면 총궐기하자고 권하는 내용이야."

"그 시절 얘기 좀 들려주세요."

나는 이때다 싶어 그녀의 이야기보따리를 재촉했다. 내 눈이 반짝 반짝 빛나는 것을 느꼈는지 그녀도 흥이 나는 것 같았다.

"그때 우리는 워싱턴에서 살고 있었지. 이 박사님이 책을 쓰기 위해 하와이에서 워싱턴으로 이사를 갔거든."

"무슨 책이었는데요?"

"〈일본 내막기(Japan Inside Out)〉라고, 일본의 미국 침략을 경고하는 내용이었지. 가만 있어봐라, 그 책이 어디 있었는데……."

그녀가 서가에서 찾아온 것은 한국어로 씌어진 약 250쪽 분량의 책이었다. 책표지에는 〈일본 군국주의 실상〉이라는 제목 아래 '저자 이승만, 역자 이종익'이라고 인쇄되어 있었다.

"원래는 영어로 씌어진 책인가 봐요? 우리 글로 번역한 사람이 따로 있네요."

"그렇지, 원래 미국인들에게 읽힐 목적으로 쓴 책이었으니까. 자, 어디서부터 얘기를 해야 할까……."

프란체스카 여사의 기억은 태평양을 넘고 시계 바늘을 되돌려 1941년의 워싱턴으로 날아가기 시작했다.

1941 · Washington D.C

그날을 기다리며

"나는 이 박사가 필기해 준 영문 원고를 타이핑하였습니다. 완성된 원고를 출판사에 넘겨줄 때까지 전부를 세 번이나 타자하는 동안 손이 아프고 짓무르기까지 하였습니다…….

우리가 생각한 대로 처음에는 이 책이 일반의 주위를 크게 환기시키지는 못하였습니다. 그러나 1941년 12월 8일 미국이 진주만의 기습을 당하게 되자 이 책은 바로 모든 서점에서 매진이 되고 말았으며 재판이 나가고 영국에서도 발간이 되었습니다……."

1987년 7월 17일
서울 이화장에서
- 〈일본 군국주의 실상〉 번역판의 출간에 붙여

이승만 박사가 하와이에서 워싱턴으로 이주하여 '일본 내막기(Japan Inside Out)'을 집필할 즈음의 프란체스카 여사. 이승만 박사의 저서와 모든 서류를 혼자서 직접 타자로 치는 동안 손끝이 짓무를 정도였다고 한다.

(사진제공 : 조혜자)

나는 이 책을 세상에 내놓는 동기가 전쟁을 위해서가 아니라 평화를 위한 것임을 먼저 밝힌다.

이러한 점에서 나는 가끔 오해를 받아왔다. 동양 문제를 이야기할 때면 나의 친구들은 종종 "당신은 미국이 일본과 전쟁을 하기를 원하시오?"하고 묻는다. 그러나 나는 오히려 더 늦기 전에 미국이 일본을 견제함으로써 그 전쟁을 피하기를 원한다. 내가 이 책에서 이야기하고자 하는 것은 바로 그것이다…….

이 불은 당신들이 염려하기에는 굉장히 먼 곳에 있었다. 그러나 지금의 사태는 일변하였다. 당신들은 벌써 불기운으로 얼굴에 열이 오르기 시작하였다. 그 열은 여러분을 괴롭힐 정도로 가까이 온 것이다…….

……당신들은 아직도 산불이 먼 곳에 있다고 생각할 수 있겠는가?

당신들은 이래도 "(한국인과 만주인과 중국인들로 하여금) 자기들 싸움을 하라고 하라. 그것은 우리 일이 아니다"라고 말할 수 있을 것인가?

⋯⋯불가항력적인, 그칠 줄 모르는 전쟁이라는 수레는 움직이며 그 지나간 자리에 문명과 인간 윤리의 폐허를 남기고 있다. 공포에 사로잡힌 세상은 아연하며 "도대체 이는 무슨 까닭인가, 왜 그들은 이런 짓들을 저지르고 있는가?"라고 자문하고 있다. 그 까닭은 다름이 아니라 동양에서의 일본 천황도와 서양에서의 나치스, 파시스트가 세계를 정복하려고 하기 때문인 것이다. 그들은 거대하고 기계화된 군대를 보유하고 있기 때문에 세계를 정복할 운명을 지니고 있다고들 믿고 있는 것이다.

1941년 1월

이승만

'타닥, 타다닥.'

화니는 마지막으로 힘차게 승만의 이름을 타자로 쳐 넣었다. 엔터를 치자 타이프 라이터는 '땡' 소리를 내며 다음 줄로 넘어갔다. 그 줄은 승만의 자필 서명이 들어갈 자리로 남겨질 것이었다.

"후우."

절로 한숨이 나왔다. 이것으로 머리말만도 세 번째 타이핑하는 셈이었다.

타자기 옆 책상에는 수천 매의 원고 더미가 수북이 쌓여 있었다. 오후 내내 타이핑을 한 손끝이 또 아려왔다. 화니는 앞머리를 쓸어 올리며 보조 테이블에 놓인 찻잔을 집어 들었다. 반쯤 남은 차는 이미 싸늘하게 식어 있었지만 갈증을 달래주기에는 충분했다. 화니는 차를 마시며 습관적으로 벽에 붙여둔 목차를 읽었다. 지난 한 해 동안 승만과 화니가 함께 매달린 책의 목차였다.

책의 내용은 처음에 승만이 쓰려고 계획한 것과 많이 달랐다. 승만은 지난 30여 년 동안 한국인들이 벌여온 독립운동의 발자취를 정리하는 역사를 쓰려고 했었다. 일본의 승전보는 계속되고 외교 독립운동의 성과는 부진한 가운데, 하와이의 동지들은 어느덧 65세를 바라보는 승만에게 일선에서 물러나 회고록이나 한국독립운동사 같은 저술 활동을 할 것을 권유했다. 승만은 이를 받아들여 재작년에 하와이에서 워싱턴 D. C.로 이사 와서 호바트 가의 자그마한 집에 세를 들었다.

그러나 승만은 나이를 핑계로 과거의 회상에 묻히기보다는 앞으로 일어날 일을 예측하려고 노력하고 그 속에서 자신의 과제를 스스로 찾아내는 스타일이었다. 세계 정치의 중심지가 된 워싱턴으로 속속 들어오는 전쟁 속보들은 그를 더욱 자극했다.

자유주의 국가들이 계속 반공, 반민족해방 전선에 주력해야 한다고 믿는 동안 재군비를 추진해온 독일은 소련과 비밀협정을 맺고 폴란드를 침공하여 소련과 함께 분할 점령해버렸다. 그런데도 영국과 프랑스는 독일에 선전포고를 해놓은 채 마지노선만 유지하며 전투를 회피하고 있었다.

영국과 미국의 은밀한 후원에 힘입어 조선을 강제 합병하고 태연히 만주를 점령한 일본도 이제 말을 바꿔 타듯 독일, 이탈리아와 방공동맹을 맺고 중국 공산당을 토벌한다는 명목 하에 중국 대륙을 침공하여 상하이, 난징 등 주요 도시를 거의 다 점령하고 있었다.

식민지 조선에서 들어오는 소식들은 더욱 끔찍했다. 모든 교육 기관에서 한국말과 한글의 사용을 금지하더니, 일본 조상신에 대한 예배를 의무화하고 한국인의 성과 이름까지 모두 일본식으로 바꾸기를 강제하고 있다는 것이었다. 한마디로 민족 말살 정책이었다.

일본은 미국에서 연간 수백만 달러의 로비 자금을 뿌리며 일본의 침략 의지를 부인하는 거짓 홍보를 하면서, 자국과 조선에서는 '영국, 미국 귀신들을 몰아내고 전 아시아를 서구 제국주의 국가에서 해방시키자'는 구호로 국민들을 선동하며 전쟁 준비에 광분하고 있었다.

이런 정보들을 분석하면서 승만은 조만간 일본이 미국을 침공할 것이며, 결국에는 미국의 압도적인 힘 앞에 무릎을 꿇게 될 것임을 분명히 깨달았다. 그렇게 되면 함께 항일전선에 참가한 한국 민족의 독립의지를 미국도 더 이상 외면할 수 없을 것이었다. 일본의 압제에 시달리던 조국이 드디어 자유를 찾을 수 있으리라는 희망에 승만은 잠을 이룰 수가 없었다.

"화니, 아무래도 책의 내용을 바꿔야겠소."

"네? 갑자기 그게 무슨 말씀이세요. 어떤 내용으로요?"

"지금 미국인들은 일본의 정체를 전혀 모르고 있어. 일본인들은 겉으로는 웃는 얼굴을 하지만 속으로는 상대를 잡아먹으려고 칼을 가는 무서운 자들이야. 거기에 우리 한국이 당했던 거지. 지금은 중국이 당하고 있고, 이제 미국 차례야. 중국과 동남아가 몽땅 일본의 손아귀에 들어가면 조만간 일본은 미국을 침략할 거야."

화니도 일본의 야심에 대해서는 많이 들어 알고 있었지만, 승만의 말을 들으니 왠지 몸이 으스스해졌다. 지금까지 유럽과 아시아의 절반이 전쟁의 포화에 휩싸여 있는 가운데, 그녀 자신은 안전한 미국에서 평화를 누리며 살고 있었던 것이다.

"그래서요?"

"일본의 세계 정복 계획을 폭로하는 책을 써야 하오. 물론 영어로 써야겠지. 한국인을 포함한 아시아인치고 그 사실을 모르는 사람이 없는데 고립주의를 맹신하는 미국인들만이 일본의 위험을 모르고 있단 말이오. 이제는 미국도 더 이상 안전하지 못하다는 사실을 그들에게 알려야 하오!"

승만의 힘찬 말투에는 어딘지 예언자적 확신이 어려 있었다. 이것이 바로 승만의 매력이었다.

화니는 그에게 다가가 부드럽게 입을 맞추어 주었다.

"그래요, 지금 당신이 해야 하는 일이 바로 그거예요!"

승만의 얼굴이 자신감과 의욕으로 빛나는 모습을 보면서 화니는 더없이 행복했다.

승만의 의사를 전달받은 하와이의 동지들도 그의 계획에 적극 찬성했다. 이렇게 해서 집필 방향은 새롭게 바뀌었다.

새로운 책의 저자는 물론 승만이었지만, 이 원고에는 화니의 손길이 미치지 않은 곳이 없었다. 집필 초기에 필요한 참고 도서와 자료를 정리하고 보충할 내용을 국립 도서관에서 찾고 대출하는 일에서부터 승만이 쓴 육필 원고를 타이핑하고, 오자와 오타를 찾아 빨간 펜으로 교정하고, 다시 타이핑하는 일까지 화니는 충실한 공동 작업자였다.

집필이 진행되는 동안 유럽과 중국에서는 계속 새로운 전쟁 상황이 벌어졌다. 이에 따라 처음 설정한 내용이나 이왕 쓴 원고들을 고치는 일이 빈번해졌고, 그 결과 3천여 쪽에 이르는 원고들을 세 번이나 타이핑하게 되었다. 집필은 거의 끝나가고 있었지만 오늘도 승만이 집에 돌아와서 일부 원고 내용을 바꾸자고 할지 모르는 일이었다.

'땡, 땡, 땡……'

괘종시계 소리에 정신이 번쩍 들었다. 시침이 정확하게 5시를 가리키고 있었다.

실내가 지나치게 썰렁했다. 연료비를 아끼기 위해 해가 나는 낮 동안에는 벽난로에 장작을 넣지 않아 불씨는 벌써 꺼진 터였다.

'벌써 5시네? 얼른 저녁을 준비해야지.'

화니는 승만의 비서에서 사랑스런 아내로 변신하여 부엌을 향해 종종걸음을 쳤다.

자동차 소리가 요란하게 났다. 화니는 다시 창가로 가서 커튼을 젖히고 밖을 내다보았다. 눈 덮인 거리에는 행인이 한 사람도 보이지 않고 어둠만이 짙게 깔려 있었다. 엔진 소리가 시끄러운 포드 한 대가 꽁무니에서 연기를 뿜으며 저만큼 달려가는 모습이 보였다. 이미 8시가 지난 시각이었다. 난롯가에 엎드려 있던 해피가 끙끙거리며 다가와 화니의 다리에 머리를 비벼댔다. 해피는 화니가 기르는 강아지로, 아기가 없는 그들 부부 사이에서 재롱둥이 노릇을 톡톡히 하고 있었다.

오늘도 승만의 귀가는 늦어지고 있었다. 화니가 정성껏 지은 밥은 이미 식은 지 오래였고, 승만이 좋아하는 콩나물국은 몇 번을 데워 졸아 있었다. 다행히 미국에는 동양인들이 많이 살고 있어서 쌀이라든가 콩나물 등 음식 재료를 구하는 것이 그리 어렵지 않았다. 김치 담그는 것도 이제는 자신 있었다. 혼자 사는 한국인 유학생들에게 자신이 담근 김치를 나누어 주는 것도 보람 있는 일이었다. 그러나 결혼한 지 벌써 7년이 되었지만 저녁식사 시간에 맞추어 승만을 귀가하게 하는 것은 아직도 어려운 일이었다. 오랫동안 혼자 살아왔기 때문인지 승만은 일단 집에서 나가면 안에서 그를 위해 따뜻한 음식을 준비해 놓고 기다리는 부인의 존재를 잊어버리는 듯했다.

"해피, 너도 아빠가 늦으시니까 걱정되지?"

화니는 해피의 머리를 쓰다듬으며 말했다. 해피는 큰 눈을 멀뚱거리며 이해한다는 듯 그녀를 바라보았다.

승만이 늦게 들어오는 날이면 화니는 온갖 불길한 생각들에 휩싸였다. 승만의 운전습관은 험하기로 소문이 나 있었다. 붓글씨를 쓰거나 책을 볼 때면 그렇게 조용하고 차분한 사람이 운전대만 잡으면 달라졌다. 거침없이 속력을 내는 것은 물론이고 앞차가 천천히 가기라도 하면 참지 못하고 거칠게 앞지르기를 했다.

다른 사람을 옆에 태우고 운전을 하다가도 논쟁거리가 생기면 손짓을 해가며 옆 사람 얼굴을 쳐다보고 말을 했는데, 그러면서도 속력은 늦추지 않았다. 그럴 때 동승한 사람이 겁을 먹고 주의를 주면, "하하하, 나는 아직 죽을 때가 되지 않았소. 걱정 마시오"하며 대수롭지 않게 여겼다. 그의 험한 운전 솜씨를 아는 사람들은 그가 운전하는 차에 함께 타는 것을 꺼릴 정도였다. 유교적 선비 정신 속에 잠재해 있는 나라 잃은 국민으로서의 그의 격정이 거친 운전을 통해 나타나는 것이려니 하고 화니는 이해하고 있었다.

화니가 2년 전부터 운전을 배우게 된 것도 주변 사람들의 권고 때문이었다. 승만과 함께 외출할 때면 운전은 늘 화니의 몫이었다. 하지만 오늘처럼 승만 혼자 차를 몰고 나가면 사고 걱정을 하지 않을 수 없었다.

화니를 불안하게 하는 또 한 가지는 올해로 예순여섯 살인 승만이 여전히 여성들에게 인기가 있다는 사실이었다. 승만은 그 나이에도 불구하고 얼굴에 주름이 별로 없고 몸매가 탄탄했다. 하얗게 센 머리는 오히려 이지적이고 신비스런 분위기를 더해주었다. 마흔 살이 넘어가면서 화니는 건강과 용모에 점차 자신을 잃고 있는데, 승만은 조금도 매력을 잃지 않는 것이 속상하기도 했다. 모임에 나가면 승만의 주위에는 한국 여성이건 미국 여성이건 항상 여인들이 모이는 편이었다. 화니가 누구보다 승만의 매력을 잘 알고 있기에, 그에게 몽롱한 눈길을 보내는 여성을 보면 태연하려고 노력해도 질투심으로 속이 탔다.

그는 바람을 피우지도, 스캔들을 일으키지도 않았다. 술과 담배도 하지 않았다. 승만은 화니에게 더할 수 없이 충실한 남편이었다. 그렇지만 지금 이 순간 어떤 여자가 승만을 유혹하고 있을지도 모른다는 생각이 드는 것은 어쩔 수 없었다. 조금 전만 해도 참을 수 없이 배가 고프더니 이제는 허기 대신 머리가 어지럽기 시작했다. 식사 시간을 한 시간이라도 넘기면 나타나는 현상이었다. 하지만 혼자서 쓸쓸히 저녁을 먹고 싶은 마음은 없었다.

'후, 이럴 때 집에 전화가 있으면 좋을텐데…….'

하지만 물질적으로 풍요로운 미국에서도 가정용 전화는 아직 사치품이었다. 승만은 그 자신이 필요할 텐데도 전화 놓는 것을 미루고 있었다.

모든 면에서 승만은 지나치게 검소했고, 자신을 위해 돈을 모으려고 하지 않았다. 오죽했으면 여태껏 자신의 이름으로 된 집 한 칸이 없었다. 또한 하와이에서 고생하는 동포들이 부쳐주는 돈이라며 작은 지출에도 영수증을 꼬박꼬박 챙겨 기록했다.

이 동네에서 하인을 쓰지 않는 집은 화니네 집뿐이었다. 워싱턴은 겨울이면 눈이 많이 내려서 아침마다 하인들이 나와서 눈을 치웠다.

집주인이 직접 눈을 치우는 경우는 거의 없었다. 그래서 승만은 눈이 오는 날이면 꼭두새벽에 일어나 화니와 함께 남의 눈에 띄지 않게 눈을 치우곤 했다.

식탁을 보니 잘게 뜯긴 신문 조각들이 수북하게 쌓여 있었다. 화니는 황급히 신문 조각들을 쓸어 휴지통에 버리고 종종걸음으로 서재로 가서 타이프라이터 앞에 앉았다. 이럴 때는 차라리 무슨 일이든 하면서 기다리는 것이 현명했다. 그녀는 종이에 먹지를 대고 타이프라이터에 끼우기 시작했다.

잡념을 떨치기 위해 마음을 가다듬고 일에 몰두하고 있는데 벨소리가 들렸다. 승만은 열쇠를 가지고 있었지만 화니가 열어 주는 것을 좋아했다. 해피가 문에 붙어 두 발로 서서 꼬리를 흔들며 승만을 반기고 있었다.

"오, 여보, 왜 이렇게 늦으셨어요?"

화니는 문을 열어주며 원망 반, 걱정 반인 목소리로 남편을 맞았다. 승만은 화니를 품에 안고 가볍게 등을 토닥여주었다.

"미안하오. 동지들과 이것저것 협의를 하다 보니 늦었구려."

그의 말 한마디에 화니의 마음에 끼었던 온갖 먹구름이 순식간에 걷혔다.

"저녁은 어떻게 하셨어요?"

"허허, 나는 괜찮소. 대충 뭘 좀 먹었지. 아, 당신 나 기다리느라 아무

것도 안 먹은 것 아니오?"

"몰라요!"

그녀는 짐짓 토라진 척 몸을 돌려 부엌으로 들어갔다. 그가 늦는 날이면 화니가 저녁을 먹지 않고 기다린다는 것을 승만도 잘 알고 있었다.

승만은 경중경중 뛰며 그에게 감기는 해피를 잠시 쓰다듬어주고 나서 모자와 코트를 벗어 현관에 걸었다. 승만이 벽난로로 다가가 장작을 몇 개 집어넣고 있는데 부엌에서 화니의 목소리가 들렸다.

"오늘은 당신이 좋아하는 콩나물국을 끓였는데 다 졸아 버렸어요."

"오, 저런저런. 그래, 우리 둘이 먹을 만큼은 남았소?"

콩나물국 소리를 듣자 승만은 군침을 삼켰다. 사실 늦게까지 동지들과 토론을 하다 보면 뭘 먹을 틈이 없었다.

"두 번 먹을 것은 없어요. 어서 손이나 씻고 오세요."

"하하하, 잠시만 기다리구려. 당신 먼저 먹어요. 배고플 텐데."

늦은 저녁식사였다. 파를 송송 썰어 넣고 새우젓으로 간을 한 콩나물국을 보더니 승만은 밥을 가득 말고 김치 국물을 넣어 새콤하게 만들었다.

"당신 음식 솜씨가 날이 갈수록 좋아지는구려."

승만의 왕성한 식욕이 화니는 늘 부러웠다. 그가 먹는 모습을 보면 그녀의 입맛도 따라서 살아나는 듯했다.

그들은 묵묵히 식사를 마쳤다. 밥을 먹을 때면 승만은 거의 입을 열지 않았다. 그의 어머니가 어릴 때부터 길러준 습관이라고 했다.

"오늘 나가신 일은 어땠어요?"

"그게 말이야, 아무래도 뉴욕에 한 번 다녀와야겠소. 유명 출판사는 대개 뉴욕에 많이 있거든."

집필이 거의 끝나가는 요즈음 승만은 출판사를 알아보는 중이었다. 하지만 선뜻 나서는 출판사가 없었다. 그가 유명 작가인 것도 아니고, 원고도 반전 의식이 강한 대중에게 인기가 있을 내용이 아니었다. 그러나 책의 기획 의도가 미국인들에게 일본의 침략 의사를 폭로하는 것인 만큼 미국의 저명한 출판사를 통해 미주 전역에 배포하는 것이 중요했다.

문제는 자금이었다. 결국 자비 출판을 해야 할 텐데, 매달 생활비를 보내주고 있는 하와이의 동지들에게 또 손을 벌리기는 어려운 형편이었다. 화니는 내심 걱정이 되었지만 정작 당사자인 승만은 곤란한 기색을 보이지 않았다.

"우리 책이 잘 팔릴까요?"

"아마 잘 팔리진 않을 거야. 책이 출판되기만 해도 다행이라고 봐야지."

"그럼 어떻게 해요?"

"하하하, 옛말에 '진인사대천명盡人事待天命'이란 말이 있소. 사람이 할 바를 다하고, 그 결과는 겸손히 하늘에 맡긴다는 뜻이오. 걱정하지 말고 우리는 우리가 할 바를 다합시다."

승만의 말에서 온갖 역경을 헤쳐온 사람만이 소유할 수 있는 달관이 느껴졌다.

"사실 내가 정말 걱정하는 것은 따로 있소."

"뭔데요?"

"우리 책이 출판되기 전에 일본이 미국을 침공하는 것이오. 그렇게 되면 원님 지나간 뒤에 나팔 부는 격이 아니오? 글을 쓰면서도 내일 당장 전쟁이 터질지 모른다는 생각에 속이 탄 적이 한두 번이 아니라오. 그러니 서둘러야 하오."

"아, 그렇군요!"

승만의 말을 들으니 화니는 정신이 번쩍 들었다. 책이 팔리고 안 팔리고는 다음 문제였다.

"화니, 오늘 원고 타이핑은 다 끝냈소?"

"거의요. 지금 보실래요?"

"그럽시다. 당신 정말 수고가 많구려."

"월급도 안 주면서 말로만 걱정해주는 거예요?"

"아, 월급. 내 책이 팔리면 인세는 몽땅 당신 주리다, 어떻소?"

"다 필요 없어요. 저녁시간에 맞추어 일찍 들어오기나 하세요."

"하하하. 알았소, 알았소."

승만은 빨간 펜을 들고 화니가 끓여준 생강차를 마시며 타이핑된 원고를 읽기 시작했다.

다행히 뉴욕의 저명한 출판사인 플레밍 사에서 승만의 책을 출판하기로 했다. 출판 비용도 저자가 절반만 부담하면 되는 유리한 조건이었다. 뿐만 아니라 저자 몫의 비용은 몬태나 주에서 농장을 경영하는 전인수 씨가 선뜻 지원해주었다. 그는 1910년대 말에 미국으로 건너와 승만과 독립운동을 함께한 오래된 친구였다. 큰 부자는 아니지만 빈손으로 미국에 와서 고생하고 노력한 끝에 자수성가한 한인 가운데 하나였다. 전 씨 가족들은 전부터 농장에서 나온 밀 껍질과 호밀 겨를 함께 볶아서 빻은 포스텀이라는 영양차를 주기적으로 보내주곤 했었다.

"그 친구가 처음 콜로라도 덴버에서 한인 농장을 시작할 때 내가 집 짓는 것을 도와주었거든. 그땐 정말 즐거웠지. 역시 친구와 와인은 오래될수록 좋다는 말이 맞아."

승만은 내심 출판 경비에 마음을 많이 쓰고 있었는지 무척 기뻐했다. 화니도 전인수 씨가 정말 고마웠다. 화니가 그토록 고생해서 타이핑한 원고들이 그의 도움으로 책으로 만들어져 나올 수 있게 된 것이다.

책은 이제 플레밍사의 배급망을 타고 미국 전역에 깔릴 것이었다. 다음은 홍보가 가장 중요한 문제였다.

미국의 저명한 여류 문필가로 아시아 문제에 관한 한 전문가로 통하는 펄벅 여사가〈아시안 매거진(Asian Magazine)〉에 승만의 책에 대한 서평을 써주었다.

이것은 무서운 책이다. 나로서는 책의 내용이 사실이 아니라고 말하고 싶으나 너무나도 진실이기에 무서운 것이다. 사실 일본에 정복을 당한 국가의 한 시민으로서 이승만 박사는 전반적으로 보아 놀랄만큼 온건하다······.

그는 이 책에서 '공포'를 쓴 것이 아니며, 분명히 일어난 사건의 진상을 지적하고 증거를 제시한 것에 불과하다. 만약 극동에서 일본이 계획하고 있는 새 질서에 관해서 권위 있게 증언할 수 있는 사람이 있다면 그것은 한국 사람일 것이다.

나는 미국인 대부분이 모르고 있는 사실, 즉 1905년의 한미수호조약을 폐기하고 일본이 한국을 정복하도록 인정해준 사실을 비난할 수 있음을 다행으로 생각한다······. 이것은 외교의 실책이 얼마나 중

대한 것인가를 증명해 주는 하나의 표본이기도 하다.

그는 미국에 대한 일본인의 태도를 이야기할 때 미국인이 진심으로 감사해야 할 경고를 해주고 있다. 거기에는 일본인에 대한 개인적인 증오는 조금도 없고, 다만 일본인의 심리 상태가 전 인류에게 얼마만큼 위험한 것인가를 정확하게 진단하고 있다.

이것은 미국인을 위해 씌어진 것이므로 미국 사람은 읽지 않으면 안 될 책이며 지금이야말로 읽어야 할 시기다. 되풀이하거니와 이 책이 진실하다는 데서 나는 오히려 두려움을 느낀다.

개신교 여러 교파의 목사들이 주로 읽는 〈교회 관리(Church Management)〉리는 집지에서는, 〈일본 내막기〉에서 일본이 한국과 중국에서 미국 선교사들을 어떻게 몰아내고 있는지를 고발한 장을 통째로 실어주기도 했다.

이러한 호응에 힘입어 책은 서서히 좋은 반응을 보이기 시작했다. 미국 내 각 학교와 도서관에서 책을 구입했으며, 일본에 관심이 있는 일반 독자들도 상당수 책을 구입했다. 그러나 무엇보다도 한국교민들이 이 책의 발행을 열렬히 환영해 주었다.

어느 날 저녁, 배달된 편지를 뜯어 보던 승만은 입가에 미소를 띠며 화니에게 편지 한 장을 건네주었다. 호놀룰루 대한인동지회의 이원순 회장에게서 온 편지였다.

존경하는 이 박사님께

우선 박사님께서 쓰신 책이 이곳 교민들 사이에서 선풍적인 인기를 누리고 있다는 점을 전해드립니다. 모두들 '역시 이 박사님'이

라며 책에 대한 칭찬이 자자합니다. 저희 앞으로 보내신 책 750권
은 모두 성황리에 판매되었습니다. 대금을 함께 우편환으로 보내
드립니다. 덕분에 이곳에서 임시정부 활동 자금을 모금하는 일도
아주 잘되고 있습니다…….

"오, 여보!"

화니는 목이 메었다. 눈앞까지 뿌예졌다.

승만은 조용히 화니의 두 손을 잡고 손등에 입을 맞추어주었다.

"모두 당신의 공이오. 당신이 이 손으로 그 많은 원고들을 다 타이핑
해 주지 않았소! 그런데 말이오…….

"그런데요?"

"당신 손은 언제 잡아봐도 곱구려."

"장난꾸러기, 미워요!"

화니는 어떤 순간에서도 유머를 잃지 않는 승만이 더욱 존경스러웠
다.

"거짓말이 아니오, 하하하…….

1941년, 한국인들의 독립운동은 다시 활발해지고 있었다. 돌이켜 보
면 지난 1930년대 후반은 암울한 시기였다. 운동의 중심이어야 할 상
해의 대한민국 임시정부는 공산주의자들과 중도좌파, 민족주의, 우익
진영으로 나뉘어 내부 분열과 이탈이 심각한 지경이었다. 게다가 일본
의 중국 침략으로 어쩔 수 없이 상해를 떠나 중국 정부와 함께 난징,
충칭 등으로 떠돌이 생활을 할 수밖에 없었다.

식민지 조선에서는 일본의 '내선일체'니 '대동아공영권'이니 하는 구
호 아래 한민족 말살 정책이 한창 기세를 올렸다. 모든 학교에서 한국

말과 글, 역사를 배우지 못하게 하는 것은 물론이고 모든 한국인들의 성과 이름을 일본식으로 바꿀 것을 강요했다. 또한 전국에 일본 조상신을 숭배하는 신사를 짓고 참배할 것을 의무화했다. 종교적인 이유로 이에 저항하는 개신교 교회에 대해서는 마을 신도들을 모두 교회당 안에 집어넣고 불을 질러 집단 학살을 하는 등 광기 어린 폭력을 서슴지 않았다.

한국인들의 모든 자발적인 대중 단체를 해산시키고 오직 친일 단체만을 인정했으며, 헌병과 밀정 조직을 이용하여 민족 독립을 기도하는 조직에 대한 가혹한 탄압과 파괴 공작에 수단 방법을 가리지 않았다. 그 결과 조선 내의 공산주의 비밀 단체들은 모조리 파괴되었고 민족계몽운동 수준의 대중 단체들도 남김없이 해산되었다. 뿐만 아니라 해외로 탈출하지 않고 국내에서 활동하는 애국자들에게는 협박과 금전의 유혹으로 변절을 강요했다.

문인들은 일본의 침략 정책을 옹호하는 글을 쓰도록 강요당하고, 신문과 잡지는 가혹한 검열과 재정의 압박 속에서 일본을 찬양하는 기사만을 실어야 했으며, 사업가는 군비를 헌납하지 않으면 사업을 할 수 없었다. 식민 정책에 협력하지 않는 외국의 선교사들은 모두 추방당하고, 종교 지도자들마저 정교 분리라는 명목 하에 신도들에 게 신사 참배를 권유할 수밖에 없었다.

일본의 점령 지역에 거주하는 모든 한국인들은 속으로는 피눈물을 뿌릴지라도 겉으로는 일본에 협력하는 척해야 살아남을 수 있었다. 만약 거부한다면 헌병대에 잡혀가 고문으로 죽거나 불구가 되거나 사회 활동이 불가능한 폐인이 되었다. 일본은 한국의 젊은이들을 자원입대

형식으로 침략 전쟁의 총알받이로 동원하면서도, 그들이 반란을 일으킬까 봐 두려워 각 부대에 분산 배치했다. 모든 정보가 검열되고 오직 일본의 승전 소식만 선전되는 상황에서 대다수의 지식인들은 좌절하고 일부는 적극적인 일제 협력자로 변신했다.

1920년대 초 한국과 만주의 국경 지역에서 일본군을 상대로 눈부신 전과를 올리던 용감한 한국의 독립군들은 일본의 만주 침략으로 근거를 잃고 소련의 배신으로 학살당하며 뿔뿔이 흩어졌다. 살아남은 군대는 각각 이념에 따라 중공군이나 홍군 부대에 편입되어 대일항전의 명맥을 유지하는 정도였다.

미국 등 해외에서 독립운동을 하는 단체들도 형편이 어렵기는 마찬가지였다. 그들의 기반이 되는 교민들은 나라 잃은 국민으로서 힘들게 생업에 종사하면서 세월이 흐름에 따라 현지 사회에 동화되거나 독립 의지가 점차 쇠퇴했다. 경제 공황의 여파로 인한 생계 곤란과 조국에서 들려오는 암울한 소식들, 날로 강성해지는 파시즘과 전쟁의 광기는 미래의 희망에 어두운 그림자만을 드리우는 듯했다.

해외 한인 단체들도 분열되었다. 항일 독립운동을 인민 전선 형태로 꾸리고 그 주도권을 잡으려는 좌익은 승만의 온건한 임시정부 승인 획득 운동을 기회주의라고 비난했다. 하지만 승만은, 공산주의자들은 궁극적으로 이념에 봉사하는 자들로서 민족해방운동이란 그 수단에 불과하므로, 그들이 주도권을 쥐게 되면 설사 독립을 획득하더라도 피를 부르는 내전과 소련 체제로의 종속을 가져올 뿐이라고 내다보고 있었다.

승만이 바라는 해방된 조국의 미래는 결코 그런 것이 아니었다. 한국은 해양 세력과 대륙 세력이 만나는 반도에 자리 잡고 있어서 정치적으로는 민주주의, 경제적으로는 자유 시장 경제 시스템을 구축하여 스위스와 같은 번영을 이룩할 수 있는 요건이 갖추어져 있었다. 그렇게 하려면 조국보다 이념을 우선하는 공산주의자들에게 결코 독립운동의 주도권을 넘겨주어서는 안 되었다. 자연히 승만에게는 분열을 조장한다느니, 독선적이라느니, 늙고 무능하다느니, 권력을 독점하려 한다느니 하는 반대파의 악의에 찬 비난이 집중되었다. 반대파인 좌익은 미국의 새로운 로비스트로 한길수라는 자를 앞세워 승만의 외교 활동을 방해하기도 했다.

미 행정부도 대한민국 임시정부의 승인을 끈질기게 요구하는 승만을 귀찮아하고 그의 대표성을 인정하려 들지 않았다. 식민지 조선은 여러 성황으로 보아 이미 일본에 성공적으로 동화된 곳이며, 임시정부는 대표성이 희박하고 실력도 없는 임의단체고, 이승만 박사는 그런 임정을 승인해달라는 편지나 써대는 노망 든 늙은이라고 판단하는 듯했다.

화니는 승만의 원고를 타이핑하면서 남편과 그의 조국이 당하고 있는 고난을 생각하며 수없이 눈물을 흘려야 했다. 그러나 해가 바뀌고 책이 출판되면서 모든 것이 나아지고 있었다.

미일전쟁을 예견하였던 승만은 임정과 긴밀한 연락을 유지하며 한국 독립을 위한 대책을 간구하였다. 장개석 총통의 국민당 정부 원조를 받고 있는 임정은 미국에서 활동하고 있는 승만의 대책 마련과 외교적 활동에 크게 힘입고 있었다. 그것은 임정의 국제승인과 일본에 대한 참전으로 조국을 해방하고 당당하게 독립을 찾자는 것이었다.

일본의 마수를 피해 충칭에 자리 잡은 임시정부는 김구 주석의 지도 하에 원기를 회복하고 있었다. 중국 내의 한인 좌익항일단체들을 포용해 흩어진 무장 세력을 모아 광복군을 창건하고 승만의 말대로 태평양 전쟁이 발발하자 일본에 정식으로 선전포고를 했다. 이미 한국인들의 지속적인 대일 투쟁 과정과 그 업적을 잘 알고 있는 중국 국민당은 임시정부를 물심양면으로 지원해주었다.

김구는 승만보다 한 살 아래인 투철한 민족주의자였는데 승만과 호형호제하는 친분을 유지하며 그의 뜻을 잘 이해하고 있었다. 임시정부는 승만이 그해 4월 호놀룰루에서 열린 해외한족대회에서 주미외교위원부 위원장으로 선출되자 이를 추인하고, 몇 년 간 활동을 중단하고 있던 구미위원부를 다시 열어줄 것을 요청했다. 승만은 이 요청을 쾌히 수락했다.

"이제 구미위원부 사무실을 알아봐야겠소. 그동안 책을 쓰느라 머리가 아팠는데, 이제부터는 부지런히 뛰어야겠구려, 하하하."

호놀룰루에서 워싱턴으로 돌아온 승만은 다시 몇 년은 젊어진 것 같았다.

한국시간 12월 8일 새벽, 선전포고도 없이 감행한 일본 해군의 기습 공격이 하와이의 미군 기지가 있는 진주만을 쑥밭으로 만들었다.

이 소식이 전해지자 워싱턴은 발칵 뒤집어졌다.

이미 일본이 미국을 침략하리라는 전조는 충분했다. 지난 7월 일본은 인도차이나의 프랑스령과 네덜란드령을 침공했으며 8월에는 독일, 이탈리아와 3국 동맹을 맺었다. 이에 대해 미국은 경고와 더불어 미국 내 일본 재산동결, 대일본 석유 수출 금지조치를 취했으며 중국의 국민당 정부에 대한 군사 원조를 강화했다. 일본에서는 준비했다는 듯이 10월에 들어서자 반미주전론자 도조 히데키가 이 내각을 장악했다.

이처럼 충분한 징조에도 불구하고 전쟁 소식은 미국인들에게 충격이었다. 루스벨트 대통령은 즉각 의회에서 대 일본 선전포고를 요청하였고 급박하게 전개되는 상황들이 라디오 전파를 타고 미국 전역에 알려졌다.

워싱턴에 자리 잡은 구미위원부는 회의 도중 각지에서 걸려오는 전화를 받느라 정신이 없었다. "이 박사님, 예견하신 대로 일본이 드디어 미국을 침략했군요. 정말 놀라운 선견지명이십니다. 박사님과 인터뷰를 하고 싶은데요" 하고 〈워싱턴포스트〉지 기자가 전화를 걸어오는가 하면, "이 박사님 계십니까? 여기는 미 상원 국방위원회인데요……" 하는 전화가 오기도 했다.

그러나 무엇보다도 승만의 걱정은 하와이에 있는 동포들의 안부였다. 진주만과 호놀룰루는 산하나 넘는 정도의 거리였다. 일본의 대규모 공습이 가해졌다면 호놀룰루도 무사하리라는 보장이 없었다.

"화니, 호놀룰루에는 아직도 전화 연결이 안 되는거요?"

"네, 교환원 말로는 지금 하와이 전역에 통화가 폭주하고 모든 회선이 연결 중이래요."

화니 역시 안타까운 듯 다급하게 대답했다. 그녀는 승만의 비서로서 구미위원부에 나와 일을 하고 있었다.

"아, 우리 동포들이 부디 피해가 없어야 할 텐데 말이야."

승만은 어느새 열 손가락을 모아 입에 대고 불고 있었다. 그것은 그가 매우 고민을 하고 있다는 증거였다. 젊은 시절 한성감옥에 수감되었을 당시 손가락 끝을 대꼬챙이로 찌르는 고문을 받은 후 생긴 버릇이었다.

"위원장님, 너무 걱정하지 마십시오. 라디오 보도에 따르면 호놀룰루 시내는 거의 피해가 없는 듯합니다."

비서인 임병직 대령이 말했다. 승만을 안심시키기 위한 말이었다. 걱정스럽기는 임 대령도 승만 못지않을 것이었다.

'드디어 전쟁의 참혹한 수레바퀴가 우리를 덮치고 있군요……'

전쟁은 더 이상 먼 나라의 얘기가 아니었다. 화니의 눈앞에도 하와이에서 다정하게 지내던 이들의 얼굴이 어른거렸다.

해방,
그리고 짧은 이별

그리스도께서 우리로 자유케 하려고 자유를 주셨으니
그러므로 굳세게 서서 다시는 노예의 멍에를 메지 말라.

- 신약성서, 갈라디아서 5장 1절

이승만 대통령 내외가 경무대(청와대) 관저에 있는 연못에서 애견 해피와 함께
물고기에게 먹이를 주고 있다.
(사진제공 : 조혜자)

프랜체스카 여사 생신축하연에서 화동을 안고 함께 기념촬영
(사진제공 : 조혜자)

1945년 8월 15일, 이날은 모든 한국인은 물론 화니에게도 영원히 잊지 못할 날이었다.

새벽녘, 곤히 자던 화니는 남편이 부스럭거리며 일어나 머리맡의 라디오를 켜는 소리에 눈을 떴다. 평소 같으면 조용한 음악이 흘러나올 시간이었다. 그런데 그날은 아나운서가 무언가를 급박하게 전달하고 있었다.

승만은 스탠드의 불을 켜더니 숨을 죽이고 라디오에 귀를 기울였다. 심상치 않은 느낌에 화니도 일어나 앉았다. 언뜻 도쿄니, 항복이니 하는 소리가 들리는 것 같더니 그녀가 알지 못하는 낯선 언어가 흘러나오기 시작했다.

"여보, 지금 무슨 말이 나오는 거예요?"

승만은 멍한 표정으로 화니를 돌아보았다.

"화니, 내가 잘못 들은 건 아니겠지?"

"지금 라디오에서 뭐라고 한 건데요?"

"일본이…… 항복했다는군."

"예? 일본이 항복을 해요?"

"화니, 내 팔을 꼬집어봐요, 어서. 이게 꿈은 아니겠지……."

화니는 정말 그의 팔을 꼬집었다.

"아야!……아픈 걸 보니 이게 꿈이 아니로군."

"정말…… 정말 일본이 항복을 했다는 건가요?"

승만은 팔을 어루만지며 아직도 믿지 못하겠다는 듯이 말했다.

"그렇소. 지금 일본 왕 히로히토가 국민들에게 항복 교서를 읽고 있소."

"이 말이 일본어로군요. 세상에! 이제 코리아는 자유를 찾았어요."

화니의 들뜬 목소리와는 달리 승만의 목소리는 어느새 콱 메어 있었다.

"너무 일러. 일본이 너무 일찍 항복을 했단 말이오."

승만은 옷소매를 들어 뚝뚝 흐르는 눈물을 닦았다.

"너무 일러. 우리 광복군이…… 만반의 준비를 하고…… 전선에 투입될 날만 기다리고 있는데, 너무 일찍 항복을 했소."

"그래도 일본이 항복을 했잖아요. 그렇게 기다리던 그날이 왔잖아요!"

승만은 충혈된 눈으로 다시 화니를 돌아보았다.

"그래, 그렇게 기다리던 날이지!"

승만은 정신없이 맨발로 마룻바닥에 내려서더니 만세를 불렀다.

"대한민국 만세! 만세!"

화니도 함께 신바람이 나서 만세를 불렀다.

"만세, 만세!"

두 사람은 만세를 부르다가 서로 부둥켜안고 어린애처럼 울었다. 울다가 만세를 부르다가 미친 사람들처럼 또 울었다.

승만의 뇌리에 30년 전의 서울 모습이 선명하게 떠올랐다. 낮은 초가집과 구불구불한 골목, 그 길로 흰 한복을 입고 머리에 상투를 튼 민중들이 손에 손에 태극기를 들고 만세를 부르며 쏟아져 나오고 있었다.

경황 중에도 화니는 누군가가 밖에서 목청껏 만세를 부르는 소리를 들었다.

"여보, 누가 밖에서 만세를 부르고 있어요."

"그래?"

승만은 눈물 젖은 얼굴로 만세 소리에 잠시 귀를 기울이더니 잠옷 바람으로 대문을 박차고 나갔다. 문밖에는 새벽어둠 속에서 두 사나이가 양손을 치켜들며 만세를 부르고 있었다.

"오, 자네들!"

승만의 목소리가 떨렸다. 그들은 구미위원부 위원인 임병직 대령과 정한경 박사였다.

"박사님, 집 안에서 만세 소리가 나기에 저희도 따라서 만세를 부르던 중입니다."

임병직 대령의 말에 정한경 박사도 급히 말을 받았다.

"라디오에서 일본이 항복했다는 보도를 듣고 사무실로 갔더니 임대령이 나와 있더군요. 박사님께 이 소식을 전해드리러 달려오는 길입니다."

"허허, 그런가. 고마우이."

이웃집 남자가 만세 소리에 놀랐는지 창문을 열고 그들을 내다보았다. 아직 이른 새벽이었다.

"자, 우리 흥분을 가라앉히고 들어갑시다."

"예, 박사님."

그들은 거실에 죽 둘러앉아 화니가 내오는 차를 마셨다.

"일본이 항복을 한 것은 기쁜 일이라 만세를 불렀습니다만, 이거 좀 뜻밖입니다. 그 지독한 원자탄을 두 방이나 맞고도 본토 수호, 결사 항전을 외치던 자들 아닙니까."

임 대령이 먼저 입을 열었다.

"굶주린 늑대 같은 소련이 참전했다는 소식을 듣고 일왕이 서둘러 결단을 내린 게지."

"우리는 완전히 닭 쫓다가 지붕 쳐다보는 꼴이 되었습니다. 중국에 있는 우리 광복군이 고국에 상륙하여 일본군 무장 해제를 수행할 준비를 갖추고 명령이 떨어지기만을 기다리고 있었는데……. 어쩐지 미국이 차일피일 작전 날짜를 연기하는 것이 수상했습니다."

"박사님, 미국 놈들이 대일 전선에 소련군을 끌어들이기 위해 우리 한국을 팔아먹은 거 아닙니까!"

그들은 분통을 터뜨렸다. 당연한 일이었다. 미국은 대한민국 임시정부를 승인하는 것에 계속 확실한 답을 미루고 있었다. 진주만이 습격당한 마당에도 미 국무부는 일본의 마음을 상하게 할 수 없다느니, 한국인들은 분열이 심해서 임시정부의 대표성을 인정할 수 없다느니, 스스로 싸우지 않는 민족에게는 군수 지원을 할 수 없다느니 하는 말도 안

되는 핑계를 대며 임시정부를 승인하고 군수 지원을 수행해달라는 구미위원부의 요구를 회피해오고 있었다.

그 의도는 분명했다. 종전 후에도 한국의 독립을 즉시 보장할 마음이 없으며 강대국의 신탁통치를 통해 신식민지 정책을 펴겠다는 속셈이었다. 또한 여차하면 한국에 군침을 삼키고 있는 소련을 대일전쟁에 끌어들이는 미끼로 이용하겠다는 속내도 엿보였다.

40년 전 일본이 한국 병합이라는 야심을 보이자 비밀 협정을 통해 미국의 필리핀 지배를 일본이 눈감아주는 조건으로 이를 승인했던 미국은, 이제 일본과 적이 되자 새로운 강자로 부상한 소련에게 한국을 넘기려는 것이었다. 어제의 동지가 오늘의 적이 되고, 어제의 적이 오늘의 동지가 되는, 실로 변화무쌍하고 인정이 통하지 않는 국제사회였다.

지난 2월 4일, 전세가 연합군 측에 유리하게 전개됨에 따라 흑해연안의 휴양지 얄타에 모인 미국, 영국, 소련의 정상들은 독일의 패망 후식민지와 영토 문제를 논의했다. 이 자리에서 노쇠한 루스벨트 대통령은 소련이 대일 전선에 나서주기를 간절히 요청했다. 소련은 우선 대독전선에 전력을 기울일 수밖에 없다는 말로 교묘하게 발을 뺐는데, 이때두 정상이 커튼 뒤에서 한국에 대해 어떤 밀약을 주고받았는지 일체 공식적인 보도가 없어 승만은 답답하기만 할 뿐이었다.

그런데 일본 히로시마에 원폭이 투하된 다음다음 날인 8월 8일, 소련이 전격적으로 일본에 선전포고를 하고 만주와 북한을 공격한 것이었다. 만주 주둔군으로 소련 국경에 결집해 있던 관동군은 한때 100만 대군을 자랑하며 소련을 긴장하게 했지만, 태평양 전쟁이 계속되면서

주 전력은 동남아전선에서 소모된 상태였고 그나마 남은 병력도 본토 방위에 차출되어 껍데기만 남아 있었다.

미국 내에는 소련군이 벌써 해로를 통해 한반도의 북부 항구를 점령했다는 소문까지 돌고 있었다. 그런데도 미군은 일본 열도 점령에만 관심을 보이며 한반도 상륙작전을 지연시키고 있었던 것이다. 미국의 의도가 분명하게 보이고 있었다. 이런 상황에서 일본이 항복을 발표한 것이다.

"사실 오늘의 사태는 우리가 충분히 예견했던 것입니다. 다만 그렇게 되지 않기를 바랐던 것이지요."

승만의 목소리는 침착함을 되찾았다.

"이제 우리는 하루라도 빨리 동포들이 기다리고 있는 조국으로 돌아가야 합니다. 우리가 강대국의 결정에 일방적으로 휘둘리지 않을 유일한 방법은 온 민족이 하나가 되어 우리의 즉각적인 주권 회복을 요구하는 것뿐입니다. 지금 우리 민중은 일본의 정보 통제로 귀가 막히고 입이 막힌 상태로 있다가 급작스럽게 주어진 해방 앞에서 어찌할 바를 모르고 기뻐만 하고 있을 것입니다. 오히려 지금이 우리 민족에게는 매우 위태로운 상황입니다. 우리가 가서 올바른 길로 이끌어야 합니다."

모두들 숙연한 표정으로 승만의 말을 듣고 있었다.

"여러분, 힘내세요. 그래도 일본이 패망했잖아요. 이제 여러분은 그렇게도 그리던 조국에 돌아갈 수 있게 되었고요."

화니의 말에 그들의 얼굴이 다시 밝아졌다. 화니의 말이 옳았다.

어떻든 이제 한반도를 강점하던 일본은 물러갈 수밖에 없었다.

"자, 우리 여기서 이럴 것이 아니라 사무실로 갑시다."

승만이 서두르는 기미를 보이자 화니가 급히 말을 꺼냈다.

"잠깐, 아침은 들고 가셔야지요."

"허허, 지금 이 상황에서 우리가 아침을 먹을 정신이 있겠소?"

"그렇지 않아요, 큰일을 하려면 먼저 건강을 생각해야 해요. 아침을 안 먹으면 머리도 안 돌아가요. 더구나 아직 새벽이잖아요. 그렇지 않아요, 여러분?"

화니가 물러설 기세를 보이지 않자 임 대령과 정 박사는 멀쑥한 표정으로 서로를 바라보았다. 화니가 승만의 건강을 꼼꼼히 챙긴다는 것은 이미 널리 알려진 사실이었다.

"박사님, 죄송하지만 오늘 아침도 저희가 신세를 지겠습니다."

고국에 부인을 두고 홀로 미국 생활을 하고 있는 임 대령이 먼저 화니의 편을 들었다. 그는 화니가 마련한 한국 음식을 아주 맛있게 먹어주는 사람 중에 하나였다.

"그럼 간단하게 준비해요. 해방을 기념하는 파티를 하기에는 좀 이른 시간인 것 같소."

"세수부터 하세요. 그러고 보니 당신 아직도 파자마 차림이군요."

"고맙소. 내가 하마터면 잠옷 차림으로 사무실에 갈 뻔했구려."

"하하하, 사실은 저도 세수를 안하고 나왔습니다."

깔끔하기로 소문난 정 박사의 말에 모두들 유쾌하게 웃는 소리를 들으며 화니는 부엌으로 들어갔다. 달걀 프라이를 위해 오븐에 장작을 넣고 프라이팬을 올려놓고 나니 화니의 머리에 온갖 상념이 떠올랐다. 그러나 아직도 일본이 패망하고 한국이 자유를 얻게 되었다는 사실은 현실처럼 여겨지지 않았다.

화니가 조심스럽게 운전하여 차를 세운 곳은 워드먼파크에 있는 고급 레스토랑 주차장이었다.

"역시 당신은 실키 드라이버야."

옆에 탄 승만이 엄지손가락을 세우고 화니의 부드러운 운전을 칭찬했다.

"이런 고급 레스토랑은 매우 비싸겠네요."

이런 곳에 와서도 음식 값을 먼저 생각하는 화니의 모습은 어느새 승만을 닮아 있었다. 승만은 호탕하게 웃었다.

"그건 걱정하지 마시오. 오늘은 닥터 올리버가 우리를 초대한 거니까."

닥터 올리버는 40대 초반의 영문학자로 구미위원부의 대변인 역할을 하는 친한파 미국인이었다. 그는 미리 와서 창밖으로 푸른 잔디가 보이는 자리에 앉아 기다리고 있었다. 승만은 평소에 자주 만나는 그가 격식을 차려 그들 부부를 식사에 초대한 것은 뭔가 심각한 얘기를 하기 위함이라고 생각했다.

이런저런 신변잡기를 주고받으며 식사를 마친 후, 올리버는 냅킨으로 입을 닦으며 천천히 본론을 꺼냈다.

"한국에 돌아가시는 여행 허가를 신청한 것은 잘되고 있습니까?"

"글쎄, 내가 한국에 가는 것을 싫어하는 자들이 좀 있는 모양이오. 개인 자격으로 고국에 가겠다는데, 미 국무부에서는 핑계를 대면서 벌써 한 달 이상 보류를 하고 있소이다."

"그렇군요."

올리버의 눈가에 뭔가 복잡한 감정이 스치고 지나갔다.

"한국인들이 국내에서 자발적으로 조직한 '건국준비위원회'에서 박사님을 영수로 모시겠다는 선언을 했다고 들었습니다."

"나도 들었소이다만, 그 건국준비위원회는 임시 조직으로서 정통성이나 민중의 대표성이 없는 기구요. 내 의사는 전혀 물어보지도 않고 내 이름을 팔아먹은 셈이오."

"그럴 수도 있지만, 그 기구가 좌우합작 성격을 띠고 있어서 그렇게 생각하시는 것 아닙니까? 박사님, 제가 드리는 말씀을 오해하지 말고 들어주십시오. 잘 아시겠지만 요즘 언론이 박사님께 상당히 불리하게 전개되고 있습니다. 언론만이 아니고 미 국무부의 공식입장도……."

그가 말하려는 것은 승만이 공식적으로 주장하는 반소반공노선에 대한 우려였다.

승만은 오래 전부터 독일과 일본이 패망하면 그동안 미루어져 왔던 공산주의와 자본주의 간의 대립이 본격화 될 것으로 예견했다. 그것은 서구 식민지 상태에서 독립하게 될 나라들에서는 내전의 형식으로, 서구 열강 중에서는 미국과 소련의 대립으로 구체화될 것이었다.

물론 그가 가장 우려한 것은 전후에 조국인 한국에서 벌어질지도 모르는 공산화 또는 내전이었다. 그와 가까웠던 박용만을 비롯하여 무장투쟁노선을 주장하는 이들은 대부분 일본을 지원하면서 한국인의 독립 염원을 줄곧 외면하는 미국을 원망했으며, 반대로 식민지 무장 투쟁을 지원하는 소련과 중국 공산당에 친밀감을 느끼고 있었다.

오랜 독립운동 기간 내내 그들과의 의견 대립에 시달려왔던 승만은 누구보다도 이 사실을 잘 알고 있었다. 그는 기본적으로 경제 문제에 있어 공산주의의 주장에 공감하는 점도 있었다. 그러나 그동안 그가 느낀 소련의 모습은 피비린내 나는 내전과 학살, 일당독재, 빈곤의 평등화, 종교와 언론 자유의 압살이었다. 대외적으로도 약소민족의 순수한 독립운동을 이데올로기로 오염시키고 분열을 조장하며 자국의 이익을 위해 일본, 독일 등 전체주의 국가들과 비밀 협정을 맺는 또 하나의 제국주의 국가 이상이 아니었다.

승만이 화니와 처음 만난 해인 1933년, 만주를 침략한 일본에 대항하여 소련과 연합전선을 펼 수 있으리라는 기대를 안고 빈을 거쳐 모스크바를 방문했던 기억은 거의 악몽이었다. 승만은 파리와 빈에서 소련 외교관들과 자신의 방문 목적에 대한 사전 교섭을 하고 비자까지 발급받았음에도 불구하고, 모스크바에 도착한 후 호텔에 짐을 풀자마자 '비사 발급은 착오였다'는 말과 함께 추방당하는 어처구니없는 일을 겪었던 것이다.

나중에 확인한 사실은 그를 더욱 분노하게 만들었다. 당시 일본의 만주철도 고관들이 소련의 남만주철도 부설권 매매 협상을 위해 소련에 체류 중이었는데, 승만이 모스크바에 온다는 첩보를 듣고 그를 출국시켜 줄 것을 소련 측에 강력히 요청했고 그 결과 그의 추방이 결정되었다는 것이다.

소련은 결코 믿을 수 있는 나라가 아니었다. 한국에 좌우연립정부가 서고 미국과 소련, 양국 군대가 철수하고 나면 소련의 지원을 받은 공산당은 우파와 중도파를 무자비하게 제거하고 한국을 소련의 위성국가로 만들 것이었다. 루마니아와 폴란드 등 동구권에서 독일이 패퇴하고 소련군이 진주하면서 보여주는 국면이 바로 이 과정이었다. 승만의 눈에 이 사실은, 일본이 미국을 배신하고 아시아 정복전쟁에 나서리라고 예견했던 것 이상으로 분명한 일이었다.

미국이 진정으로 아시아의 평화를 원한다면, 한국을 독립시켜 소련의 침략을 막는 민주주의의 보루로서 번영하도록 도와주어야 했다. 그런데 미국은 독일전에서 승리한 소련의 막강한 무력에 눈치를 보며 오직 일본을 보존할 것에 급급하여 한국 정도는 그들 손에 언제든지 넘길 기미였다. 더구나 미국 국무부 고위층에는 루스벨트 대통령의 외교 담당 비서관인 알저 히스 같은 친소주의자들이 세력을 형성하고 있었는데, 그들 중에는 나중에 명백한 소련의 간첩으로 판명된 자들도 있었다.

일본의 항복 선언이 있은 지 불과 일주일 만인 8월 22일에 소련은 한국 북부의 중요 도시인 평양을 점령했고, 미국은 9월 8일에야 한국 서해안의 인천에 상륙하여 이튿날 서울로 진주했다. 이로써 미국과 소련이 이미 북위 38도 선을 기준으로 한국을 남북으로 갈라 점령하기로 약속했다는 사실이 확인되었다.

한국을 점령한 소련군의 횡포는 끔찍했다. 미처 피난하지 못한 일본인들을 잔인하게 살해한 것은 물론 공장과 발전소의 설비를 뜯어 본국으로 실어갔으며, 민가를 약탈하고 부녀자를 겁탈했다. 소련 병사들은 한국인들에게 빼앗은 시계를 양팔에 즐비하게 차고 다녔다.

미군이 한국에 늦게 진주하는 것을 틈타 소련군은 38도 이남에 있는 개성까지 내려와 은행을 털고 원자재를 탈취하다가 미국의 항의를 받고 다시 돌아가기도 했다.

"동구와 빈을 점령한 소련군들이 어떤 짐승같은 짓을 했는지 저도 알아요. 언론에서도 다루었지만 베티 언니가 그들이 한 짓들을 편지에서 자세히 알려주었죠. 그들은 한국에서 더 끔찍한 일들을 하고 있군요."

오스트리아는 1937년 독일에 합병된 이후 전쟁을 함께 수행하는 입장이었으므로 패전 후 점령지 취급을 받았다. 다행히 연합군이 동유럽은 소련군에 맡겼지만 오스트리아는 포기하지 않았다. 오스트리아의 서부는 프랑스군이, 동부는 영국과 미국, 소련군이 공동으로 점령했던 것이다. 화니는 빈에서 승만과 처음 만난 헤르메스 빌라가 있는 라인츠 지역이 소련군에게 점령되었다는 소식을 듣고 매우 슬퍼했다.

이런 소식을 듣고 있는 승만은 가능한 모든 방법을 동원하여 소련을 규탄하고 미국의 친소 정책을 비판했다. 그러나 미국의 언론은 전쟁에 신물이 난 여론을 타고, 승만의 행동은 전후 새로 설립된 국제연맹의 평화 무드와 어렵게 쌓은 미소 간의 신뢰를 흔드는 행위라며 혹평했다.

"그러니 박사님, 누가 보더라도 한국에 공산당과 연합한 합작정부가 서는 것은 막을 수 없는 추세입니다. 박사님께서 조용히 귀국하면 박사님의 명성으로 볼 때 얼마든지 그곳 초대정부의 수반이 되실 수 있습니다만, 지금처럼 계속 소련을 비난한다면 한국에 돌아가더라도 앞으로 수립될 좌우연립정부에서 소외되실 것이 뻔합니다. 그렇게 된다면 이제까지 한국의 독립을 위해 고생하신 보람이 없는 것 아닙니까. 모두 박사님을 위해 드리는 말씀입니다."

올리버가 말하였다.

잠시 그들 사이에 무거운 침묵이 감돌았다.

승만은 양쪽 입술 끝을 늘어뜨리고 지그시 창밖을 바라보고 있었다. 승만이 분노를 억제할 때 나타나는 표정이었다. 그가 먼저 입을 열면 십중팔구 격한 소리가 나올 것이었다. 그래서 화니가 먼저 조심스럽게 말을 꺼냈다.

"올리버 박사님, 박사님의 말뜻은 잘 알고 있습니다. 지금 벌어지는 모든 정황으로 볼 때 박사님 말대로 한국에는 결국 공산정권이 설지도 모릅니다. 그러나 지금까지 우리가 취해온 일관된 입장에서 우리는 그런 정부에 가담할 수 없습니다. 특히 이이는 무얼 바라고 공산당과의 연립정권에 가담하실 분이 아닙니다."

화니의 말이 끝나자 승만이 오래 참은 긴장된 목소리로 입을 열었다.

"당신도 알다시피, 나는 조국을 일본으로부터 구하기 위해 일생동안 싸워왔소이다. 그런 내가 개인적인 지위를 바라고 조국을 다시 소련의 손에 넘길 수 있다고 보십니까?"

올리버는 냅킨으로 얼굴의 땀을 닦으며 그의 시선을 피했다.

"아내와 나는 밤이고 낮이고 오로지 조국에 돌아가 동포들을 만날 날을 꿈꾸어왔소이다. 그리고 이제 수백만의 동포가 나를 기다리고 있습니다. 그 조국이 다시 노예화되고 있는데, 내가 내 마음을 속이면서 여러분들에게 독립을 주러 왔다고 말할 수 있겠습니까?"

승만의 목소리는 점점 톤이 높아졌다.

"그것이야말로 이제껏 해온 나의 모든 노력을 허사로 만드는 것입니다. 올리버 박사, 나는 앞으로도 모든 힘을 다해 경고할 겁니다. 내 임무는 지금 현재 일어나고 있는 사태를 있는 그대로 미국인들에게 알리고 경고하는 것뿐입니다. 우리는……."

승만은 잠시 감정을 누르고 화니를 보며 슬쩍 웃었다.

"우리는, 언제든지 시골에 내려가서 닭을 치며 살면 됩니다."

화니는 식탁 밑으로 승만의 손을 꼭 잡으며 마주 웃어주었다.

'그래요, 저 사람이 당신을 고집불통 늙은이라고 욕해도 상관없어요. 닭 모이는 제가 줄게요…….'

올리버는 나중에 영어로 승만의 전기를 썼는데, 이 장면을 회상하며 이렇게 적었다.

나는 그의 주장이 틀렸다고 생각하면서 그들과 헤어졌다. 하지만
그의 용기에는 감탄할 수밖에 없었다.

워싱턴 공항 활주로의 야간 조명등이 넓은 벌판에 기하학적 무늬를 그리고 있었다. 어느덧 저녁 9시가 다 되어가는 시각이었다.

공항 한 귀퉁이에 서 있는 작은 프로펠러 항공기 앞에서 화니는 연신 눈물을 훔쳤다.

"그만 눈물을 거두시오. 사람들이 다 보지 않소."

한국으로 돌아가는 날짜를 특별히 알리지 않았는데도, 어떻게 알았는지 공항에는 수십여 명의 환송객들이 나와 있었다.

미 국무부에서는 승만의 귀국 신청을 계속 무시했다. 할 수 없이 승만이 직접 미 육군성에 청원하여 일본에 있는 태평양 총사령관 맥아더 장군으로부터 일본으로 가는 비행기 편을 얻어내자 마지못해 개인 자격으로 귀국 허가를 내주었다. 미 육군성은 전쟁을 직접 담당하면서 대일 첩보 활동에 구미위원부와 승만의 도움을 받았으므로 국무성에 비하면 그에게 매우 호의적이었다.

그러나 아직 한국의 치안 상태는 상당히 불안했고, 그래서 국무부의 귀국 허가는 일단 승만에게만 나왔다.

"화니, 미안하지만 내가 먼저 한국에 가야겠소."

"그게 무슨 말씀이세요?"

승만은 고심 끝에 말을 꺼냈지만 화니에게는 날벼락 같은 말이었다.

"당신은 항상 입버릇처럼 말씀하셨죠, 우리 부부가 어깨를 나란히 하고 함께 한국 땅을 밟을 날을 기다리자고요."

"약속을 지키지 못하는 내 마음은 더 아프오. 그러나 어찌하겠소. 귀국 허가는 내 앞으로만 나왔소. 당신도 잘 알지 않소, 이것도 얼마나 어렵게 얻어냈는지 말이오. 한국에서 나를 기다리며 애를 태우는 동포들이 있는데, 여기서 더 시간을 지체하고 있을 순 없소."

"정말 이해할 수 없어요. 왜 당신에게만 귀국 허가를 내준 거죠!"

"화니, 내가 가서 하루빨리 당신이 오도록 조치하리다. 그러니 조금만 기다리시오. 나를 믿어요."

"물론 당신이야 믿지요. 그렇지만, 그렇지만……."

승만은 울고 있는 화니를 달래느라 작별 인사를 다 끝내고도 비행기에 오르지 못했다.

"당신이 혼자 한국에 가면…… 밥은 누가 챙겨주고, ……빨래는 누가 해주죠? 타이프는 누가 쳐주고……."

울음 때문에 말이 자꾸 끊겼다.

"걱정하지 말아요. 우리 동포들이 기다리고 있는 나라에 가는데 그런 것이 문제겠소. 내 당신을 빠른 시일 안에 부르리다. 오래 걸리지 않을 거요."

승만은 화니의 손에서 손가방을 받아들었다.

"도착하거든 꼭 바로 편지하셔야 해요."

"그럼, 그럼. 바로 편지를 해야지."

"몸조심하세요."

"고맙소. 당신도 건강 조심하시오."

승만은 급히 말을 받으며 눈물 자국이 흥건한 화니의 볼에 키스를 했다. 비행기 승무원이 시계를 보며 무언중에 그의 탑승을 재촉하고 있었다.

"자, 화니, 그리고 여러분, 나 먼저 한국으로 갑니다. 여러분도 곧 한국에 가실 수 있을 겁니다."

계단을 오르던 승만은 몸을 돌려 박수를 쳐주는 사람들을 향해 손을 흔들었다. 화니만이 눈물 젖은 흰 손수건을 흔들고 있었다.

승만이 떠난 후 화니는 오직 그의 편지를 기다리면서 구미위원부 사무실에 나가 하루하루를 보냈다. 임병직 대령이 승만을 대신하여 후임 구미위원부 위원장으로서 대미 외교 업무를 담당했다.

언론을 통해 들려오는 한국 소식은 하나도 좋은 것이 없었다. 미8군 사령관인 하지 중장은 유능한 군인이었지만, 한국과 같은 나라의 군정을 맡아보는 행정가로서는 별로 적합하지 못했다. 그는 한국이라는 유구한 역사와 고유한 문화를 지닌 나라에 대해 아는 바가 거의 없었으며, 한국인의 해방 의지가 얼마나 강렬한지도 이해하지 못했다.

그의 첫 군정 정책은 한국인들을 무시하고 일본인 총독부 행정 조직을 그대로 유지하려는 시도였다. 이러한 조치에 대해 한국인들의 전 민족적인 비난이 일어나자 미국 정부는 하지 중장에게 서둘러 모든 일본인 관리들을 해임하라는 명령을 하달했다.

더구나 얄타에서 열렸던 미국과 소련의 정상회담에 한국 문제를 둘러싼 어떤 비밀 협정이 포함되어 있다는 사실은 미국의 정계와 언론계에 새로운 파문을 불러일으키며 신문에 반복 게재되고 있었다. 이러한 모든 징후들이 한국의 앞날에 불길한 그림자를 드리우는 것 같아 화니의 마음을 불안하게 했다.

드디어 승만에게서 편지가 온 것은 그가 떠난 후 20일이 지나서였다.

사랑하는 화니에게

내 그대에게 이제야 편지 쓸 시간을 낸 것을 기쁘게 생각하오.

나는 세 번이나 비행기를 갈아타고 어제 아침에야 도쿄에서 출발하여 오후에 서울에 도착했소. 샌프란시스코에서 비행기를 갈아타고 하와이로 갔다가 다시 괌으로, 괌에서 군용기로 도쿄에 도착한 것이 10일이었소. 워싱턴에서 출발한 것이 4일이니 서울에 도착할 때까지 12일이나 걸린 셈이오.

힘든 여행이었지만 33년 만에 조국에 돌아간다고 생각하니 하나도 피곤한 줄을 몰랐소. 식욕도 아주 왕성하여 밥 잘 먹고 있으니 걱정하지 마시오.

내가 도착한 것이 알려지자 전 국민이 크게 떠들고 있는 모양이오. 수백 명이 호텔 입구에 밀어닥쳐서 나와 만나고 싶어 하고 있소.

현재 한국의 군정을 맡고 있는 하지 장군과 나는 사전 협의를 하고 공식 도착 성명을 발표하기로 했소. 그런데 오늘 아침 하지 장군이 찾아와 미국 기자들이 나와 인터뷰를 하고 싶다고 하기에 나는 하지, 아널드 장군과 함께 군정청 기자 회견 장소로 갔소.

기자 회견은 한국어와 영어로 이루어졌는데, 이 회견이 생방송으로 중계되자 그때부터 수많은 군중들이 몰려들어와 나를 보려고 하는 통에 큰 혼잡이 빚어졌소. 그래서 어찌하오. 나는 그들에게 집으로 돌아가 평상시처럼 생업에 종사해줄 것을 호소하지 않을 수 없었소.

기자 회견을 마친 후 호텔로 돌아와 잠시 쉬며 편지를 쓰는 중인데, 벌써 문밖이 소란스러운 것을 보니 나를 만나려는 사람들이 또 몰려온 것 같소. 이 편지를 오늘 중으로 부치려면 이만 줄여야겠소.

그럼 또 쓰리다.

1945년 10월 17일

당신의 영원한 승만 리

무척 서둘러 쓴 편지임을 한 눈에 알 수 있었다.

화니는 편지를 읽고 또 읽었다. 한국인들은 승만을 열렬히 환영하는 것이 분명했다. 다행히 미 군정도 승만을 한국을 대표하는 지도자로 인정하고 대우해주는 것 같았다. 그러나 미 군정의 이 같은 환대가 얼마나 오래 갈지 알 수 없었다.

임병직도 이 점을 분명하게 인식하고 있었다.

"미군은 하루빨리 한국에서 철수하기만을 바라는 것 같습니다. 사모님. 어떻게든 소련과 합의하에 형식적인 좌우합작정부를 만들고 신탁통치를 실시하는 것이 미국의 목표로 보입니다. 그러려면 국민의 신망을 받고 있고 좌우익 모두에서 인정하는 인물을 수반으로 추대해야 하는데, 그럴 만한 사람은 박사님밖에 없으니까 환영하는 겁니다. 지금 한국에서는 공산당을 비롯해서 대부분의 정당들이 앞 다투어 박사님께

당수 자리를 제의하고 있는 상황이지 않습니까. 하지만……."

"우리 박사님이 그런 자리를 절대 수락하실 리 없죠!"

"그렇습니다. 허수아비 같은 자리에 앉아 공산주의자들에게 이용만 당할 것이 뻔하니까요. 하지만 미 군정은 이 점을 이해하지 못하고 있다는 것이 문제입니다."

"임대령님도 한국에 빨리 돌아가고 싶으시죠?"

화니의 느닷없는 질문에 임병직은 한동안 대답할 말을 찾지 못했다.

임병직이 한국에 가보지 못한 것도 벌써 20년이 되었다. 고향에 부모와 갓 결혼한 아내를 두고 미국으로 홀로 유학 왔다가, 승만의 비서로 독립운동에 투신하게 되면서 일본이 수배한 1급 반일 인사가 되어 한국에 돌아갈 수 없는 몸이 된 것이다.

"물론이죠. 하지만 전에는 갈 수가 없어서 못 갔지만 이제는 얼마든지 갈 수 있습니다. 큰일을 위해서 귀국을 연기하고 있을 뿐입니다."

그는 꿋꿋한 말투로 대답하고 나서 화니의 얼굴을 잠시 쳐다보았다. 화니가 왜 그런 질문을 했는지 방금 이해가 되었기 때문이다.

"사모님, 저도 사모님이 하루 빨리 한국으로 갈 수 있도록 노력하고 있습니다. 미 국무부에서는 한국 정세가 여성이 안전하게 여행할 수 있을 정도가 되면 얼마든지 허락한다고 회답하고 있습니다."

"고마워요. 그들의 말은 핑계지만 일면의 진실도 있겠지요. 그런데 어차피 내가 빨리 한국에 갈 수 없다면, 우리 박사님이 어떻게 지내시는지 좀 더 자세히 알고 싶어요. 그분이 보내신 편지만으로는 자세한 것을 알 수 없어요. 내가 옆에서 챙겨주지 않으면 일에 열중해서 식사 시간도 챙기지 못하는 분이에요."

"잘 알겠습니다. 혹시 유학생 부부 중에 박마리아라고 기억나십니까?"

"아, 그래요. 알아요, 박마리아. 이기붕 씨의 부인이죠. 2년 전엔가 한국에 돌아간 걸로 알고 있는데요."

"기억하고 계시는군요. 그 이기붕 씨가 박사님의 비서로 임명될 것 같다는 소식입니다. 제가 그 집 주소를 알고 있는데, 직접 박마리아에게 편지를 써서 박사님의 자세한 근황을 물어보시는 것이 어떨는지요."

"아, 좋은 생각이군요. 고마워요!"

박마리아는 한두 번밖에 만나보지 못했으나, 영어가 유창하고 매우 친절한 여성으로 기억하고 있었다. 그녀라면 승만이 바빠서 편지에 쓰지 못하는 그의 근황을 좀 더 자세히 알려줄 수 있을 것 같았다.

그날 당장 화니는 박마리아에게 편지를 보냈고, 박마리아 역시 화니의 편지를 받자마자 곧장 답장을 보내왔다. 거기에는 승만이 호텔 생활에서 벗어나 서울 외곽의 돈암동에 조용하고 안전한 거처를 마련했으며, 그들 부부가 성심껏 보필하고 있으니 걱정하지 말라는 내용이 빼곡이 씌어 있었다.

그런데 편지 내용에 새로운 비서 중 임영신이라는 젊은 여성에 대한 이야기가 있었다. 그녀가 승만의 업무를 도와주는 역할뿐만 아니라 승만의 옆방에 머무르며 밥을 하고 빨래를 하는 가사 일까지 도맡아 한다는 소식이었다.

화니를 위해 박마리아는 그녀가 가장 알고 싶어 하는 사실을 숨김없이 알려온 것이었다. 남편에게서 온 두 번째 편지에는 그저 돈암장으로 이사 간다는 것과 한국의 정치적 상황, 화니가 잘 지내는지에 대한 걱정 정도만 적혀 있을 뿐이었다.

화니와 박마리아의 우정은 이때부터 시작되었다. 박마리아는 1960
년 그녀의 일가족이 비극적인 죽음을 맞이할 때까지 화니에게 가장 소
중한 친구가 되어주었다.

그해 워싱턴의 가을은 잔인하게 길었다. 낙엽이 가득한 길을 해피와
함께 거닐며 화니는 롱코트 깃을 또 한번 추슬렀다. 전해오는 소식들은
모두 그녀를 슬프게 했다.

문득 고향이 그리워졌다. 어느덧 오스트리아를 떠나온 지 11년이나
되었지만 친정 소식은 편지로만 전해들을 뿐이었다. 자신의 나이가 벌
써 마흔 다섯 살, 흰머리가 희끗희끗해지고 있으니 가끔 사진을 꺼내보
며 그리움을 달래는 어머니는 더 많이 늙었을 터였다. 세계를 휩쓴 전
쟁은 유럽과 미국의 개인적인 여행길을 모두 막아버렸다.

독일에 합병된 후 수백만 명의 오스트리아 젊은이들이 전쟁터에서
죽었다. 패전 후 아름답던 빈은 폭격으로 폐허가 되었고, 거리에는 집
을 잃은 사람들과 과부와 고아들이 아우성을 쳤다. 종전은 다시 오스트
리아를 독일로부터 분리시켰으나 미국, 영국, 프랑스, 소련, 네 개 나라
에 의해 신탁통치를 받고 있었다.

'다시 엄마와 언니들을 볼 수 있을까······.'

그렇게 바라던 한국의 해방이 실현됐지만, 화니는 아직도 홀로 워싱
턴에서 한국으로의 여행 허가가 나오기만을 바라는 처지였다.

한국은 소련과 미국에 의해 분단 점령된 상태였다. 미국은 대한민국
임시정부의 정통성을 여전히 인정하지 않았다. 그나마 승만은 개인 자
격으로 겨우 혼자 귀국했지만, 김구 주석을 비롯한 중국에 있던 임시정

부의 지도부는 11월에 가서 역시 개인 자격으로 귀국하였다. 수백 개의 군소정당이 난립하는 가운데 일본 자본의 철수로 식민지 체제에 편입되었던 한국 경제는 혼란에 빠져 있었다. 그런 혼란 속에서 공산당은 급속히 대중 속에서 영향력을 확장했다.

오로지 반공만이 한국의 자주 통일과 번영을 위한 길이라고 굳게 믿고 있는 승만의 앞날이 더욱 험난해 보였다. 일본의 패망과 한국의 즉각적인 독립정부 수립, 남편의 정치적 이상의 실현, 어머니를 자랑스럽게 한국에 초대하는 것, 이 모든 것이 낙엽처럼 빛바랜 꿈이 되는 것 같았다.

"해피, 그만 집으로 가자."

화니는 발길을 돌렸다. 한국에 편지를 써야 했다. 외롭게 싸우고 있을 남편에게 힘을 주는 편지를 써야 했다. 미스 임이라는 비서 이야기도 써야 할 것이었다. 남편의 곁을 지키는 그 자리는 화니 외에는 누구에게도 허락할 수 없는 자리였다.

화니가 미 국무부로부터 한국 여행 허가를 얻은 것은 그해가 끝나가는 12월 초였는데, 간신히 미군 수송기에 편승하여 이듬해인 1946년 1월 시애틀을 출발했다.

1948 · Seoul

퍼스트레이디로서의 새출발

아내로서 내가 가장 행복했던 때는 남편이 대통령이 되고 첫 월급을 받았을 때였다. 그 후 남편은 '안빈낙업'이라는 붓글씨를 써주었다.

'어려운 나라 실정과 자기 분수에 맞는 검소한 생활을 즐기고 일하는 것에서 기쁨과 보람을 느낀다'는 뜻이 담긴 이 붓글씨를 지금도 소중히 간직하고 있다.

            - 프란체스카 〈대통령의 건강〉 중에서

1948년 봄 정부 수립이 되기 선에 이화장에서 기념 촬영
(사진제공 : 조혜자)

영주에 있는 부석사에서 동심의 한때를 보내고 있는 이승만 대통령 내외
(사진제공 : 조혜자)

사랑하는 베티 언니에게

언니에게 가장 먼저 전하고 싶은 기쁜 소식이 있어서 이렇게 펜을 들었어. 드디어 한국의 첫 국회의원을 뽑는 선거 날짜가 5월 10일로 결정되었어. 이 국회가 구성되면 헌법도 만들고 정부 수반과 각료를 뽑아 독립국가의 형태가 갖추어지게 되는 거야. 유엔은 이 선거를 공정하게 감시하고, 선거 결과 수립되는 정권을 인정하기로 이미 결의했어. 그렇게 되면 1945년 이후 3년간 한국을 통치하던 미 군정은 모든 권한을 새로운 정부에 넘기게 될 거야. 일본의 식민지로 35년간을 압제에 시달리던 한국이 드디어 스스로의 정부를 세우게 되었어!

우리 박사님은 정말 앞을 내다보는 힘이 있는 것 같아. 정세가 이렇게 되리라는 것을 정확하게 내다보고 처음에 세운 자신의 주장을 정확하게 관철하고 있거든. 일본이 망하고 소련과 미국이 남북을 갈라 점령한 그해 12월에 모스크바에 모인 미국, 소련, 영국의 외상들이 한국의 신탁통치를 결정했을 때도, 박사님은 재빨리 신탁통치 절대 반대의 입장을 세우고 한국인들의 힘을 반탁투쟁에 모으는 데 성공하셨지.

처음에는 반탁운동에 협력하던 공산주의자들이 소련의 지령을 받아 신탁통치 찬성으로 돌변했지만, 이미 대부분의 한국인은 박사님을 굳게 지지하게 되었거든. 오랜 세월 일본의 압제에 시달려온 한국인들은 패전국도 아니고 식민지였던 나라에 또다시 신탁통치를 실시하는 것은 식민주의를 연장하기 위한 강대국들의 술책이라고 확실히 의심하고 있어.

한국인들의 거센 저항에도 미국과 소련은 좌익과 우익의 합작에 의한 통일정부 수립을 추진했는데, 박사님은 여기에도 강하게 반대하셨어. 만약 허울만 좋은 좌우합작정권이 들어서고 미군과 소련군이 동시에 철수하면 한국에서 심각한 내전이 벌어질 것이라고 예상하셨거든.

소련이 처음부터 전 한반도의 공산화를 목표로 시간 벌기를 하며 북한을 혁명 기지화하고 있을 때, 미국은 일관된 정책 없이 남한에서의 군정을 유지하는데 급급하고 있었으니까, 만약 전쟁이 벌어지면 어떤 결과가 올지는 분명한 사실 아니겠어? 그래서 하루빨리 남한에서만이라도 정부를 세워 미 군정을 철폐하고 불행한 사태를 대비해야 한다고 주장하셨던 건데, 이제 그 희망이 이루어지고 있는 거야.

예상했던 대로 북한지역을 점령하고 있는 소련은 자유선거에 의한 한국의 독립정부 수립이라는 유엔의 결정을 인정하지 않고 유엔에서 파견한 선거 감시인단의 입국을 거절하고 있기 때문에 선거는 남한에서만 치러지게 될 것 같아.

우리 오스트리아도 하루 속히 전승국의 신탁통치를 벗어나야 할 텐데 말이야. 한 나라도 사람의 일생과 마찬가지로 운이 뻗어나갈 때와 사그라지는 때가 있는 것 같아. 합스부르크 왕가 시절 유럽에서 가장 막강한 나라였던 오스트리아가 거듭 전쟁에 지고 독일에 합병당하더니 결국은 남의 나라로부터 신탁통치를 받게 될 줄 누가 알았겠어. 하지만 이 고비만 넘기면 오스트리아에도 좋은 일들이 생길 거라고 믿어. 겨울이 깊어지면 봄이 멀지 않았다는 뜻이잖아?

어제는 우리 부부가 함께 북한산에 있는 문수암이라는 절에 다녀왔어. 북한산은 서울 북부에 위치한 산인데, 우리 이화장에서 그리 멀지 않아. 산정에 거대한 바위들이 솟아 있는 모습은 무척 신비롭기까지해. 서울 어디에서나 그 웅장한 자태를 볼 수 있어서 늘 가깝게 생각했는데 막상 올라가기는 이번이 처음이었어. 한국도 오스트리아처럼 국토의 3분의 1이 산으로 덮여 있어서 경치가 매우 아름다워.

한국의 3월은 마침 봄이 막 시작되고 있어서 산에는 얼었던 눈도 다 녹고 산허리에 노란 개나리꽃이 화려하게 피어 있지 뭐야. 모처럼의 나들이라 한국의 전통복인 한복을 곱게 빼입었는데, 긴 치마가 땅에 끌리는 바람에 등산하기에는 어울리지 않는 차림이 되어버렸지. 우리 박사님이 앞에서 끌어줘서 간신히 문수암이 있는 산 중턱까지 올라갔어. 박사님은 올해로 73세인데 나보다 산을 더 잘 올라가더라고.

한 가지 불편한 것은 집 밖에 나가면 경찰 둘이 우리를 항상 따라다닌다는 것인데, 테러로부터 우리를 보호하기 위해 붙여준 사람들이니 어쩔 수 없지 뭐. 벌써 몇몇 유명한 지도자들이 맹목적 증오에 불타는 테러의 희생이 되었어. "허허, 전에는 일본 경찰들이 그렇게 나를 따라 다니더니, 이제는 우리 경찰들이 또 나를 따라다니는군" 하고 박사님은 농담처럼 말씀하셔.

한국의 절들은 대부분 산속에 자리 잡고 있어. 조선 왕조 때 유교를 숭상하는 선비들이 불교를 박해했기 때문에 절들이 산속에 숨게 되었대. 하지만 불교는 한국 민중 속에 깊이 뿌리박혀 있어서 지금도 대부분의 한국인은 불교를 믿고 있어.

박사님은 기독교인이지만 불교도 매우 좋아하셔. 옥중에서 기독교로 개종하기 전에는 어머니의 손을 잡고 절에 자주 갔었다는 데, 아마 절에 오면 어린 시절의 추억과 돌아가신 어머니를 회상할 수 있어서 그런 것 같아.

30년 넘게 미국에 있다가 돌아온 박사님은 그동안 한국이 무척 많이 변해 있어서 적응하는 데 힘들어하셔. 한국 속담에 '10년이면 강산도 변한다'는 말이 있는데, 그동안 강산이 세 번도 더 변한 거지. 옛 친구들은 거의 다 죽었고, 가혹한 일본의 문화 말살 정책 때문에 말도 많이 변했고……. 전문 용어들은 거의 다 일본어로 사용되고, 모든 방면에서 일본 문화의 침투를 매우 강하게 받아 박사님은 심한 거부감을 느끼게 되신 거야. 언니도 이해할 수 있겠지?

그러고 보니 나도 고향을 떠나온 지 벌써 14년째네. 빈에 돌아가면 나도 낯선 감정을 느끼게 될까? 그렇지 않을 거야. 빈만큼 변하기 힘든 곳도 없을 테니까. 비록 연합군의 폭격에 슈테판 대성당의 지붕이 조금 무너졌다고 해도 몇 년 안에 고스란히 복원되겠지? 빈 숲도 여전히 그 푸르름을 자랑할 테고…….

한국은 일본에 의해 변질된 민족정기를 바로 세운다는 취지하에서 새 정부가 수립되면 단기(단군기원)라는 연호를 사용할 계획이래. 단군은 한민족의 조상으로 여겨지는 인물인데, 여기에는 재미있는 신화가 담겨 있어.

먼 옛날 시베리아와 만주 지방에 환웅이라는 신의 아들이 내려와 국가를 세웠는데, 호랑이와 곰이 환웅을 찾아와 사람이 되고 싶다고 빌었대. 환웅은 이들에게 쑥과 마늘만을 주며 굴속에 들어가 이것만 먹으면서 40일을 지내면 사람이 되게 해주겠다고 했대. 성질이 급한 호랑이는 이 기간을 참지 못하고 굴에서 뛰쳐나갔는데, 곰은 참을성 있게 40일을 견뎌 드디어 인간 여인이 되었다는 거야.

인간이 된 웅녀는 환웅의 신전 앞에서 자식을 낳게 해달라고 간절하게 빌었대. 이를 기특히 여긴 환웅이 웅녀와 동침하여 아들을 낳았는데, 이 아이가 자라 단군이 되었다는 이야기야. 이 단군이 부하들을 이끌고 남하하여 한반도 북부에 세운 나라가 '조선'이래. 조선은 '고요한 아침의 나라'라는 뜻이야. 일본에 의해 1910년에 망한 조선 왕조도 이 옛 이름을 따서 지었던 거고.

어때, 정말 흥미롭지 않아? 이 신화를 현대적 시각에서 해석하면, 단군의 아버지 환웅은 선진 청동기 문화를 지닌 북방 민족이고 호랑이와 곰은 석기 시대 토착 민족의 상징일 거야. 마늘과 쑥은 지금도 약재로 사용되는 것으로 당시 선진 문명의 음식 재료였겠지. 고통을 참고 선진 문명을 받아들인 곰은 환웅과 혈연적 결합을 하여 새로운 국가의 토대를 만든 것이고. 이때가 옛 문헌에 의하면 기원전 2333년이었다지. 그래서 올해는 단기에 따르면 4281년이 돼.

일본은 왕이 새로 즉위할 때마다 연호를 정하는데, 메이지 몇 년, 쇼와 몇 년 하는 식이지. 중국에서는 중화민국을 세운 해를 기념하여 민국 몇 년이라고 부르고 있어.

나라 이름은 '대한민국'으로 될 가능성이 많아. 한국인들은 예부터 '한韓'족이라고 불려왔는데, '대한민국'은 큰 한족이 세운 민주공화국이라는 뜻이야.

코리아라는 말의 어원은 예전에 내가 말해주지 않았던가? 코리아는 조선 왕조가 수립되기 전 기원후 918부터 약 500년간 한반도를 다스렸던 왕조 이름이야. 이 시기의 코리아는 인도나 아라비아와도 활발한 국제 교류를 했기 때문에 이 이름이 국제사회에 더 잘 알려지게 되었대.

참, 언니가 여성으로는 처음으로 교장 선생님이 되었다면서? 진심으로 축하해. 언니라면 어느 남자 못지않게 학교를 잘 이끌어나갈 수 있을 거야.

마리아 언니에게도 내 안부 전하고, 우리 귀여운 조카들, 샤롯데와 알리스에게도 화니 이모가 사랑한다고 전해 줘.

1948년 3월 9일 이화동 1번지에서

언니를 세상에서 가장 잘 이해하는 화니

오랜만에 고향에 있는 언니에게 편지를 쓰다 보니 어느덧 밤이 깊어 있었다. 편지를 쓰는 중간에 몇 번이나 전기가 나가 촛불을 켜놓고 글을 써야 했다. 그 정도로 남한의 전력 상황은 어려웠다. 남한의 전기는 분단 3년째인 지금도 대부분을 북한에 있는 발전소에 의존하고 있는데, 북한은 남한에 전기를 충분히 보내지 않았다.

한국은 지형적으로 남한에는 평야가 많은 반면 북한에는 산악 지대가 많았다. 게다가 일본이 대륙 침략의 발판으로 대부분의 공업시설과 발전소를 북한에 설치했기 때문에, 소련군이 북한과의 물자교류를 끊어버리자 남한의 공업은 심각한 타격을 받았다. 애초에 일본의 식민 경제 체제에 편입되어 기형적 발전을 한 취약한 한국 경제는, 일본 자본과 기술이 물러가면서 공황 상태에 빠진데다가 남북분단으로 그나마 균형마저 무너져 헤어나지 못하고 있었다.

"세계 최대의 공업국인 미국이 3년간이나 군정을 펴고 있는 남한에서 경제기반이 이렇게 무너져 있다니 말이 됩니까?"

의식 있는 사람이면 누구나 분통을 터뜨리는 일이었다. 그러나 미국은 어찌된 일인지 남한에 대한 원조를 임시변통으로만 일관했다.

한국에 필요한 것은 자립 경제를 위한 공업 플랜트 등 생산재와 산업자본이었다. 그런데 미국에서 건네주는 것들은 밀가루와 설탕, 면화 등 미국에서는 과잉 생산되어 심지어 바다에 내다버리기까지 하는 소비재뿐이었다. 그나마 그 경제원조도 일본을 우선으로 제공하고 한국에 돌아오는 것은 일본을 거치고 남은 것들이었다.

1948년 현재 남한의 인구는 약 2천만 명으로, 오스트리아보다 약간 큰 정도인 국토 면적에 비해 상대적 과잉 인구에 시달리고 있었다. 공식적으로는 남북 간의 모든 교통이 두절된 상태에서도 간단한 짐만 싸들고 북한을 탈출하여 남으로 내려오는 인구는 꾸준히 늘어나고, 해방을 맞아 일본과 중국 등 각지에서 귀국하는 사람들도 남한에 집중되었다. 이들은 도시 외곽에 거대한 빈민촌을 형성했다.

거리에는 실업자와 거지가 넘쳐나고, 공산주의자들의 선동과 파업과 테러가 난무하는 속에서 미 군정은 확실한 대안 없이 치안 유지에도 쩔쩔맸다.

이에 반해 북한에서 전해지는 소식들은 매우 대조적이었다. 소련군정은 공산주의자들을 중심으로 임시인민위원회를 설치하고 봉건적 토지 제도를 '무상몰수 무상분배'라는 원칙으로 개혁하여 빈농들의 지지를 얻어냈다. 그리고 공장과 광산, 철도 등 주요한 기반 시설을 재빨리 국유화하여 무기 생산에 힘을 기울인다는 것이었다. 중국 공산당 홍군에서 활동하던 한국인들도 북한에 들어가 막강한 군사력을 형성하고 있었다. 일본이 대륙 침략을 위해 설치한 무기 공장 등 중공업 시설이 다시 가동되고, 소련은 독일전에서 성능이 확인된 탱크를 아낌없이 제공하고 있었다.

'만약 남한에 단독정부가 수립되고 계획에 따라 미군과 소련군이 철수하고 나면……!'

생각만 해도 끔찍했다. 화니는 답답한 마음에 문을 열고 마당으로 나섰다. 전기가 끊긴 서울시내는 깜깜했고 하늘에는 별들만이 반짝였다.

이화장으로 이사 온 지도 어느덧 5개월이 되고 있었다. 일생을 조국의 독립을 위해 싸워온 노 애국자가 해방된 조국에 돌아와 자기 집 한 채 없이 세를 사는 것이 합당하지 못하다고 생각한 유지들이 각출하여 마련해준 집이었다. 정원만도 2천 평이 넘는, 남편과 함께 처음 살아보는 저택이었다. 하지만 노부부 둘이 살기에는 지나치게 넓었다.

선거 날짜가 확정된 이후 승만도 더욱 바빠졌다. 오늘은 이화장에서 김구를 만났지만 아마 대화가 순조롭지 않은 듯했다.

오랜 동지인 김구와 승만은 해방 이후에도 신탁통치 반대운동에 서부터 즉각적인 독립정부 수립 촉구까지 줄곧 뜻을 함께해왔다. 그러나 유엔의 '한국 임시 위원단이 접근할 수 있는 지역인' 남한에서의 정부 수립안이 한반도의 영구 분단을 불러올지 모른다는 근심이 김구의 마음을 흔들리게 하고 있었다. 좌우합작론자로 하지 장군의 신임을 받고 있는 김규식은 이런 김구의 불안한 마음을 더욱 부채질 했다.

마침내 그는 김규식과 함께 북한에 남북협상을 제의하고 남한 정부 수립을 반대하는 성명을 발표했다. 이는 남한만이라도 하루 빨리 정부를 수립하여 북한의 침략에 대비해야 한다는 승만의 주장에 대립하는 것이었다.

그가 반대 성명을 발표하자 어느 신문기자가 "김 주석께서는 몇 달 전만 해도 '이 박사에 대한 나의 충성심에는 변함이 없다. 설사 남산의 소나무가 푸른빛을 잃더라도……'라고 말씀하시지 않았습니까?" 하며 그를 꼬집었다. 이에 김구는 "우리는 사소한 문제에 있어서는 의견이 일치하지 않을지도 모른다. 그러나 대국적인 문제에 대해서는 행동을 같이 할 것이다"라고 대답했다. 이 말을 전해들은 승만은 한숨을 쉬었다. 남산의 소나무가 푸른빛을 잃어가고 있었다. 그러나 한숨만 쉬고 있을 수는 없었다. 북한은 김구의 협상 제의에 맞추어 그를 북한의 평양으로 초청했다. 그들로서는 김구와 승만을 더욱 갈라놓고 이승만이 개인적 집권욕을 위해 민족 분단을 서슴지 않는다는 신진을 힐 수 있는 좋은 기회를 잡은 셈이었다.

"아우님, 자네가 평양에 가서 그들을 설득하는 것이 가능하다고 생각하는가?"

"결과가 어떻든 저는 최선을 다할 생각입니다. 안 되면 38선을 베고 누워 죽겠습니다."

"이 사람아, 자네의 마음이야 누가 모르나. 그런 자네의 마음이 저들에게 이용을 당하고 있으니 답답할 뿐이네."

승만과 김구 사이에 결론 없는 이야기가 벌써 두 시간째 계속되고 있었다.

"형님, 저도 충정에서 말씀드리는 겁니다. 남북협상이 실패하여 유엔

이 감시하는 단독 선거가 진행되더라도 절대 선거에 참여하지 마십시오. 지난번 신탁통치안에 우리가 결사반대하고 서명하지 않은 것처럼 말입니다. 분단의 책임이 형님의 이름에 두고두고 누를 끼치게 될 겁니다."

"자네의 그런 말은 오히려 나를 욕되게 한다는 걸 모르나? 내가 어디나 혼자 고고한 이름을 떨치자고 독립운동을 하고 신탁통치를 반대했는가 말일세. 내가 앞장서서 지옥에 들어가는 일이야, 이 일은! 내가 욕을 다 얻어먹고 어떤 오해를 사더라도 우리 민족이 공산화되는 것만은 막아야 해."

"남북이 협상을 해서 통일된 선거를 치르게 된다고 다 공산화되는 것은 아니지 않습니까?"

"자네는 다 아는 사람이 이제 와서 그런 엉뚱한 소리를 하는가! 소련군이 진주했던 동유럽이 어떻게 됐는가? 또 중국은? 국민당 정부는 공산군에 밀려 대륙에서 쫓겨날 판이야. 우리가 그들보다 나은 형편인가? 소련은 북한을 철저한 군사 혁명 기지로 만들어놓고 완벽한 자신이 생기면 미국과 동시에 철군할 것을 요구할 거네. 좌우 합작이니 뭐니 하는 것은 다 이 일을 위해 시간을 벌고 명분을 쌓기 위한 짓이라는 걸 자네가 몰라서 하는 소린가!"

"그들도 같은 동포입니다. 계속 소련의 앞잡이 노릇만 하진 않을 겁니다. 동족끼리 피를 흘리는 일은 막아야 합니다."

승만은 잠시 말할 기력을 잃었다. 목이 말랐다. 그는 이미 싸늘하게 식어버린 찻잔을 들어 단숨에 목을 축였다.

"형님은 미국을 지나치게 믿고 있습니다. 우리가 그들에게 배신당한 것이 어디 한두 번입니까. 그들은 자기들에게 손해라고 생각하면 언제든 남한을 포기하고 떠나버릴 것입니다. 공산주의자라고 해도 동족을 믿어야 합니다. 소련도 미국도 다 물리치고 동족끼리 모여 앉아 우리 민족의 장래를 의논해야 합니다. 그렇게 합의만 되면 우리 민족은 아시아에서 처음으로 중립국을 세우고 스위스 같은 평화와 번영을 누릴 수 있습니다, 형님!"

'아, 이 우직한 사나이가 또 이상에 눈이 멀어 냉엄한 현실을 외면하고 있구나……'

중립국에 대해서라면 누구보다 승만이 전문가였다. 그가 프린스턴 대학에서 박사 학위를 받은 논문의 제목이〈미국의 영향을 받은 국제법 상 중립(Neutrality As Influenced by the United States)〉이었다. 중립이라는 국제적 지위는 자국이 일방적으로 선언해서 되는 것이 아니었다. 그 나라를 둘러싼 주변 강대국 간에 힘의 균형이 이루어지는 가운데, 그들 간의 교차 승인이 있어야 가능한 일이었다.

"아우님, 소련과 북한 지도부가 무력 통일을 확신하고 있는 상황에서 중립이 가능하다고 생각하는가? 소련이 받아들이겠느냐는 말일세. 상대방은 침략하려는 의도가 명확한데, 이에 대응할 수단을 갖추려 하지 않고 현실과 동떨어진 이상론을 펴는 것은 아군을 무장해제시키는 이적 행위야."

"그럼 남한에 단독정부가 수립된 후 미소 양군이 철수하고 나면, 형님은 어떻게 전쟁을 막을 수 있습니까?"

"미군이 철수하는 것을 막아야지. 우리 독립정부가 수립되어 유엔의 승인을 얻고, 자주 국방의 기틀이 마련될 때까지 말일세. 나는 결코 미국을 맹목적으로 믿고 있는 것이 아닐세. 하지만 냉엄한 국제 정세가 미국이 우리를 포기할 수 없도록 진행되어갈 것이네. 독일과 일본이 패망한 지금, 미국과 소련이 대립하는 양극 체제가 되리라는 것은 너무도 분명한 일이야. 중립은 불가능한 일이고. 그렇다면 우리가 누구 편에 서야 되겠나? 소련으로부터 받을 것은 전쟁능력과 계급간의 투쟁밖에 없지만 미국으로부터는 자유와 경제 건설의 원조를 이끌어낼 수 있네. 우리가 이 세계적 흐름을 타야 민족부흥과 민족 재통일로 갈 수 있단 말일세. 우리 한국이 살 길은 여기에 있어."

"그렇다면 남은 것은 비극적인 분단밖에 없습니다. 형님은 끝내 그 책임을 혼자 떠맡으시겠습니까? 나는 그렇게 할 수 없습니다."

승만이 특유의 떨리는 듯한 음성으로 간곡히 설득했지만 김구의 대답은 냉정했다.

"아우님, 자네의 평양 방문은 결국 소련의 북한 인민위원회 정권을 합리화시켜주고 우리의 독립정부 수립 의지를 분단 획책이라고 선전하는 데 도움을 주겠구먼. 그들은 실컷 협상하는 척 생색만 내고 자네가 진심으로 원하는 것은 하나도 주지 않겠지."

"이미 어떤 말도 내 결심을 꺾을 수는 없습니다. 형님, 혹시 다른 방법으로 제 발길을 막을 생각은 마십시오. 하지 장군도…… 나를 막지 않을 겁니다."

"그렇겠지…… 하지는 공공연히 김규식이 대통령이 되었으면 하는 사람인데 어련하겠나."

승만은 자리에서 일어섰다. 이제 그에게 마지막이 될지도 모르는 작별을 해야 할 시간이었다. 결국 김구의 평양행을 막지 못한 것이다. 승

만은 오른쪽 뺨에 경련이 오려는 것 같아 애써 초연한 표정을 지으며
그에게 손을 내밀었다.

"부디, 어딜 가더라도 몸 건강하시게, 아우님."

"형님도 건강에 더 신경 쓰십시오. 안색이 안 좋으십니다."

김구는 그의 두터운 손으로 승만의 손을 힘 있게 잡았다.

승만의 오른쪽 뺨 경련이 결국 그에게 들킨 것 같았다. 한성감옥에
갇혀 고문을 받았던 후유증으로 손톱이 시린 것 말고도 가끔 오른쪽 뺨
이 경련을 일으켰다. 그 덕분에 승만은 마음의 고통을 숨기지 못하는
사람이 되고 말았다.

그는 경교장으로 돌아가는 김구의 우직하고 순박한 얼굴을 묵묵히
바라보았다. '조국의 독립에 헌신한 이래, 정치적인 견해 차이로 갈라
서게 된 친구들이 어디 한둘이었던가' 하는 생각도 위안이 되지 않았
다. 오랜 동지였던 김구가 앞으로 겪게 될 정치적 불운이 너무나 선명
하게 느껴져 승만의 마음은 더 아려왔다.

桃園故舊散如煙 奔走風塵五十年

白首歸來桑海變 春風揮淚古祠前

도원고구산여연 분주풍진오십년

백수귀래상해변 춘풍휘루고사전

복사골 옛 친구들 연기처럼 사라지고

분주하게 흘러간 바람먼지 속의 오십 년

흰머리로 돌아와 보니 산과 물 다 변했네

옛 사당 앞에 서서 봄바람에 눈물 뿌리네

화니는 흐뭇한 미소를 머금고 붓글씨를 쓰는 승만의 모습을 지켜보았다. 이 한시漢詩는 승만이 귀국한 지 얼마 후에 어린 시절 고향집을 찾아갔다가 동네가 너무나도 변한 모습에 감회를 느껴 그 자리에서 지은 시였다. 그는 이 시를 일기장에 적어놓았다가 나중에 화니에게 번역해서 읽어주었다. 화니는 남편의 마음을 더할 수 없이 잘 표현한 시에 감동을 받았었는데, 오늘은 그를 졸라 한지에 붓글씨로 옮겨달라고 청했던 것이다.

화니는 한문을 전혀 몰랐지만, 승만의 붓글씨는 상당한 예술적 가치가 있다고 생각해왔다. 그녀는 이 글씨로 병풍을 만들 생각이었다. 승만이 붓글씨를 쓰는 모습은 너무도 고요하고 진지해서 마치 다른 사람이 된 것 같았다.

"자, 다 됐소."

"정말 훌륭해요. 고마워요."

화니는 조심스럽게 종이를 들어 다시 한번 글씨를 바라보았다. 남편의 글씨 솜씨는 언제 보아도 신기했다.

"아직 먹이 덜 말랐을 테니 조심하구려. 그럼 차 한잔 마십시다."

"분부대로 대령하지요."

화니는 농담으로 고마운 마음을 표현하며 미리 준비하고 있던 녹차를 다기에 담아 내왔다.

"음, 이 녹차는 특별히 향이 좋구려."

"우리나라 초대 대통령이 되실 분에게 어울리는 차라면서 보내온 녹차예요."

"누가 그런 말을 했소?"

승만이 갑자기 정색을 하며 낮은 목소리로 물었다.

"왜요? 뭐가 이상한가요? 모두들 그렇게 생각하고 있는걸요."

화니는 일부러 녹차를 선물한 사람의 이름을 분명히 말하지 않고 모두들이라며 어물쩍 대답했다.

"그런 말을 하는 사람들을 조심해야 하오."

"조심해야 한다고요?"

"그렇소. 내가 대통령이 되는 것만을 추구하고 살아온 것처럼 오해하는 사람들이 많기 때문이오."

"아!"

처음 듣는 말은 아니었다. 일본이 패망하기 전, 미국에서 독립운동을 할 때부터 승만의 정적들은 그를 권력욕에 눈먼 늙은이로 비난했다.

승만이 대통령이라는 직위와 처음 인연을 맺은 것은 벌써 29년 전의 일이었다. 1919년 조선 왕조의 마지막 왕 고종이 일본의 감시 하에서 의문의 죽음을 당한 후 시작된 전국적인 반일 평화 시위는 곧 거대한 독립운동으로 발전되었다. 이를 계기로 조선을 근대적인 민주공화국으로 다시 세우려는 애국자들이 중국 상해에 모여 대한민국 임시정부를 수립하고 내각을 구성하게 되었다.

이 정부에서 당시 44세의 이승만을 대통령으로 임명했는데, 미국에 망명 중이던 승만은 나중에야 이 사실을 알게 되었다. 6년 뒤, 무장투쟁을 우선하는 이들에게 외교주의자로 비판받고 임시정부의 대통령직에서 탄핵된 후에도 한동안 그는 국제외교무대에서 대통령으로 소개됐다. 거기에는 임시정부가 내분으로 거의 무너져 제 기능을 못할 때도 이를 내색하지 않고 외교 활동을 벌여야 했던 그의 말 못할 고충이 숨어 있었다.

1945년, 일제가 물러나고 미 군정이 자리 잡은 조국에 돌아와서도 대중 속에서의 명망으로 볼 때 그는 여전히 대통령 후보 1순위였다. 모든 정당들이 그의 명성을 이용하고자 그를 당수로, 혹은 건국준비위원회 같은 조직의 주석으로 추대했다. 그러나 이제 70세를 넘긴 그는 모든 요청을 뿌리쳤다. 그가 외친 것은 단 하나, 이념이나 정당을 넘어선 민족의 단결이었다.

소련의 주도하에 수립된 신탁통치안이 전 민족적 저항으로 실현되지 못하고 표류하게 된 것은 그의 가장 큰 보람이었다. 그러나 공산당이 신탁통치 찬성을 공식 입장으로 표명하면서 민족의 분열을 불러오자, 승만은 남한만의 정부 수립이 유일한 차선책이라는 것을 깨닫고 미 군정과의 불화를 감내하면서 자신의 신념을 관철시켜 나갔다. 다행히 미 행정부의 대소 정책이 변화하면서 그의 정부 수립안이 유엔 총회를 통과하고 힘을 얻게 되었다.

그런데 이제 총선거를 위한 일정까지 잡힌 상황에서 그의 적들은 승만에 대한 낡은 비난을 다시 끄집어냈다. 지금 한국의 상황은 1919년과 별로 다를 것이 없었다. 남한의 정치 지도자들은 승만이 대통령이 되어주기를 원했지만, 그 대통령은 세금 낼 능력이 거의 없는 국민들과 망가진 경제, 남한 내에서 계속되는 공산주의자들의 폭동과 파업, 군화조차 변변히 신지 못한 군대를 가지고 막아야 하는 북한의 공산정권, 일본의 군국주의 식민지 교육밖에 받아보지 못한 지식인과 관료, 그동안 쌓였던 불만과 욕구를 한꺼번에 해결하고 싶어 조급해진 국민들, 여차하면 무기를 싸들고 철수하려고 하는 미군…… 이 모든 것을 책임져야 하는 대통령이었다.

"사람들이 나를 '대통령 대접만 해주면 되는' 사람으로만 생각하면 이 나라가 어찌 되겠소? 나는 그것이 무섭소."

"오, 여보!"

"이번에 선출된 의원들이 내게 투표를 해서 대통령이 되어줄 것을 요구하면, 나는 차마 거절하지 못할 것이오."

"그래요, 당신은 그런 사람이에요."

"문제는 그 다음이오. 그들은 늙은 나를 형식적인 국가 수반으로 만들어놓고 곧 당파간의 이권 싸움을 시작할 것이오. 내가 대통령이 되는 것보다 더 중요한 것은 국론을 통일하는 것이오."

"그것은 당신만이 할 수 있어요. 남들은 늙었다지만 당신은 아직 건강하잖아요. 힘을 내세요."

"고맙소, 화니. 내게 가장 소중한 사람은 당신이오."

남한의 선거를 반대하고 보이콧하자는 공산당의 시위와 폭동이 줄지어 발생하고, 미 군정과 경찰이 이를 힘겹게 막아가고 있는 가운데 4월 19일 김구와 김규식은 38선을 넘어 평양으로 갔다. 평양에서는 남북의 정당과 사회단체들이 연석회의를 하고 지도자들의 비공개 회담이 진행되었다. 그러나 그들이 합의한 것은 남한의 선거반대와 공산당 주도의 정부수립안이었다. 정작 소련군은 북한지역을 포함한 통일선거를 막고 나선 것이다.

5월 10일, 남한 전역에서 역사적인 첫 총선거가 실시되었다. 좌익과 일부 임시정부 계통의 정치인들은 출마하지 않았지만, 국민들의 선거 참여는 괄목할 만한 수준이었다. 전 유권자의 86퍼센트가 등록했고, 등

록인원의 92.5퍼센트가 투표했다. 3년간의 미 군정에서 벗어나 하루빨리 자신의 정부를 수립하고 싶어하는 국민들의 염원이 반영된 것이었다. 하지만 피해도 만만치 않았다. 공산당에 의해 134개의 선거 사무소와 301개의 관공서가 습격당하고 테러 612건, 사망 203명, 부상 643명이 발생했다. 이런 가운데 198명의 제헌 국회의원이 선출되었다.

서울에 무더위가 한창 기승을 부리던 7월 20일, 화니는 여름 한복을 곱게 차려입고 이화장 거실 소파에 앉아 라디오에서 흘러나오는 대통령 선거 투표 과정에 귀를 기울였다. 화니의 옆에는 이기붕의 부인 박마리아가 앉아 있었다. 이기붕은 승만이 돈암동에 거주할 때부터 비서로 근무하였는데 그는 미국 데이버 대학 졸업 후 1934년에 귀국하여 이듬해 이화여전 강사였던 박마리아와 결혼하였다.

미국에 유학하였던 박마리아는 영어에 능통하여 화니가 도착한 다음부터 마치 비서처럼 화니의 낯선 서울 생활을 여러모로 도와주었다.

화니도 자신보다 여섯 살 어린 그녀를 마치 친동생처럼 여겼다. 의사당 안은 더운 날씨에도 불구하고 단 한 명도 빠짐없이 참석한 제헌의원들과 방청객, 기자들로 꽉 차 있었다. 승만은 국회의장으로서 회의를 이끌어야 했지만 그 자신이 대통령 후보에 지명된 관계로 단상 뒤에 있는 국회의장실에서 조용히 투표 결과를 기다리고 있었다. 그를 대신하여 부의장이 투표를 진행했다.

승만 외에도 몇 명의 후보가 거명되었지만 첫 개표부터 시작해서 50표가 넘어갈 때까지 승만의 이름만이 불리고 있었다.

'오, 하나님. 제 마음이 왜 이렇게 떨릴까요. 제발 그이에게 기회를 주십시오. 그이는 새나라 건설을 위해 반세기를 투쟁하며 기다려 왔습니다. 일흔 세 살의 늙은 몸을 이끌고 생의 마지막 순간까지 자신의 조국을 위해 봉사하려 합니다. 그이는 대통령의 자리가 오직 영광된 자리가 아니라 분단된 국토와 민심을 다시 하나로 만들고, 혼란과 가난에 허덕이는 국민들에게 희망을 주어야 하는 막중한 자리임을 잘 알고 있습니다. 그이는 이 나라를 이끌 비전과, 앞날에 어떤 어려움이 닥치더라도 그 비전을 실현해야 한다는 사명감을 가지고 있습니다. 오, 하나님. 그에게 제발 기회를 주십시오…….'

화니가 떨리는 마음으로 간절히 기도를 하고 있는 동안 개표는 과반수에 다다르고 있었다.

장내는 점점 술렁였다. 이제껏 나온 표가 서너 표를 제외하고 모두 승만을 지명했기 때문이다. 헌법은 국회의원들의 투표로 과반수 이상을 얻은 사람이 대통령에 선출되도록 규정하고 있었다.

"와아……."

"짝짝짝짝……."

승만의 표가 과반수인 99표를 넘어서자 모든 사람들이 자리에서 일어나 뜨거운 함성과 함께 박수를 치기 시작했다. 국회의장석 밑에 앉아 있던 하지중장과 미 군정 고관들도 장내 분위기에 휩쓸려 일어나 박수를 쳤다.

라디오에서 흘러나오는 소리는 온통 흥분과 감격의 분위기로 소용돌이치고 있었다.

"오, 하나님. 오, 하나님……."

화니는 감격에 겨워 손수건에 얼굴을 묻었다. 자리에서 일어날 수가 없었다.

"이제 나머지 개표는 해보나마나예요. 박사님께서 대통령이 되신 거예요."

박마리아가 화니를 부축해 일으켜주었다. 화니는 자신도 국회의사당에 함께 있는 것처럼 힘껏 박수를 쳤다. 웃고 있는데도 자꾸 눈물이 났다.

옆방에서 라디오를 들으며 대기하고 있던 내외신 기자들이 들이닥쳐 저마다 앞을 다투어 화니에게 인터뷰를 요청했다.

"축하드립니다. 한국의 초대 퍼스트레이디가 되신 소감이 어떠십니까?"

"이 박사님과는 어디서 처음 만나셨습니까? 결혼은 미국에서 하셨나요? 미국 시민권이 있으십니까?"

화니는 쏟아지는 듯한 질문들에 그저 웃으며 손을 저었다.

"프란체스카 리, 유럽 여성인 걸로 알고 있는데, 어느 나라에서 태어나셨습니까?"

화니는 눈을 깜빡이며 정신을 차리려고 애를 썼다. 이 질문은 그냥 넘어갈 수가 없었다.

"저는 오스트리아에서 왔습니다. 아름다운 예술의 도시 빈이 제고향입니다."

해방의 날인 8월 15일은 대한민국이 정부 수립을 선포하기에 가장 적합했다. 서울의 중심부 광화문, 옛 조선총독부 건물 앞 광장에는 이 역사적인 날을 직접 경험하기 위해 수십만 명의 인파가 모여들었다.

높이 마련된 단상에는 국회의장과 부통령, 국무총리 이범석 이하 전 내각, 미 군정의 하지, 그리고 이곳에 참석하기 위해 특별히 일본에서 날아온 맥아더 장군이 자리하고 있었다. 화니는 퍼스트레이디로 승만의 옆에 앉았다. 군중들은 열렬히 승만의 이름을 연호했다.

사회자로부터 이름이 불리자 승만은 흰 모시 두루마기를 휘날리며 연단으로 나갔다. 화니의 눈에는 그의 모습에서 광채가 나는 것 같았다. 일흔셋의 노인답지 않게 그의 자태는 꿋꿋했으며, 얼굴에는 자신감과 미소가 넘쳐났다.

"금년 8월 15일은 광복의 기쁨뿐 아니라 대한민국의 새 탄생을 겸하여 경축하는 날로서, 우리 3천만 국민에게는 가장 의미 있는 날입니다."

군중들의 우렁찬 박수 소리가 그의 연설에 호응했다.

"우리는 전국 국회의원의 3분의 1을 점하는 북한 출신의 국회의원이 참석할 날을 희망을 가지고 기다리고 있습니다. 38선에 의한 국토의 분단은 우리가 선택한 것이 아니고 전혀 우리 국민의 운명과는 상관없는 것입니다. 국토를 통일하기 위해 문호를 개방하고 모든 노력을 경주해야 합니다!"

"와아아아아."

이날 연합군 총사령관 맥아더 장군은 자신의 연설을 마치고 승만과 굳은 악수를 하며 의미 있는 말을 했다.

"만약 한국이 공산군에게 공격을 받게 된다면 나는 한국을 캘리포니아 주처럼 방위할 것입니다!"

그리고 2년 뒤 6.25 전쟁 때 그는 이 약속을 지켰다.

제3부

내 사랑 코리아!

한국전쟁

미군은 이달 말까지 한국에서 철퇴할 것이다. 우리는 이 나라를 어떻게 방위할 것인가? 육군의 대부분은 총을 가지지 않았고 경찰과 해군도 마찬가지다. 우리의 탄약 보유량으로는 불과 3일 간의 전투밖에 할 수 없다고 국방장관은 보고한다. 만약 이와 같은 정세를 납득하도록 설명한다면 미국사람은 우리의 필요를 이해하고 원조해줄 것이다. 내가 사실상 큰소리로 나올 단계가 아니다. 이 비통한 정세를 설명할 수 있는 방법이 달리 있을 것이다.

- 1949. 6. 14〈이승만의 일기〉

6.25 전쟁 직후에 군산을 방문한 이승만 대통령 내외
(사진제공 : 조혜자)

전쟁 고아들을 위해 미국에서 보내온 학용품을 전달하는 프란체스카
(사진제공 : 조혜자)

1950년 3월 26일 일요일 맑음

올해 들어 가장 즐거운 하루였다. 오늘은 남편이 일흔다섯 번째 맞는 생일이며, 대한민국이 건국되고 초대 대통령으로서는 두 번째 맞는 생일이다.

생일이 되기 두 달 전부터 주변에서는 성대한 축하 행사를 해야 한다며 나를 찾아와 행사 계획을 검토해 주기를 요청했다. 작년에는 별 행사 없이 조용히 지냈지만, 올해에는 그냥 넘어가서는 안 된다며 난리들이었다. 평생을 조국의 독립을 위해 몸 바친 노 애국자가 독립정부를 수립하고 초대 대통령이 되어 75세를 맞았는데, 어떻게 그냥 넘어가느냐는 것이었다. 그러나 허례허식을 싫어하고 공직자의 청빈을 강조하는 대통령의 뜻이 워낙 강력해서 모두들 그의 앞에서는 입도 벙긋 못한다는 것이었다. 결국 나보고 생일 축하 행사를 할 수 있도록 남편을 설득해 달라고 아우성이었다.

돌이켜보니 가정적으로 불우했던 남편은 자신의 생일을 제대로 축하 받아본 적이 거의 없었다. 심지어는 생일날 굶기도 했고, 미국

유학시절에는 생일날 중국 식당에서 일하는 친구를 찾아가 울면한 그릇을 얻어먹은 적도 있다고 했다. 내가 그와 결혼한 이후에는 어떻게 해서든 생일이면 흰 쌀밥에 미역국을 끓여주려고 노력했다.

대통령께서 즐겁게 생일을 보내면 기쁜 마음으로 국정에 전념하실수 있어 오히려 나라에 도움이 되지 않겠느냐는 박마리아의 말도 일리가 있는 것 같아 나는 남편을 설득하기로 결심했다. 그러나 요즘은 미군 철수 이후 38선 부근이 하루도 조용한 날이 없어서 남편의 신경이 늘 날카로웠다. 더구나 국회에서는 내각책임제 개헌을 주장하는 이들이 많아 더욱 그의 마음을 괴롭히고 있었다.

그의 기분이 좋을 때 말을 꺼내야지 하고 기회를 살피던 중에, 남편의 어릴 적 친구가 그가 가장 좋아하는 화가 장승업의 그림을 들고 찾아왔다.

"여보, 어서 막걸리 좀 내오구려. 장승업의 그림은 고종 황제께서도 어사주를 하사하셔야 볼 수 있었던 그림이라오. 허허, 참으로 좋은 그림이로고!"

남편은 평소에 마시지 않는 술까지 내오라고 하며 옛 친구와 그림을 함께 반겼다.

"여보, 당신도 한잔 받아보구려. 이것은 쌀로 빚은 우리의 전통 술인데, 불로장생하는 신선들이 즐겨 마시던 것이라오."

화제는 그들의 어릴 적 추억으로 돌아가 있었다. 여섯 살 때 둘이함께 자다가 이불에 오줌을 싸 이웃집에 소금을 얻으러 갔던 일, 남산에 올라가 연싸움을 하던 일, 일곱 살 때 천자문을 외워 부모님이 동네잔치를 했던 일 등을 이야기하며 웃음꽃이 피었다.

나는 이때를 이용하여 그의 생일잔치를 허락받았다. 그러나 남편은 최대한 간소하게 해야 한다는 전제 조건을 달았다. 어린이들을 초대하는 문제도 처음에는 반대하다가 '그래, 내 어릴 적에도 어른 생일잔치에 가면 먹을 것이 많아 무척 즐거웠지' 하며 승낙해주었다.

마침 일요일이라 그도 복잡한 정무를 잊고 즐거운 하루를 보낼 수 있었다. 그의 종가인 전주 이씨 문중에서는 부인들이 각종 부침이 랑 약과랑 식혜를 해서 가져왔고, 남편이 어릴 적 생일이면 어머니 손을 잡고 방문하던 문수사에서는 튀각을, 미타사에서는 나이 많은 여승이 누룽지를 보내왔다. 남편은 이 나이에도 이가 튼튼하다. 딱딱한 누룽지를 맛있게 먹으며 한국인들은 어려서부터 소금에 절인 김치를 먹고 자라 이가 튼튼하다고 자랑하는 것을 잊지 않았다.

나는 호텔에 연락하여 특별히 오스트리아식 사과 파이를 주문했다. 미국인이나 유엔에서 파견된 외국인들을 위해 유능한 요리사를 찾는다는 소식을 듣고 나는 빈의 유명한 호텔 자허에서 일하던 요리사를 소개해준 적이 있다. 17년 전 그이가 빈으로 나를 찾아왔을 때 먹었던 바로 그 맛이었다.

오전에는 국무총리를 비롯한 전 내각의 장관들이 인사를 왔고, 점심 무렵에는 대통령이 자신들을 내각에서 소외시켰다며 국회에서 내각책임제 개헌을 준비하는 한국민주당 인사들이 찾아왔다. 한국인들은 분파 행동이 심하다고 외국에 소문이 나 있지만, 나이 많은 선배에 대해서는 예의를 갖출 줄 알고 정이 많은 사람들이다. 그리고 무엇보다도 남편은 정치적 이해 관계나 대통령이라는 직위를 떠나 대한민국 독립운동사에 살아 있는 최고 원로이자 대한민국 건국의 제1공로자다. 남북을 막론하고 한국인이면 누구나 그를 존경하고 있는 것은 틀림없는 사실인 것이다.

한국에 주재하는 외국 사절들도 줄줄이 부부 동반으로 방문했다.

미국 대사 무초만이 미혼이었다. 무초 대사는 한국에서 악역을 맡고 있다. 작년에 미군과 소련군이 모두 철수한 이후 그는 유엔 한국위원단과 함께 어처구니없게도 한국군이 전쟁을 일으키지는 않는지 감시하고 있다. 무기도 변변히 없는 한국이 어떻게 전쟁을 일으킨단 말인가! 어쨌든 한국군이 38선 주변에 집중되는 것은 철저히 금지되고, 군인들은 일요일이면 의무적으로 휴가를 나와야 하는 우스운 상황이다.

오후에는 서울 시내 초등학교와 중학교에 다니는 어린이들 수백 명이 선생님의 인솔하에 단체로 방문했다. 남편과 나는 잔디가 곱게 깔린 넓은 뜰에서 이 어린 손님들을 가장 반갑게 맞았다.

"대통령 할아버지, 생신 축하드립니다. 건강하게 오래오래 사세요."

아이들만 보면 유난히 좋아하는 남편은 아이들이 불러주는 생일 축하 노래와 한국 민요를 듣고 나서 그 고사리 같은 손 하나하나마다 직접 과자를 쥐어주고 머리를 쓰다듬어주었다. 과자 봉지를 들고 그의 옆에 서 있다가 그 장면에서 나도 모르게 그만 눈물이 나왔다. 혹시 누가 볼까 봐 얼른 고개를 숙이고 눈물을 닦았다. 남편이 아이들을 귀여워해주는 모습만 보면 이젠 습관처럼 가슴 한쪽이 허전해온다.

저녁은 집안 친척들과 함께 들었다. 아시아 국가들의 고질적인 병폐인 친인척의 정치 관여를 엄격히 금지해온 남편이지만, 오늘 하루만큼은 사심 없이 그들과 만나 친척들 안부도 묻고 이야기를 나누었다.

그들이 하는 말은 대부분 내가 알아들을 수 없어서 나는 옆방에서 대한부인회 간부들과 차를 마시며 친척들이 돌아갈 때까지 대화를 나누었다. 그녀들은 대부분 미국에서 공부를 했거나 영어를 배운 이들이어서 나와 대화가 통했다.

우리의 주요 관심사는 한국 여성의 지위 향상과 교육 기회의 확대에 관한 것이었다. 신생 대한민국의 헌법은 여성의 평등권을 완벽하게 보장하고 있지만 현실에서는 아직도 여성의 희생이 완강하게 남아있다고 그들은 호소했다. 내가 나의 모국 오스트리아에서의 여권에 관한 이야기를 해주면 그들은 부러워하는 표정이었다. 남자 일색인 내각에 그나마 임영신이 상공부장관으로 입각한 것도 남편의 여성 존중 사상 덕분이다.

남편의 비서였던 그녀는 내가 한국에 온 이후에도 계속 남편의 식사와 빨래 시중을 들겠다고 고집해서 나와 충돌한 적이 있지만, 지금은 다 잊은 일이다. 그 후 중앙여자학원이라는 대학을 설립하여 후진 양성에 노력 중이라고 한다. 그녀는 아직도 나와 마주치면 눈을 내리깔고 자리를 피하려 한다. 오전에 장관들과 함께 대통령께 인사를 드린 후 금세 돌아간 것도 그 때문이리라.

선물도 많이 들어왔다. 중국 대사는 장제스 총통이 보낸 선물이라며 미제 웨스팅하우스 냉장고를 트럭에 실어왔다. 그이는 전기를 많이 잡아먹는다고 잔소리를 할 테지만, 무더운 여름이면 늘 음식이 상할까 봐 걱정하던 나로서는 제일 반가운 선물이다. 그는 과한 선물이라고 생각하면서도 장 총통이 보낸 것이라 거절하지 못하는 것이다.

가장 이색적인 선물은 역시 500년 묵었다는 산삼이다. 모두들 생전 처음 대하는 산삼을 보고 눈이 휘둥그레져 있는데, 그는 무심한 어조로 '이것은 우리 덕재 아우에게 주어야겠구먼' 한다. 다들 남편의 말을 이해하지 못하는 눈치였지만 나는 이해가 되는 구석이 있다.

덕재는 살아 있는 몇 안되는 그의 어릴 적 친구인데, 어느 날 그를 찾아와 죽기 전 마지막 소원이니 산삼이 주로 나는 강원도의 군수를 시켜달라고 했다. 물론 그는 이 소원을 들어줄 수 없었다. 능력 없는 사람이 대통령의 친구라는 이유로 군수가 되는 것은 있을 수 없는 일이었다. 그러나 그의 마음속에는 옛 친구의 부탁을 거절한 것이 늘 걸렸던 모양이다.

내게는 뇌물성 선물을 거절하는 것이 가장 힘든 일이다. 생일을 맞은 것은 남편인데 왜 내게 달러가 가득 든 봉투를 주는지 모르겠다. 그외에도 생일 케이크를 가장하여 그 속에 숨겨진 달러를 전달하려는 이들도 여전히 있었다.

"화니, 불행하게도 우리나라는 아직 혼란을 겪고 있는 중이오. 일본인늘이 우리나라에서 빼앗아 누리다가 남기고 간 막대한 토지와 재산들이 미 군정 3년을 거치는 동안 엄정하게 처리되지 못했소. 그들은 한국 실정을 잘 모르는데다가 대부분의 조선총독부 관리 출신을 그대로 임용했는데, 앞날을 예측하기 힘든 불안한 정국과 허술한 관리를 틈타 온갖 모리배들이 그것을 차지하려고 수단 방법을 가리지 않았소. 미국에서 제공되는 원조 물자의 분배를 둘러싸고도 부정부패가 극심하다 하오. 이제 우리 손으로 뽑은 정부가 섰으니, 이런 것들은 절대로 용납해서는 안 되오. 대한민국의 퍼스트레이디로서 당신의 책무가 막중하단 말이오, 알겠소?"

"그럼요, 나는 아직도 당신이 빈 숲에서 들려준 민 황후의 이야기를 잊지 않고 있어요. 나는 절대로 정치나 인사에는 관여하지 않을 거예요. 내게는 그 무엇보다 더 중요한 일이 있는걸요."

"그 무엇보다 더 중요한 일? 그게 뭐요?"

"당신의 건강을 돌보는 일이죠. 당신은 대한민국의 대통령이기 이

전에 화니의 소중한 남편이에요!"

남편이 대통령에 선출된 다음날부터 나는 선물과 뇌물을 구별하고 뇌물을 물리치는 방법을 훈련해온 셈이다.

그런데 오늘은 내가 책임을 좀 소홀히 한 면이 있다. 그가 과식하는 것을 말리지 못했다. 그는 나이가 들어서도 식성이 좋은 것이 탈이다. 손님을 맞으면서도 연신 탁자에 있는 약과를 집어먹었는데, 사람들 앞이라 내놓고 말리지 못하고 말았다. 과식은 건강의 큰 적이다. 과식으로 인한 칼로리를 빼야 하니 내일은 꼭 시간을 내어 테니스를 치자고 말해야겠다.

더 쓰고 싶은 것이 많았지만 화니는 펜을 놓았다. 남편의 주변에서 일어나는 일들은 모두 소중한 역사의 기록이 되겠기에, 그녀는 아무리 피곤해도 매일 일기를 쓰겠다고 작정하고 실천하고 있었다.

화니가 말리지 않았다면 밤새도록이라도 연로한 대통령을 붙잡고 놀려고 하는 친척들을 간신히 보낸 것이 밤 10시였다. 그러지 않아도 승만의 친척들이 말이 잘 통하지 않는 화니를 좋아하지 않는다는 것을 그녀도 잘 알고 있었지만, 당장 내일 아침 일찍부터 골치 아픈 결재 서류 더미에 코를 박아야 하는 승만을 위해 어쩔 수 없었다. 그들은 친척 중한 명이 조그만 관직이라도 가지게 되면 온 일족이 먹고 살게 되었다고 여기는 옛 관습에 젖어 있었다. 친척들의 청탁을 대통령 할아버지가 외면하는 것은 냉정한 파란 눈의 할머니 때문이라고 여기는 것도 당연했다.

승만이 친척들과의 관계에 더욱 조심하는 것은 그의 조상이 옛 왕족이었던 까닭도 있었다. 그의 정적들 중에는 승만이 이씨 왕조를 부활시켜 왕이 되려는 음모를 꾸미고 있다고 근거 없는 비난을 하기도 했다.

친척들이 권하는 생일 축하주 몇 잔을 차마 뿌리칠 수 없었던 승만은 세상모르게 자고 있었다. 침실에 들어온 화니는 그의 잠을 방해하지 않으려고 불도 켜지 않고 조용히 잠옷으로 갈아입었다. 창을 통해 들어온 밝은 달빛이 승만의 잠든 얼굴을 환하게 비추었다. 화니는 자신도 모르게 그의 평화로운 얼굴을 쓰다듬었다.

'일흔다섯 살 먹은 고집쟁이…… 이 노인이 바로 내 남편이란 말이지.'

화니의 입가에는 저절로 미소가 떠올랐다. 허연 머리에 주름진 모습이지만 우뚝한 코에 인자해 보이는 입술은 17년 전 그녀가 반한 그 얼굴 그대로였다. 날로 증대하는 전쟁의 위협과 혼란한 정국 속에서 고뇌하는 늙은 대통령의 모습은 그 어디에도 없었다.

'이것이 당신의 매력이에요. 그 나이에 젊은이도 감당하기 힘든 짐을 지고, 온갖 비난을 감수해가며 결국 자신의 이상을 실현해 가는군요. 내 눈은 틀리지 않았어요. 당신을 영원히 사랑해요…….'

화니는 조용히 남편의 이마에 입을 맞추었다.

다음날 아침 화니가 눈을 떴을 때 승만은 자리에 없었다. 밖은 아직 깜깜했다. 시계를 보니 새벽 5시30분이었다. 화니는 얼른 가운을 걸치고 복도로 나갔다.

식당 문이 조금 열려 있었는지 환한 불빛이 새어나오고 두런두런 말소리도 들려왔다. 화니는 조심스럽게 문틈으로 식당 안을 들여다 보았다. 식탁에는 승만이 파자마 바람으로 앉아 있었다.

"이봐, 양 노인. 아직 멀었나? 이거 냄새가 아주 죽이는구먼."

"다 됐습니다. 북어 대가리는 팍팍 끓여야 맛이 우러나거들랑요."

그러고 보니 싱긋한 북엇국 끓이는 냄새가 새벽공기와 함께 전해졌다. 술을 좋아하는 양 노인이 어젯밤 대통령의 생일을 축하한다며 실컷 술을 마시고는 새벽같이 나와 자기가 먹으려고 북어해장국을 끓이고 있다가 승만에게 들킨 것일 터였다.

화니는 조용히 침실로 돌아가 옷장에서 승만의 가운을 꺼냈다. 아직 새벽 공기가 쌀쌀한데 남편이 감기에 걸릴까 봐 염려되었다.

"굿모닝, 여러분, 아침을 먹기에는 조금 이른 시간이군요."

북엇국을 냄비째 식탁에 놓고 막 그릇에 담으려던 양 노인은 깜짝 놀란 모양이었다.

"아, 화니. 일찍 일어났구려. 곤히 자는 것 같아 깨우지 않았지."

승만도 그녀에게 들킨 것이 겸연쩍은지 말을 더듬었다.

"둘이서만 맛있는 북엇국을 먹으려 하다니, 너무해요."

머리가 허연 70대의 두 노인이 화니 앞에서 꿀을 훔쳐 먹다 들킨 아이들처럼 쩔쩔맸다.

양 노인이 경무대로 처음 들어왔을 때 화니는 승만보다 서너 살 적은 그가 요리사직을 맡기에는 좀 나이가 많다고 생각했다. 자신이 일을 시키기에도 불편했다. 하지만 승만은 일찍 상처하고 하나 있던 자식도 출가하여 쓸쓸히 지내고 있다는 그를 감싸주었다. 양 노인이 술을 무척 좋아하고, 툭하면 직원들을 모아놓고 '자선 파티'를 하며, 파란 눈의 영부인이 너무 쩨쩨하다고 흉을 보다가 화니에게 들켰을 때도 승만은 이를 덮어주었다.

"양 노인, 어서 이 사람에게도 한 그릇 떠주구려."

"각하, 저 혼자 먹으려고 끓인 거라서 양이 모자라는뎁쇼."

"이 사람아, 그동안 북어머리 많이 모아놓지 않았나? 좀 더 끓이면 되지."

"나는 됐어요. 두 분이나 많이 드세요. 나는 옆에 앉아 구경이나 할게요."

화니의 말에 두 노인은 이제 살았다는 표정이 되더니, 숟가락을 잡고는 정신없이 북엇국을 퍼먹었다.

승만은 고기보다는 생선을 더 좋아하는 편이었다. 특히 한국의 동해안에서 겨울철에 많이 잡히는 명태를 좋아했다. 명태는 한국인들이 가장 좋아하는 대중적인 생선인데, 이상하게도 일본이나 소련 사람은 먹지 않는다고 했다.

전에 양 노인이 살을 발라낸 명태머리와 껍데기를 버리지 않고 모아두는 것을 보고 승만이 잘한다고 칭찬한 적이 있었다. 그것을 이해하지 못하는 화니에게 승만은 '생선은 머리가 가장 맛있고, 소는 꼬리가 가장 맛있다'고 설명해주었다. 승만은 명태머리와 껍데기를 넣고 고추와 파를 듬뿍 썰어 넣어 끓인 국을 그렇게 맛있게 먹을 수가 없었다.

'흥, 양 노인. 두고 보라지. 내가 더 맛있는 북엇국을 끓여줄 테야!'

화니는 이런 것에까지 질투를 느끼는 자신이 재미있었다.

1950년 6월 25일. 이날은 한국의 역사에서 가장 아픈 기억으로 새겨진 하루였다.

한국인들이 맞은 가장 큰 불행은 남의 손에 의해 결정된 국토의 분단이었다. 그리고 이것은 동족간의 전쟁이라는 더 큰 불행을 예고하고 있었다.

승만은 남한의 군사력을 획기적으로 증강하여 남북간 힘의 균형이 이루어질 때까지 미군을 계속 주둔시켜야 현실적으로 전쟁이 일어나지 않을 것이라고 생각했다. 그러면서도 기회가 되는 대로 공공연히 남한 대중에게 군사력에 의한 북진통일만이 유일한 길이라고 주장했다. 무력에 의한 남북간의 한판 대결은 피할 수 없는 길이며, 그렇다면 싸움에서 이기도록 군사력을 기르는 것이 최선이라고 주장했다.

미국은 한반도에서 전쟁이 벌어지면 공산군이 승리한 중국과 소련이 참전하여 제3차 대전으로 비화될 가능성을 두려워했다. 게다가 한국은 미국의 이익이 아니라 부채라는 인식이 공식적으로 발표되고, 미국의 극동방위선에서 한국을 제외한다는 에치슨 국무장관의 기자회견이 있었다. 미국 언론은 승만이 국회를 무시하는 독재자며 전쟁을 선동하고 미소 관계를 악화시킨다고 비난했다.

그러는 동안 북한의 실권자 김일성은 비밀리에 소련과 중국을 방문하여 스탈린과 마오쩌둥으로부터 전쟁을 승인받았다. 남한노동당의 최고 책임자 박헌영은 북한 인민군이 밀고 내려오면 남한 내의 비밀혁명조직과 파르티잔들이 총궐기할 준비를 끝냈다고 김일성에게 보고했다.

그러나 겉으로 드러난 모습은 달랐다. 이미 완벽하게 전쟁 준비를 갖춘 북한 정권은 전쟁할 의사가 전혀 없다는 듯 평화통일과 남북협상을 제의했고, 미국과 유엔의 견제로 전쟁할 준비가 전혀 갖춰지지 않은 남한 정부는 북진통일과 결사반공을 외치는 재미있는 상황이 전개되고 있었던 것이다.

이미 전쟁의 징후는 곳곳에서 나타나고 있었다. 38선에서는 사흘이 멀다하고 국지전이 벌어졌고, 남한 곳곳에서는 예행연습처럼 각종 소요가 발생했다.

농촌에서는 모내기를 끝낸 벼가 쑥쑥 자라고, 장마가 시작되기 전 무더위가 슬그머니 찾아오려는 6월의 어느 일요일 새벽이었다. 이제는 습관처럼 여기던 북한군의 새벽 총격이 전격적인 남침의 시작이라고 국방군 사령부에 최종 확인된 시각은 새벽 6시 30분이었다.

화니는 아침 세수 후 머리를 빗다 말고 거울을 들여다보았다. 거울 속에서 나이가 쉰임을 속일 수 없는 한 서양 여인이 자신을 바라보고 있었다. 윤기 흐르던 갈색 머리에는 흰머리가 골고루 섞여 있고, 움푹 들어간 눈자위에는 검은 그늘이 더 짙게 드리워져 보였다. 볼은 탄력을 잃고 늘어져 가고 목에는 굵은 주름이 하나 더는 것 같았다. 한 때는 남편의 흰머리가 멋있어 보여서 자신의 머리도 빨리 희어졌으면 하고 바랐던 적도 있지만, 역시 멋있게 늙는다는 것은 쉬운 일이 아니었다.

매일 보는 자신의 얼굴인데도 오늘은 어딘지 낯설었다. 한국에 온 지도 어느덧 햇수로 5년이 되었고, 이제는 매일 대하는 얼굴들이 검은 머리에 얼굴이 넓고 눈이 가는 한국인들이어서 자신의 뾰족한 코와 동그랗고 파란 눈이 어색해 보이는 것이라고 화니는 생각했다.

요즘은 꿈자리도 뒤숭숭했다. 화니는 체질적으로 깊은 잠을 자지 못하는 편이었다. 그러다 보니 늘 꿈을 많이 꿨는데, 즐거운 내용보다는 깨고 나면 기분 나쁜 것이 더 많았다.

오늘 아침만 해도 무언가에 쫓기는 꿈에 시달렸다. 지난 주 남편과 함께 시찰했던 38선의 철조망이 배경으로 나온 것 같기도 하고, 소련제 야크 비행기가 굉음을 내며 저공비행으로 자신을 위협했던 것 같기도 했다. 그러다가 어느덧 장면이 화니와 승만이 비서들과 함께 조그만

통통배를 타고 있는 것으로 바뀌었다. 하늘은 어두웠고 파도 소리가 들리지는 않았지만 배가 무척 흔들렸다. 화니는 뱃멀미를 심하게 하는 편이라 곧 속이 뒤집히는 것 같았다. 주변을 둘러보니 젊은 비서들도 저마다 허리를 구부리고 바닥에 무언가를 게워내는 가운데 오직 승만만이 중심을 잡으며 꿋꿋이 서 있었다. 하지만 입을 앙다문 그의 표정도 돌덩이처럼 무거워 보였다.

'여보, 우리 그만 돌아가요. 나는 여기가 싫어요. 멀미가 나고 무서워요.'

그러나 승만은 오히려 화니에게 화를 냈다.

'말도 안돼는 소리. 여기를 떠나면 어디로 간단 말이오.'

'안전한 뭍으로 가요. 이 배는 곧 난파할 것 같아요.'

'안 돼!'

그때 배가 더 심하게 요동치며 흔들리더니 선실 벽이 홀연히 없어지면서 파도가 들이쳤다.

'여보, 제발……'

'안 돼!'

들이친 파도에 화니의 몸이 휩쓸리며 승만과 점점 멀어졌다. 수영을 할 줄 모르는 화니가 두려움에 소리를 치려고 해도 안타깝게 입이 벌어지지 않았다. 입 안에 극심한 통증이 느껴지면서 눈이 번쩍 떠졌다. 꿈이었다. 치통이었다.

"치과에 다녀와야겠어요. 어금니가 너무 아파서 어젯밤엔 잠을 설친 거 있죠."

아침 식탁에서 화니가 승만에게 말했다. 꿈자리가 뒤숭숭했던 이유도 아픈 어금니 때문이라고 믿고 싶었다.

"그래? 그럼 빨리 다녀오구려. 오늘은 일요일이지만 시내에 문을 연 치과가 한두 군데쯤 있을 걸?"

승만이 자신과 가족을 위해 경무대 안에 주치의를 두는 것을 반대했기 때문에, 어디 아픈 데가 생기면 진찰을 받기 위해 시내로 나가야 했다.

"당신은 뭘 하실 건데요?"

"경회루에서 낚시나 할까 하오."

경회루 연못 안에는 팔뚝만한 잉어들이 살고 있었지만, 승만에게 낚시는 잉어를 잡기 위한 것이라기보다는 혼자 조용히 연못가에 앉아 생각을 정리하는 수단이었다.

병원으로 가는 차 안에서 화니의 눈에 들어온 서울은 참으로 한가하고 평화로운 모습이었다. 휴가 나온 군인들이 제복 차림으로 연인과 다정하게 거니는 모습도 눈에 띄었고, 한복을 곱게 차려입은 부부가 아이들 손을 잡고 고궁 나들이를 하는 정겨운 모습도 보였다.

하지만 화니가 치료를 마치고 돌아왔을 때 경무대 안에는 딴 세상처럼 한껏 긴장된 분위기가 감돌았다. 보통 일요일이면 출근하지 않는 비서들이 굳은 표정으로 모두 자리를 지키고 있었고, 그녀의 뒤를 좇아 국방장관이 헐레벌떡 경무대에 나타났다. 국방장관은 눈을 동그랗게 뜨고 자신을 바라보는 화니에게 간단히 고개를 숙여 인사하고는 황급히 대통령 집무실로 사라졌다.

화니는 궁금증을 참지 못하고 대통령 집무실 문 앞에서 귀를 기울였다.

"정말 비겁한 놈들입니다. 우리 군이 비상경계를 풀고 쉬고 있는 일요일 새벽에 아무 선전포고도 없이……."

국방장관이 분하다는 듯이 씨근거리며 말하는 소리가 들렸다.

"전쟁이란다 그런거야. 일본이 진주만을 공격할 때도 그랬지. 대비를 못한 우리가 잘못인 게야. 그보다 전쟁 상황이 어떻다고?"

승만은 냉철한 목소리로 현실을 파악하려고 노력하는 듯했다.

"예, 적들이 처음 군사 분계선에 접한 개성시를 대거 침입하기 시작한 것이 오늘 새벽 4시입니다. 이후 38선 전역에서 탱크를 앞세운 북한군 전 병력이 밀고 내려오고 있다는 사실이 6시에 확인됐습니다. 현재 우리 군은 1급 비상령을 내리고 총력을 다해 막고 있지만, 일요일 휴가를 나간 사병들이 많고 기습을 당한 처지라 어려움을 겪고 있습니다."

'오, 하나님! 전쟁이라니…….'

화니의 가슴은 작은 새처럼 팔딱팔딱 뛰기 시작했다.

30분 이내로 국방장관을 비롯한 모든 각료들이 경무대에 모인 가운데 비상 각료회의가 진행되었다. 시시각각으로 전황이 보고되었지만 모든 상황이 비관적이었다.

20만 대군으로 추정되는 적은 주력을 두 줄기로 나뉘어 서울을 향해 일제히 쳐들어오고 있었다. 소련제 탱크의 위력은 막강했다.

소련제 야크 전투기가 아군의 진지를 무차별 폭격하고 있는 상황도 확인되었다.

비행기 한 대, 탱크 한 대 없는 아군은 수적으로도 열세였다. 아군의 최대 무기는 경 바주카포였는데, 그 포탄은 적의 탱크에 맞자마자 탁구공처럼 튀어버린다고 했다. 그저 암울하기만 한 보고가 줄을 잇는 가운데 운명의 25일은 속절없이 저물었다.

화니는 승만에게 한마디도 말을 붙일 수가 없었다. 그렇게 식성이 좋던 사람이 저녁을 뜨는 둥 마는 둥하더니 자정이 넘어도 집무실에서 떠나지 않았다.

홀로 침실에서 서성이며 승만이 들어오기를 기다리다가 새벽 3시가 가까워오자 화니는 참지 못하고 1층에 있는 집무실로 들어갔다.

각료와 비서들도 대부분 쉬러 가고 불이 꺼진 집무실에서 승만이 홀로 자리를 지키고 있었다.

"여보, 이제 그만 쉬셔야죠."

"아, 당신이오? 아직도 안 잤소?"

"당신이 이러고 있는데 나 혼자 어떻게 잠을 자요?"

"아무래도 안되겠어. 내가 직접 전화를 해야지."

승만은 화니의 말을 듣지 못한 사람처럼 혼잣말을 하더니 책상 위의 전화기를 집어 들었다.

"이 늦은 시간에 어디로 전화를 한다는 거예요?"

"도쿄, 맥아더 원수에게 전화하는 거요."

승만은 마치 신들린 사람처럼 전화 다이얼을 돌리며 대답했다.

"맙소사, 지금 그는 자고 있을 거예요!"

미 태평양함대의 사령관 맥아더는 일본 점령군 최고 책임자로서 도쿄에 거주하고 있었다. 주한미군이 모두 철수한 지금 한국과 가장 가까운 미군은 그가 거느린 미 7함대였다.

전화를 받은 것은 그의 비서관이었다.

"뭐? 너무 늦은 시간이라 바꿔줄 수 없다고? 지금 한국에서 무슨 일이 벌어지고 있는지 알고나 있나?"

"여보, 목소리를 좀 낮추세요."

화니는 승만에게 다가가며 조용히 말했다. 그러나 아무 소용이 없었다.

"그래, 지금 한국에서는 미국인들이 하나하나 죽어가고 있는데, 그래도 잠만 자고 있겠단 말인가? 빨리 사령관을 바꿔!"

그의 말이 효과가 있었는지, 비서는 사령관을 깨우기로 결심한 것 같았다. 맥아더가 연결되기를 기다리며 승만은 걱정하지 말라는 듯이 화니의 손을 부드럽게 잡아주었다.

"아, 맥아더장군, 나 이승만이오. 이렇게 이른 시간에 전화를 걸어 미안하오만, 내가 가장 우려하던 상황이 발생했소."

"우려하던 상황이라면……."

"북한 공산군이 25일 새벽을 기해 전면 남침을 감행했소. 기습을 받아 아군의 방위선이 무너지고 있소."

"전면전이 확실합니까? 유엔 한국위원단이 감시하고 있는 상황에서 그들이 설마…… 25일은 일요일인데……."

"설마가 아니오, 장군. 내 누누이 말하지 않았소. 그들은 충분히 그러고도 남을 자들이오."

"걱정하지 마십시오, 미스터 프레지던트. 우리가 소련과 북한에 즉각 군사 행동을 중지하고 물러가라고 경고를 하겠습니다."

"이제 와서 말로 경고를 한다고 통할 것 같소? 즉각적인 군사 행동에 들어가야 하오. 장군도 알다시피 우리 국군은 미국의 통제 때문에 무기도 변변히 없소. 저들은 지금 소련제 탱크를 앞세워 밀고 내려오고 있단 말이오!"

어느덧 승만의 목소리가 다시 높아졌다. 화니는 걱정이 되기 시작했다. 맥아더 장군은 어린애가 아니었다. 일본의 살아 있는 신인 히로히토를 미군 함정으로 불러내 항복을 받아내고 지금은 막강한 권력으로 전후 일본의 개조를 지휘하는 군정 최고 권력자였다.

"한국에서의 군사 행동은 제 권한 밖의 일입니다. 본국에 연락해서 대통령의 허락을 받아야 합니다."

"정의의 수호자라는 미국이 지금 이웃에서 강도 행위가 벌어지고 있는데 구경만 하겠다는 말이오? 일단 현행범의 범행을 저지하고 보아야 하는 것 아니냔 말이오, 장군!"

"아직 시간이 있을 것입니다. 일단 한국군이 최선을 다해 방어를 하면서⋯⋯."

"38선에서 서울까지 거리는 불과 50킬로미터요. 탱크로 밀고 내려오면 두 시간 거리란 말이오. 우리 군이 맨손으로 얼마나 막아낼 수 있다고 보시오. 내가 우리 군에 탱크를 제공해달라고 했을 때 아시아에는 탱크가 없다고 말한 것은 미국이 아니오. 책임을 져야지, 책임을! 서울에 있는 1백만 시민의 목숨이 달린 긴급한 일이오."

"여보, 고정하세요. 맥아더 장군도 잘 아실 거예요."

화니는 일본 점령군 사령관에게 마구 소리 지르는 늙은 남편의 옷자락을 붙들고 매달렸다.

"미스터 프레지던트, 최대한 빠른 시간 안에 본국에 연락해서 한국 방위 작전을 허락받겠습니다. 믿어주십시오."

전화를 통해 들려오는 맥아더 장군의 목소리에도 비장한 각오가 실려 있었다.

"믿소. 나는 장군을 믿소. 그러나 지금은 말보다 행동이 앞서야 할 때요. 우리는 미군의 해군이 아니라 지상군의 도움이 필요하오. 그것도 당장! 서울은 이틀을 버티지 못하오."

"최선을 다하겠습니다. 그러니 한국군도……."

"우리 군은 맨몸으로 탱크를 막아서고 있소. 문제는 미국이오. 명심하시오. 우리가 분단된 것은 우리 의사가 아니었소. 미국은 소련과 함께 한국의 분단에 가장 책임이 있는 나라요. 내가 전쟁의 위협을 얼마나 부르짖었소!"

"여보, 제발 그만하세요!"

승만의 목소리는 떨리다 못해 거의 울부짖고 있었다. 화니도 필사적으로 승만을 말리며 울었다.

다음날 아침, 적군이 서울에서 20킬로미티 떨어진 작은 도시 의정부까지 점령했다는 소식이 들어왔다.

"국방장관! 어떻게 해서든 의정부에서 적들을 저지해야 하오. 그곳이 무너지면 서울까지는 삽시간이오. 장관, 최선을 다해주시오. 서울을 지켜야 하오."

간곡한 대통령의 명령을 받은 국군은 서울방위군의 주력을 모아 의정부시의 적군에 맹공을 가했다. 그리고 몇 시간 후 기적 같은 보고가 올라왔다.

"각하, 우리 군이 의정부를 탈환했답니다."

"뭐라고? 그게 정말이오?"

명령을 내린 승만으로서도 믿기 힘든 전과였다.

"예, 각하. 우리 용감한 병사들이 화염병을 품에 안고 적의 탱크 밑으로 들어가 장렬하게 전사하는 작전을 썼습니다. 그 작전이 효과를 보았습니다."

승만은 잠시 말을 이을 수가 없었다. 우리 병사들이 적의 탱크를 제지한 최후의 방법이 자살 특공대였단 말인가!

누군가가 만세를 불렀다.

"만세, 대한민국 국군 만세!"

"만세, 만세!"

연이어 기쁜 소식이 들려왔다.

"각하, 기뻐하십시오. 우리 대통령께서 한국을 돕겠다는 공식 입장을 전달해 오셨습니다."

노총각인 미국 대사 무초가 면도도 못한 꾀죄죄한 차림으로 나타나 전하는 메시지였다.

"오오……."

승만의 주름진 볼에는 어느새 눈물이 흘러내렸다.

"내가 이러고 있을 때가 아니지. 황 비서, 차를 준비하시오. 방송국으로 갑시다."

"예? 방송국이오?"

"이 기쁜 소식을 빨리 우리 서울 시민에게 알려야겠어. 우리 국군이 용감하게 적을 격퇴했다고 말이오. 또 미국이 우리를 돕기로 했다고 말이오. 시민들이 얼마나 걱정하고 불안에 떨고 있겠소."

"하지만, 각하. 지금 시내에 나가시는 것은 위험합니다. 간첩과 게릴라들이 시내에서 무슨 짓을 할지 모릅니다."

내무부 장관이 벌떡 일어서며 그를 말렸다.

"그래도 나는 방송을 해야 해. 젊은 사람이 무슨 겁이 그렇게 많아!"

"그러시면 각하, 방법이 있습니다. 녹음을 해서 방송하는 겁니다. 이곳 경무대에도 녹음 시설이 있습니다."

승만은 잠깐 생각하는 듯했다.

"그래. 내가 지금 이 자리를 잠시라도 비워둘 수 없는 상황이니까 좋은 생각이군. 그럼 당장 녹음을 준비하게."

이렇게 해서 한 시간 후 승만의 떨리는 목소리가 라디오를 타고 서울 시민에게 울려 퍼졌다. 지금 북한군이 남침을 했으나 시민들은 동요하지 말고 생업에 종사하며 침착하게 정부의 지시에 따라줄 것을 부탁했다. 지금 우리 군이 용감하게 적군을 물리치고 오히려 북으로 진격 중이며, 미군도 당장 우리를 도우러 오는 중이라고 했다. 정부와 국군은 목숨을 걸고 서울을 시킬 것이라는 말도 잊지 않았다.

승만이 무엇보다도 걱정한 것은 시민들의 동요와 이를 틈탄 공산분자들의 선동으로 인한 혼란이었다. 걱정 때문인지 무원고의 방송은 상당히 과장되었다. 방송을 들은 시민들은 대통령의 발표를 그대로 믿었다. 그동안 크고 작은 북한군의 군사 도발이 계속되기도 했지만, 노 애국자인 대통령에 대한 믿음이 그만큼 크기도 했다.

그런데 방송이 나간 지 얼마 안 되어 엄청난 소식이 들려왔다. 의정부를 탈환한 국군이 적의 재공격에 전멸했다는 것이다. 최후의 일인까지 물러서지 않고 용감하게 싸웠으나, 그 결과는 전멸이었다.

이제 서울을 방위할 수 있는 군대는 거의 남아 있지 않았다.

"미군, 미군은 어떻게 됐나?"

"현재 일본에 주둔 중인 제7군이 가장 가까운 병력입니다만, 그들이 가장 가까운 항구인 부산에 입항하여 서울까지 오려면 이틀 이상 걸린다는 판단입니다. 지금으로서 최선의 방법은……."

대통령의 성격을 잘 아는 국방장관은 말끝을 흐렸다. 이미 각료들 사이에서는 최후의 사태에 대비한 계획이 수립된 상태였다.

"그래 그 방법은?"

참모총장이 이를 앙다물고 국방장관에게 고개를 끄덕여보였다.

어쩔 수 없다는 뜻이었다.

"우리 정부가 서울을 떠나 남쪽으로 대피하여……."

"지금 그걸 말이라고 하나?"

결국 대통령의 분노가 터지고 말았다.

"자네는 내가 한 방송을 못 들었나? 정부는 목숨을 걸고 서울을 지키겠다고 한 말을? 나보고 지금 시민들을 버리고 피난을 가라는 말인가!"

"각하, 어쩔 수 없는 상황입니다. 미군이 올 때까지 버틸 시간이 없습니다. 서울은 위험합니다."

"가고 싶으면 자네들이나 가. 나는 시민들을 버리고 절대 여기를 떠날 수 없어!"

각료들의 눈에는 아득히 절망감이 떠올랐다. 그의 고집은 한번 발동하면 아무도 꺾지 못하는 것으로 유명했다. 그러나…… 방법이 아주 없는 것은 아니었다. 서울시장 이기붕의 뇌리에는 문밖에서 초조하게 이들의 대화를 듣고 있을 프란체스카 여사의 얼굴이 떠올랐다.

악몽 같은 26일도 저물어갔다. 미 대사관은 일본에서 급히 날아 온 군항기로 서울에 있는 미국인들과 기타 외국인들을 대피시키고 있었다. 그러는 동안에도 대통령의 녹음 방송은 일정한 간격으로 반복되어 라디오에서 흘러나왔다.

대통령의 재가가 떨어지지 않은 상황에서 정부의 퇴각 작업은 은밀히 진행되었다. 저녁 무렵에는 서울에서도 포성이 들리고, 적의 야크기가 간간이 서울 시내를 폭격하기 시작했다. 그런 가운데 화니가 눈물로 호소했지만 승만은 요지부동이었다. 비서들만 남기고 각료들은 이미 안전한 남쪽으로 다 대피한 후였다.

"여보, 저 대포 소리가 들리지 않아요? 언제 공산군이 여기로 들이닥칠지 몰라요. 어서 피하세요."

"절대로 그렇게는 못해. 나는 서울과 시민들을 버리고 떠날 수 없어. 공산군도 나를 어쩔 수는 없을거야."

"당신이 공산군의 포로가 되면 대한민국에 무슨 도움이 되겠어요? 오히려 저들의 사기만 높여줄 거예요."

"그럼 죽어야지. 죽더라도 포로가 되거나 항복할 수는 없어. 이 나이에 목숨을 아껴 무엇 하겠소. 모든 것이 이 늙은이의 책임이야. 나는 대통령으로서 모든 책임을 져야 해!"

"나도 목숨이 아까워서 이러는 게 아니에요. 당신과 함께 한날 한시에 죽을 수 있다면 차라리 행복하겠죠. 하지만……."

"고맙소. 내가 당신을 만난 것이 내 생에 가장 큰 축복이었소."

고개를 숙인 화니는 눈물을 닦으며 입술을 악물었다. 이제 마지막 방법밖에 없었다.

27일 새벽 3시. 전날 밤을 꼬박 새운 승만은 화니가 권하는 차를 한잔 마시고 옷을 입은 채 깜빡 잠이 들었다. 경무대 본관 입구에는 검은 세단 두 대가 시동을 걸어놓고 언제라도 출발할 준비를 하고 있었다. 어둠 속에서 황 비서와 화니가 잠에서 덜 깨어 비틀거리는 승만을 부축하고 차에 올랐다.

"어서, 서울역으로!"

황 비서의 숨죽인 말에 운전대를 잡은 고 비서는 급히 차를 움직였다. 서울역에는 마지막으로 간신히 편성한 특별 열차가 출발을 기다리고 있었다. 특별 열차라야 기관차와 3등 칸 두 량으로 이루어진 초라한 편성이었다.

승만은 차가 서울역에 닿아서야 잠에서 깨어났다.

"아니, 여기가 어디야. 이 사람들아, 지금 뭐 하는 짓들이야!"

"각하, 용서하십시오."

그들은 버둥거리는 승만을 강제로 기차에 태웠다. 기차는 기다렸다는 듯이 경적도 없이 조용히 출발했다.

기차에 태워진 승만은 한동안 말없이 등받이에 몸을 기댄 채 앉아 있었다. 깨어진 유리창 사이로 새벽바람이 들어와 승만의 흰머리를 날렸다. 화니는 자신의 어깨에 걸쳤던 카디건을 살며시 승만에게 덮어주었다.

"내가 판단을 잘못했어. 생전 처음으로 판단을 잘못했어. 그것도 가장 중요한 순간에……."

승만은 머리를 쥐어 뜯으며 자책하기 시작했다.

"여보, 고정하세요. 이게 왜 모두 당신 책임이에요."

"내 자식 같은 우리 젊은 군인들이 모두 죽었어. 이 늙은이는 살아서 비겁하게 도망을 가고……."

"당신은 비겁하지 않아요. 당신은 전혀 비겁하지 않아요."

화니는 울면서 승만에게 소리를 질렀다.

"당신이 바로 한국의 희망이에요. 그게 당신이 살아야 하는 이유예요. 당신이 아니면 한국인 중에 누가 맥아더 장군에게 책임을 지라고 고함을 지를 수 있나요? 당신이 아니면 누가 한국인들의 마음을 하나로 묶어 공산군에 맞설 수 있나요?"

화니는 생전 처음으로 승만에게 소리를 질렀다. 그녀를 바라보며 승만은 번개에 맞은 듯한 표정이 되었다.

그들이 서울을 떠나고 난 후 시내는 피난을 떠나려는 시민들로 아수라장이 되었다. 그리고 그 무렵 남쪽으로 통하는 유일한 길인 한강 다리가 국군에 의해 파괴되었다. 적의 남침을 조금이라도 지연시켜 보려는 목적이었다. 그러나 피난 보따리를 들고 망연히 끊어진 다리를 바라보던 시민들은 절망감에 젖어 정부를 욕하기 시작했다.

이렇게 3년 간에 걸친 한국전쟁은 서울이 함락되면서 시작되었다.

잠정적인 평화

보슬비가 소리도 없이
이별 슬픈 부산 정거장
잘 가세요, 잘 있어요
눈물의 기적이 운다
한많은 피난살이 사연도 많아
그래도 잊지 못할 판잣집이여
경상도 사투리의 아가씨가 슬피우네
이별의 부산 정거장

- 1950년대 한국 대중 가요

서울 수복 직후에 경무대 경내를 돌아보고 있는 이승만 대통령 내외
(사진제공 : 조혜자)

지난 3년간 전쟁을 겪으면서 '현실은 그 어떤 드라마보다 더 드라마틱하다!'는 것을 화니는 몸으로 경험했다. 화니는 승만의 집무실벽에 걸린 커다란 한국 지도를 보고 있었다. 토요일 오후, 승만은 머리를 식힌다며 수행원들과 함께 오랜만에 바다낚시를 갔다. 화니는 전선 시찰이든, 포로수용소 방문이든, 그 어떤 위험한 곳이라도 승만과 함께 다녔지만 딱 하나 따라가지 못하는 곳이 있었다. 바다낚시였다. 심한 멀미 때문이었다. 하지만 소련과 미국이 제기한 휴전협상이라는 문제를 놓고 남편이 현재 겪고 있는 고민과 기타 과중한 업무량을 생각한다면 자신이 따라가지 못한다고 해서 낚시를 말릴 생각은 조금도 없었다.

바다낚시 생각만하면 미국 대사 무초가 떠올랐다. 정부가 부산으로 피난을 온 첫해 겨울, 승만은 무초에게 바다낚시를 함께 가자고 청했다. 늙은 대통령의 초대를 거절하지 못한 그는 무심코 따라나섰다가 큰 곤욕을 치렀다.

경비정에서 작은 낚싯배로 갈아타고 난 후 파도가 점점 높아졌다. 배가 심하게 흔들리기 시작하자 무초는 얼굴이 노래지더니 마구 토하기 시작하여 결국 아랫도리까지 흠뻑 적셨다. 일흔이 훨씬 넘은 노대통령은 멀쩡한 얼굴로 구부린 그의 등을 두드려주며 이렇게 말했다.

'젊은 사람이 매우 약하군 그래. 이 노인네도 견디는데 말이야.'

그 다음부터 무초는 승만 앞에서 완전히 기가 죽었다. 사실 이 일은 미국 대사 무초가 '한국 대통령은 언제 죽을지 모르는 힘없는 노인이다'라고 떠들고 다닌다는 말을 들은 승만이 그의 콧대를 누르기 위해 꾸민 일이었다. 물론 승만의 체력이 뒷받침되지 않으면 불가능한 일이었다.

5월의 따스한 햇살이 집무실 안을 환하게 비추었고, 활짝 열어놓은 창으로는 짭짤한 바다 내음을 싣고 바람이 불어왔다. 대한민국 제2의 도시이자 무역항인 부산은 한반도의 남동쪽 바닷가에 자리잡고 있었다. 날씨가 좋을 때는 수평선 저 멀리 일본 영토인 쓰시마 섬이 가물가물 보인다고 했다.

화니는 책상 위에서 결재를 기다리고 있는 서류들을 한쪽으로 치우고 걸레로 대통령의 의자를 열심히 닦았다. 등받이가 목 위까지 올라오는 이 회전의자는 검은 가죽 곳곳에 구멍이 나 있었지만, 어느덧 남편의 체취가 은은히 배어 있었다. 화니는 슬며시 그 의자에 앉아보았다. 등을 기대자 약간 삐걱거리는 소리가 났다. 마치 국회와 대통령이 연일 신경전을 벌이고 있는 한국의 정치 현실 같았다.

책상 왼쪽에는 작은 지구본이 놓여 있었지만, 화니의 눈길은 책상 맞은편 벽에 걸린 지도로 쏠렸다. 지도에 그어진 붉은색과 파란색의 선과

점들이 참혹했던 전쟁의 궤적을 그대로 보여주고 있었다. 한창 전쟁이 진행 중일 때는 생명의 위협을 느끼며 쫓겨야 하는 피를 말리는 과정이 었지만, 휴전 협정의 조인을 앞둔 지금 돌이켜보니 역전에 재역전을 거듭하는 숨 막히는 드라마가 또 있을까 싶었다.

그녀는 조용히 눈을 감았다. 자신이 직접 겪은 절박한 상황들이 선명하게 떠올랐다. 서울에서 대전으로, 부산으로, 그리고 서울로 돌아가 통일의 설레는 가슴을 안고 평양을 방문했던 일, 중공군의 개입으로 다시 부산으로 정부를 옮기던 일, 그리고 진행되는 휴전협상…….

"한국부인회 회원들이 지금 접견실에서 기다리고 있습니다."

노크 소리와 함께 문이 열리더니 민 비서가 방문객이 있음을 알려왔다.

"오, 고마워요. 미스터 민. 금방 나갈게요."

화니는 급히 벽에 걸린 시계를 보았다. 벌써 3시가 다 되어가고 있었다.

'서둘러야지. 깜빡하면 늦을 뻔했어.'

오늘은 한국부인회회원들과 함께 부산에 있는 고아원 중 한 곳을 방문하는 날이었다. 어른들이 일으킨 전쟁에서 가장 피해를 보는 것은 아이들인데, 이번 전쟁에서도 예외가 아니었다. 폭격을 당해 가족은 모두 죽고 엄마 품에 안겨 있다 혼자만 살아남은 아이, 혼잡한 피난 중에 가족을 잃어버려 고아가 된 아이, 심지어는 먹일 것이 없어 부모가 버린 아이까지 지난 3년간 수만 명의 고아가 발생했다.

전쟁의 참상을 가장 잘 드러내는 것도 고아들이었다. 외신기자들은 앞 다투어 한국 고아들의 가련한 모습을 사진에 담았다. 이런 사진들과 기막힌 사연을 알리는 기사는 국제사회로부터 한국에 대한 관심과 도움을 얻어내는데 큰 도움이 되었다.

화니의 입장에서 가장 가슴 아픈 경우는 혼혈아들이었다. 한국은 대대로 단일민족으로 살아왔기 때문에 국제결혼이나 혼혈아에 대한 인식이 상당히 부정적이었다. 더군다나 혼혈아의 엄마는 대부분 미혼이거나 매춘의 처지에 있기 때문에 자식을 키울 수 있는 입장이 아니었다. 아무것도 모르고 태어난 혼혈아들은 고아에다 매춘부가 낳은 아이라는 편견까지 함께 감수해야 할 상황이었다.

화니는 최선을 다해 이 불쌍한 아이들을 도우려고 노력했다. 그들에게 최선의 방법은 국제 입양이었다. 부산에 와서 그녀가 해외에 쓴 편지 중에 절반은 이들을 도와달라는 호소였다. 미국과 유럽의 많은 나라에서 입양을 희망한다는 답장이 왔을 때는 그렇게 기쁠 수가 없었다. 더욱이 그녀의 모국인 오스트리아의 종교 단체가 한국의 고아들을 돕겠다며 구체적인 방법을 묻는 편지를 보내왔을 때는 그렇게 고맙고 자랑스러울 수가 없었다. 그러나 되도록 자신의 이름을 직접 드러내는 것은 피했다. 화니는 한국부인회나 기타 여성 단체의 이름을 앞세우고 자신은 그늘에서 도와주는 형식을 취했다.

화니는 급히 옷을 갈아입고 옷장 문을 닫으려다가 지난번 선물로 들어온 초콜릿 한 상자를 발견하고 얼른 집어들었다. 아이들이 초콜릿을 보고 좋아할 표정을 떠올리자 화니의 입가에는 흐뭇한 미소가 어렸다.

고아원에서 돌아오는 차 안에서 화니는 내내 마음이 편치 않았다. 이번이 첫 방문인 그 고아원은 건물도 없이 언덕을 깎은 공터에 겨우 천막 두 개를 친 피난 시설이었다. 그런 곳에서 개신교 장로인 원장이 수십 명의 고아들을 돌보고 있었다. 한눈에 보아도 구호물자라는 것을 알 수 있는 몸에 맞지 않는 옷을 입은 아이들이, 때가 꼬질꼬질한 얼굴에 호기심을 가득 담고 파란 눈의 할머니를 쳐다보고 있었다. 그 눈망울들이 머리에서 떠나지 않았다. 화니는 함께 간 한국부인회 회원들과 함께 팔을 걷어붙이고 아이들을 씻겨주었다. 수도 시설이 없어서 언덕 아래에서 우물물을 길어 와야 했는데, 그 일은 운전을 맡은 경호원 장 씨가 나서서 해주었다.

물을 길어온 후 가져간 쌀로 밥을 하고 밀가루를 반죽해서 수제비를 끓였다. 원장이 감사로 충만한 식사 기도를 마치기가 무섭게 아이들은 허겁지겁 음식을 입에 쑤셔 넣었다. 아이들에게 하루 두 끼를 먹이기도 힘들다는 원장의 하소연을 듣지 않더라도, 아이들이 얼마나 굶주리고 있는지 이해할 수 있었다.

헤어져야 할 시간이 되었다는 것을 눈치 챈 아이들은 화니가 내민 초콜릿을 보고도 좋아하기는커녕 눈시울을 붉혔다. 처음에는 낯선 사람들의 방문에 서먹서먹해하다가 금세 친해져서 치맛자락에 볼을 비비고 목에 매달리던 아이들이었다. 낚시에서 돌아온 승만이 기다리고 있다는 것을 알고 있었지만 손을 흔들어주며 차에 오르는 화니의 발걸음은 무척 무거웠다.

"오, 화니. 고아원에 다녀왔다고?"

"네. 내가 좀 늦었죠. 미안해요. 당신 저녁은 내 손으로 차려줘야 하는데……."

"아니, 아니야. 고아들을 돌보는 일 때문이라면 매일 늦어도 괜찮아. 그보다 당신, 저녁은 먹었소?"

화니는 힘없이 고개를 설레설레 저었다.

"그래? 마침 나도 당신을 기다리다가 이제 막 먹으려는 참이었소. 자, 이리 와 앉아요. 오늘 저녁은 생선매운탕이오."

바다낚시를 다녀온 날이면 늘 저녁상에 오르는 메뉴였다. 매운 한국 음식에 어지간히 적응한 화니지만 매운탕 끓이는 것만큼은 자신이 없었다.

"자, 음식 대통령. 자네도 같이 먹지."

요리사 양 노인이 새로 데운 매운탕 냄비를 들고 오자 승만이 같이 먹기를 청했다.

"에이, 자꾸 놀리지 마십쇼."

"아, 이 사람아, 놀리긴 누가 놀린다고 그래. 자네는 음식 대통령이야. 우리 아이들에게 맛있는 음식을 해주는 음식대통령."

화니는 또 시작했구나 싶어 웃음이 나왔다.

양 노인에게 음식 대통령이라는 별명이 붙은 것은 몇 달 전이었다. 승만은 신병 훈련소를 방문하면서 미군에서 지원받은 음식 재료와 함께 양 노인을 대동했다. 그로 하여금 직접 음식을 만들도록 하겠다는 취지였다. 대통령이 신병들에게 맛있는 음식을 먹여주려고 방문한다는 연락을 받은 훈련소 측은 그를 환영하는 군악대를 공항에 배치했다. 비행기 문이 열리자 음식 재료를 점검하기 위해 양 노인이 제일 먼저 내렸다. 그런데 군악대가 그를 대통령으로 잘못 알고 환영 연주를 시작했다. 그의 얼굴 생김이나 하얀 머리, 풍채가 대통령과 상당히 비슷했던 것이다. 양 노인은 당황하여 '나는 대통령이 아니다'라는 뜻으로 두 손을 내저었는데, 군악대는 이를 답례의 손짓으로 알고 더욱 신이 나서 연주했다는 에피소드였다.

식사 후 차를 마시다가 승만이 불쑥 말했다.

"화니, 우리 서울로 돌아갑시다."

"서울로 돌아가긴 가야죠. 하지만 언제요?"

"가능한 한 빨리. 오늘 낚시를 하면서 많이 생각했소. 이제 때가 된 것 같소."

승만은 시간을 효율적으로 나누어 쓰는 법을 알고 있었다. 일할 때는 집중해서 일하고 쉴 때는 확실하게 쉬는 것이었다. 이것이 그 나이에도 과다한 대통령 직무를 수행할 수 있게 해주는 노하우였다.

그러나 오늘은 낚시를 하면서도 일을 생각한 모양이었다.

"하지만 아직 전쟁이 끝난 것이 아니잖아요?"

"거의 끝났다고 봐야지. 마지막 절차만 남았소."

"당신, 좋은 아이디어가 떠올랐군요?"

승만은 그저 씩 웃어 보였다.

"내일은 포로수용소를 방문할 예정이오. 당신도 함께 가겠소?"

"물론이죠!"

화니는 마시던 찻잔을 내려놓으며 흔쾌히 대답했다. 그러면서도 그가 무슨 생각을 하고 있는지 알아맞히고 싶었다. 그때 황 비서가 가볍게 식당 문을 두드리고 들어왔다.

"지금 외무부 장관이 와서 기다리고 있습니다."

"그래? 이거 우리가 식사하는 동안 기다린 모양이군. 내 곧 가겠네."

승만은 화니에게 더 시간을 못 내줘서 미안하다는 듯 손을 들어 보이고는 황비서를 따라 급히 접견실로 사라졌다.

'드디어 서울로 돌아간다, 가능한 한 빨리…….'

마치 어려운 문제의 해답을 요구받은 학생처럼 화니의 머리가 돌아가기 시작했다.

중공군의 점령으로부터 서울을 다시 찾은 것이 벌써 2년 전이었지만, 정부가 아직까지 부산에 남아 있는 것은 세 번째 피난을 가야 하는 상황을 우려해서만은 아니었다. 해외에서 보내는 군수 물자가 도착하는 첫 지점인 부산에 남아서 전쟁을 계속 수행하겠다는 의지의 표현이었다. 부산이 전시 임시 수도로서의 상징을 갖는다면, 38선에서 불과 50킬로미터 거리인 서울로의 환도는 전쟁 위협이 그만큼 감소했다는 의미였다.

물론 누구보다 승만 자신이 서울로 돌아가고 싶어했다. 부산에서는 좋지 않은 추억이 많았다. 부산역 광장에서 전쟁 발발 2주년 행사를 하던 중 현역 국회의원으로부터 저격을 당하기도 했고, 대통령직선제로 개헌을 하기 위해 내각제 개헌을 주장하던 국회 내 다수파와 힘겹게 싸우기도 했으며, 부패한 군인들이 국방 예산을 개인적으로 착복하여 수천명의 군인들이 굶고 헐벗은 사건 등이 일어났던 것이다. 물론 승만은 이 모든 난관을 극복했다. 암살기도는 실패했고, 대통령 직선제 개헌은 관철되어 1952년 국민의 직접투표에서 압도적인 득표로 제2대 대통령에 당선되었으며, 군대 내의 비리 책임자를 모두 색출하고 중형을 내렸다. 하지만 무리한 방법이 동원되기도 했고 따가운 비난을 감수해야 할 때도 있었다.

대다수의 국민들과 화니도 서울로 환도할 것을 원했다. 하지만 승만은 미루고 있었다. 휴전을 먼저 제안한 것도 소련이었고 북한 정권도 휴전을 원했다. 유엔도 즉시 휴전 회담에 응했다. 휴전을 가장 반대한 것은 승만이 이끄는 남한정부였다. 그는 북한에게 중공군을 모두 철수시키라고 요구했고, 미국에는 한국군이 자립할 수 있도록 공군과 해군에 실질적인 장비 제공을 요청했다. 그리고 국민들에게는 북진통일이 민족의 유일한 통일안이라고 선전했다.

지난달에는 전국에서 '통일없는 휴전을 반대'하는 시위가 잇따랐다. 며칠 전에는 승만 자신이 미국 정부에 휴전 반대를 통고했다.

미국은 승만의 요구를 무시하고 휴전 회담을 진행시키고 있었다. 결국 휴전은 이루어질 것이었지만 얼마만큼 한국의 요구가 관철되느냐가 문제였다. 승만은 미국을 승복시킬 어떤 방법을 찾아낸 것이 분명했다. 그는 끈질긴 승부사였다.

'작년에 새로 당선된 아이젠하워 대통령은 한국의 휴전을 선거공약으로 내걸었었지. 그는 어떻게든 빨리 휴전을 성사시켜야 하는 입장이야. 북한과의 협상에서 가장 걸림돌이 되는 것은 포로 교환 문제인데, 그는 이 문제를 북한에 양보하려고 할 거야. 한국이 호락호락 미국의 입장에 따라갈 수만은 없다는 뜻을 강력하게 표시해야 하는데, 그러면서도 미국과 군사적 충돌을 일으켜서는 안 되겠지.

그렇다면 혹시⋯⋯?'

다음날, 화니는 남편과 함께 비행기로 거제도 포로수용소를 방문했다. 거제도는 한국에서 제주도에 이어 두 번째로 큰 섬으로 부산에서 그리 멀지 않았다. 약 360년 전 조선이 일본의 침략을 받았을 때 일본 수군을 크게 무찌른 격전지이기도 했다. 지금은 전쟁을 피해 전국에서 몰려온 피난민들이 임시 주거를 마련하고 있는 외에 유엔군이 전국에서 가장 규모가 큰 포로수용소를 설치하고 있었다.

"바다가 정말 아름다워요. 물 빛깔이 어쩌면 저렇게 곱죠? 점점이 떠 있는 섬들은 징검다리 같아요."

화니는 하늘에서 내려다 본 남해의 경치에 감탄을 금치 못했다.

지상의 낙원이라는 하와이에서도 아름다운 바다를 많이 보았지만, 크고 작은 섬들이 빼곡히 들어선 이곳 바다에서는 또 다른 아름다움이 느껴졌다.

"무척 평화로워요. 전쟁과는 어울리지 않는 곳이에요. 당신 임기가 끝나면 우리 자주 와요. 당신은 낚시를 하고 나는 온실을 가꾸고……."

"그렇소. 전쟁이나 포로수용소와는 어울리지 않는 곳이지 관광지로 개발하면 세계인들이 많이 찾아올 것이오. 하지만 평화는 통일이 되지 않으면 찾아오기 어렵소. 반드시 통일을 이루어야 하오. 통일을 이루지 못하면 내가 죽어서도 어찌 눈을 감을 수 있겠소."

승만의 목소리에는 어딘지 결연한 감이 어려 있었다.

"휴전에 앞서 포로 교환이 이루어지면 포로수용소도 곧 없어지겠죠?"

"그렇지. 그전에 포로들은 자신이 가고 싶은 곳을 자유롭게 선택할 수 있을 것이오. 이것이 오늘 내 연설의 주제요!"

"하지만 여보, 북한은 포로들을 모두 북한군에 귀환시켜줄 것을 요구하고 있잖아요. 미국도 그 요구를 들어주려는 것 같은데요?"

"누구 마음대로? 당신도 알다시피 유엔군에 사로잡힌 포로 중 많은 수는 북한군에 강제 징집된 우리 대한민국의 젊은이들이오. 그들이 원치 않는데 다시 그들을 북한군에 넘길 수는 없소."

"그들은 유엔군의 감시를 받고 있어요. 국군의 소관이 아니잖아요?"

"수용소 내에서만 그렇지. 수용소를 벗어나면 엄연히 우리 대한민국의 땅이오, 그렇지 않소?"

화니는 눈을 동그랗게 뜨고 승만을 바라보았다. 승만이 생각하고 있는 그 방법이 무엇인지 이제야 알 것 같았기 때문이다.

6월 8일, 예상했던 대로 미국의 양보 속에서 유엔군과 북한군 사이에 포로 교환 협정이 조인되었다. 그리고 전국적으로 북진통일 궐기 대회가 터져나오는 가운데 화니는 서울 경무대로 이사를 했다. 아직 정부가 정식으로 환도를 한 것은 아니지만 승만은 이사를 서둘렀다.

6월 18일, 외신은 전 세계에 한국발 특종을 터트렸다. 남한 전역 7개 포로수용소에서 북한 귀환을 원치 않는 포로(소위 '반공포로') 2만 7천 명이 전면 석방되었다는 소식이었다. 유엔과 북한 사이의 협정이 완전히 무시된 처사였다. 그리고 휴진 협정에 한국의 요구가 반영되지 않으면 '더욱 강경한 조치도 고려하고 있다'는 한국 정부의 공식 발표도 함께 보도되었다. 한국인들은 이 사건을 열렬히 환영하며 대통령을 지지했다.

국제연합과 영국에서 각각 긴급 회의가 열렸고, 한국전 참전국도 회동을 가졌다. 미국 대통령 아이젠하워는 이승만이라는 고집불통 노인의 동의가 없이는 휴전이 어렵다는 것을 인정할 수밖에 없었고, 미국 정가에서 이승만과 친분이 있다고 알려진 국무부 차관보 로버트슨을 급히 한국에 파견했다. 국제적 여건으로 휴전이 불가피한 것을 알고 있던 승만은 미국과의 협상으로 한미상호방위조약을 체결하게 하여 흔들리는 국제정치 속에서도 한국정치의 안정과 평화를 정착시켜 오늘날

국가발전의 틀을 마련하였다.

　7월 27일 휴전 협정이 조인되었다. 모든 전선에서 전투가 중지되었다. 통일의 꿈은 멀어졌지만 잠정적인 평화가 화니에게 찾아온 셈이었다.

비극적인 인연

빈대

따뜻하면 기운 펴고 차면 오므려
천장으로 바닥으로 오르내리네
하얀 벽을 돌아 돌아 아롱을 찍고
마루 틈을 헐어보면 몰리어 있네
모기와는 연이 멀어 혼인 안 되고
벼룩이나 이쯤은 곁방살일세
네 집은 어쩌다 복 많이 받아
백 아들 천 손자 대를 잇느냐

- 승만의 시

1956년 제3내 내통령 취임식장에 나란히 앉아 있는 이승만 대통령 내외
(사진제공 : 조혜자)

경무대로 예방한 미국 상원 예산소위원회 국회의원들을 영접하는 프란체스카
(사진제공 : 조혜자)

서울에 또다시 봄이 오고 있었다. 아직 겨울이 완전히 간 것은 아니지만 경무대 뒤로 인왕산에 얼어붙었던 계곡 물이 녹아내리는 소리가 들리고, 시베리아에서 한반도로 불어오던 매서운 북서풍도 잦아들었다. 서울의 겨울은 평균 기온이 영하를 조금 밑돌 뿐 그리 낮은 편은 아니었지만 건조하고 매서운 바람이 불어서 빈보다 훨씬 춥게 느껴졌다. 이제 그 매서웠던 겨울이 가는 것이다.

화니가 서울에 온 지 꼭 열 번째 봄이 오고 있었다. 스위스 제네바에서 승만을 처음 만난 것도 이맘때였다. 그로부터 어느덧 23년이 흘렀다. 23년. 처음 10년은 미국에서 다음 10년은 한국에서 보낸 지난 세월이 이제 생각하니 마치 하룻밤의 꿈처럼 여겨졌다.

공산테러와 폭력, 혼돈이 난무하는 미 군정 치하의 조선에 생전 처음 첫발을 내딛은 일, 남편을 도와 신탁통치를 반대하고 남한에 단독정부를 세우기 위해 유엔 대표들을 설득하던 일, 안 가겠다던 남편을 억지로 피난 열차에 태우던 일 등 화니의 삶은 모험의 연속이었다. 아니, 가장 큰 모험은 지금 그녀의 눈앞에서 전지가위를 들고 열심히 정원수의 가지를 고르고 있는 저 남자를 사랑하게 된 것이었다.

올해 나이 여든한 살. 승만은 나이를 거꾸로 먹고 있었다. 그는 보통 사람들이 인생을 정리하고 무덤에 갈 날을 기다리고 있을 나이인 일흔 살에 겨우 조국에 돌아와, 젊은이 못지않은 정열로 정치 투쟁의 한복판에 뛰어들어 마침내 신탁통치안을 뿌리치고 미 군정에서 풀려나 꿈에도 그리던 대한민국 정부를 수립했다. 초대 대통령으로 선출된 영광도 잠시, 소련의 지도 하에 수립된 북한 정권의 기습 침략을 받아 한반도 남쪽 끝까지 쫓겨가는 수모를 겪기도 했다. 그러나 생에 대한 승만의 욕구는 더욱 거세게 타올랐다. 그는 미국과 국제연합의 도움을 이끌어내고 국민들의 힘을 한데 모아 침략을 꿋꿋하게 이겨냈다.

3년 전 휴전이 성립되고 모진 전쟁의 상처가 서서히 아물어가고 있는 지금, 날씬하던 승만의 몸에도 서서히 살이 붙고 있었다. 화니는 그의 혈압을 염려하며 잔소리를 했지만 사실 걱정할 정도는 아니었다. 승만은 마음에 분노가 일 때면 여전히 뒤뜰에 나가 장작을 패며 스트레스를 풀고, 한겨울에도 헬기를 타고 나가 휴전선을 지키는 군부대를 시찰했다. 그는 또 나무를 사랑했다. 구멍난 모자에 낡은 신발을 신고 나무를 손질하는 승만의 모습은 영락없이 경험 많은 정원사의 모습이었다.

"화니, 이 녀석 좀 봐. 아직 어린데도 지난 겨울의 모진 추위를 훌륭하게 이겨냈구려. 멋지게 자라겠는데."

작년 봄에 심은 작은 단풍나무를 어루만지며 승만은 화니를 바라보았다.

"아직 바람이 쌀쌀해요. 그만 들어가야죠."

"나한테 운동이 필요하다고 말한 건 당신 아니오? 아직 손봐줄 나무가 많은데 벌써 들어가자고? 자, 해피."

승만은 작은 나뭇가지를 들어 연못 쪽으로 힘차게 던졌다. 해피가 포물선을 그리는 나뭇가지를 향해 맹렬히 뛰어갔다.

화니는 승만에게 다가가 벌어진 옷자락을 든든하게 여며주며 말했다.

"정작 가지치기가 필요한 건 당신이에요."

"가지치기? 하하하, 내 수염이 그렇게 뻣뻣하오?"

승만은 면도를 하지 않은 자신의 턱을 쓰다듬으며 농담을 했다.

"수염이 아니고요, 당신은 나이에 넘치게 많은 일을 하고 있어요. 대통령이라는 직업은 여든이 넘은 노인이 맡기에는 벅찬 일이에요. 이젠 건강을 생각하셔야 해요."

"아, 그 말이었구려. 이제 내 임기도 몇 달 남지 않았어. 걱정 말아요. 그러나 해야 할 일은 끝까지 해야 하지 않겠소?"

"여보, 약속해요. 이번 선거에는 출마하지 않는다고요."

승만의 눈동자가 한순간 빠르게 빛을 반사했다. 하지만 곧 정상으로 돌아가서 화니는 눈치채지 못했다.

"미국은 당신이 종신 대통령을 꿈꾸고 있다고 의심하고 있어요. 지난번에 자유당이 헌법을 고친 것도 당신의 지시라고 여기고 있죠. 그들은 당신의 권력이 지나치게 강해지는 것을 두려워하고 있어요."

화니의 목소리는 어느덧 가늘게 떨렸다.

대한민국의 헌법은 대통령의 임기를 두 번으로 제한했다. 승만의 충실한 지지 정당인 자유당은 2년 전 국회의원 선거에서 과반 의석을 확보하자 개헌을 추진했는데, 바뀐 내용에는 초대 대통령에 한해 중임 제한을 없앤다는 조항이 포함되어 있었다. 초대 대통령은 물론 이승만이었다. 개헌안은 갖은 우여곡절 끝에 국회를 통과했다. 따라서 승만이 세 번째 대통령이 되는 데 법적인 문제는 없었다. 그러나 그의 적들은 이승만이 영구 집권을 꾀한다고 맹렬히 비난했다.

"화니, 나는 언제 죽을지 모르는 늙은이인데 그들이 무엇을 두려워한단 말이오. 대한민국이 통일을 이루고 강한 국가가 되는 것을 두려워하는 것이겠지."

어느새 나뭇가지를 입에 문 해피가 숨을 헐떡이며 승만의 바짓가랑이에 목을 비벼댔다.

"스탈린 같은 공산주의자들은 죽어서야 권력을 놓죠. 나는 공산당을 반대하는 당신이 독재자라고 비난받는 것은 싫어요."

"루스벨트는 미국 역사상 처음으로 3선 대통령이 되었소. 제2차 대전을 승리로 이끌라는 국민들의 염원이 반영된 것이었소. 그는 임기 중에 죽었지만 아무도 그를 독재자라고 비난하지 않았소."

"당신이 전쟁 중에 직선제로 개헌을 해서 두 번째로 대통령에 당선된 것은 문제가 안돼요. 하지만 이제는 전쟁이 끝났잖아요!"

승만은 화니를 부드럽게 안고 등을 토닥여주며 말했다.

"무슨 말인지 알겠소. 걱정하지 마시오. 나는 진작부터 출마하지 않을 생각이었소."

"정말인가요? 그럼 약속할 수 있죠?"

화니는 몸을 빼내 승만의 눈을 똑바로 바라보며 물었다.

"물론이지"

승만은 빠르게 대답하며 해피의 입에서 나뭇가지를 꺼내 다시 연못을 향해 던졌다. 해피는 신이 나서 달려갔다.

"하지만 말이오, 화니, 아직 전쟁은 끝나지 않았소. 통일만이 한반도에서 진정으로 전쟁을 끝낼 수 있소."

화니는 살며시 그의 가슴에 기댔다. 승만의 심장이 요란하게 뛰는 것이 느껴졌다.

"알아요. 당신은 통일을 보기 전까지는 눈을 감지 못할 사람이죠. 오로지 권력을 위해 정치를 하는 사람도 아니고요. 그렇죠?"

승만이 고개를 끄덕이는 것이 느껴졌다.

"대통령에서 물러나더라도 당신은 충분히 조국에 봉사할 수 있을 거예요."

"그렇소."

승만의 손길이 부드럽게 화니의 머리를 쓰다듬었다. 그의 손은 매우 따뜻했다.

하지만 상황은 화니가 바라는 대로 돌아가지 않았다. 문제는 자유당에 승만을 대신하여 대통령 선거에 나가 승리할 만한 인물이 없다는 것이었다.

3월 5일, 자유당은 전당대회를 열어 최고위원을 선출하고 이승만을 대통령 후보로, 이기붕을 부통령 후보로 지명했다. 자유당 안에 야당후보를 꺾을 만한 유력한 인물이 없는 상황에서 그들은 건국의 아버지로 추앙받는 이승만 박사라는 확실한 카드를 결코 놓으려 하지 않았다. 자유당은 계속 집권당으로서 권력을 행사하기를 원했던 것이다.

오전에 자유당 전당대회 소식을 들은 승만은 그날 오후 즉시 기자회견을 열었다. 그리고 자신이 다음 대통령 선거에 출마하지 않을 것임을 선언하면서 몇 가지 이유를 들었다.

"첫째로, 나는 이미 대통령직을 두 번이나 수행했습니다. 민주 사회에서 한 사람이 두 번 대통령을 지내면 물러나 다른 사람에게 기회를 주는 것이 좋은 전통이라고 생각합니다. 둘째로, 내 건강이 나쁜 것은 아니지만 대통령이라는 막중한 임무를 수행하기에는 많이 늙었습니다. 나보다 젊고 활기찬 사람이 나와서 대한민국이 안고 있는 여러 문제들을 힘차게 해결해 나갔으면 합니다. 셋째로, 대한민국이 건국한 지 벌써 8년이 흘렀지만 아직도 통일이라는 민족적 염원을 이루지 못하고 있습니다. 대통령으로서 이에 책임을 져야 한다고 생각합니다. 마지막으로, 내가 대통령에서 물러난다고 해도 조국을 위해 끝까지 노력하려는 자세는 변함이 없을 것입니다. 내가 자유당을 만들라고 지시했던 것은 대통령이 되고자 하는 뜻에서가 아니었습니다."

기자 회견 내용이 방송을 통해 발표되자 그날 저녁 자유당 지도부가 경무대로 찾아왔다. 승만을 설득하기 위해서였다. 하지만 그들은 힘없이 발걸음을 돌려야 했다.

화니는 승만의 주름진 볼에 키스를 해주었다. 이제는 이화장으로 돌아가 조용히 닭을 키우며 여생을 보낼 수 있었다. 경호원들이 쫓아다니지도 않을 것이고, 기후가 부드러운 한국의 남해를 여행할 수도 있었다. 그동안 저축한 돈으로 승만과 같이 유럽 여행을 할 수도 있을 것이었다. 고향 빈으로 가면 마음껏 자신의 남편을 자랑하고 싶었다. 그에게 지금은 조카들이 살고 있는 자신의 고향집을 보여주고 싶었다.

이튿날, 이른 아침부터 경무대 앞에 시위대가 나타났다. 대통령을 열렬히 지지하는 청년 단체 회원들이었다. 그들은 승만이 다시 대통령에 출마할 것을 강력하게 호소했다. 그들 대부분은 북한 출신으로 소련군의 점령을 피해 월남한 청년들이었다. 반공 포로 석방으로 자유를 찾은 이들도 섞여 있었다. 누구보다 간절히 통일을 염원하는 그들은 이승만 박사만이 외세의 간섭을 물리치고 강력하게 북진통일을 수행할 수 있는 지도자라고 주장했다.

다음날에는 대한부인회와 기독교 단체에서 경무대를 찾아와 시위했다. 건국의 아버지를 그냥 물러나게 할 수 없다는 주장이었다. 그 다음날에는 우익 진영의 노동 단체들이 자신들의 운송 수단인 마차와 우차를 끌고 와 시위를 했다. 다시 출마해달라는 호소였다.

승만의 반대파인 가톨릭 계열의 신문에서는 자유당이 우심 마심까지 동원하여 이 박사에게 출마 압력을 가한다고 비꼬았다. 그런 와중에 경무대에는 하루에도 수백 통의 편지가 전국 각지에서 쇄도했다. 모두 그의 출마를 권유하는 내용이었다. 어떤 이는 극렬하게도 자신의 피로 쓴 혈서를 보내오기도 했다.

단지 돈과 조직력으로 동원했다고 보기에는 엄청나게 뜨거운 열기였다. 화니는 기가 막혔다. 한국인들은 대통령과 왕조 시대의 제왕을 구별하지 못하는 것 같았다. 그러나 이것은 한국만의 문제가 아니라 아시아 공통의 정서였다.

식민지에서 해방된 후 공산주의 정권이 들어선 나라들이 독재하는 것은 제외하더라도 타이완에서는 장제스 총통이 장기 집권하고 있었고, 일본은 천황이 미 군정과 불안정한 내각의 교체 상황에서도 국민들을 단결시키는 중심으로 자리 잡고 있었다. 화니가 보기에 아시아에서는 정당이든 일반 단체든 한번 상하 관계가 형성되면 그 지도자는 영원한 지도자로 인정되고 존경받는 것 같았다.

대다수가 가난하고 상처 받은 한국인들에게 이승만은 민족적 자존심의 상징이었다. 조선의 마지막 왕이 나약한 모습으로 일본에게 국권을 넘김으로써 식민지라는 치욕을 경험했던 한국인들에게, 이승만은 강대국과의 관계에서 유일하게 승리감을 안겨준 지도자였다.

"여보, 저들에게 제발 데모를 멈추라고 해주세요!"

"어떻게? 경찰을 시켜 몰아낼까?"

"그럴 순 없죠. 당신이 나가서 설득해 보세요. 조용히 돌아가 달라고요."

"그러지."

그러나 승만이 그들 앞에 나타나자 데모대는 열광적인 환호를 보냈다. 해산을 요청하는 그의 목소리는 '대통령! 이승만!'을 연호하는 군중들의 목소리에 금세 묻혀버렸다. 입으로는 그들의 요청을 거부했지만 승만의 얼굴에는 흐뭇한 미소가 떠올랐다.

화니는 이 점을 인정해야 했다. 그들은 승만의 약점을 제대로 찌른 것이다. 거의 한 달 동안 이런 소동을 겪고 난 후 승만은 '국민들이 원한다면……'이라는 전제를 달면서 대통령 후보를 수락한다는 발표를 했다. 그는 총칼을 들이댄 무력의 위협에는 누구보다 강했지만 평화로운 시위대 앞에서는 상당히 무력했다.

비록 승만이 불출마 선언을 번복하고 대통령 후보에 출마했지만, 화니에게는 이화장으로 돌아갈 수 있는 기회가 아직 남아 있었다. 희박한 가능성이기는 하나 야당 후보가 대통령에 당선되는 것이었다. 그런데 어처구니없는 일이 벌어졌다. 한창 선거 운동에 기세를 올리던 야당 대통령 후보 신익희가 갑자기 과로로 사망한 것이다.

그의 나이는 승만보다 열일곱 살이 어린 64세였다. 이미 후보 등록이 끝난 상태인 야당은 다른 후보를 세울 수도 없었다.

화니는 승만과 함께 야당 후보의 시신이 안치된 영안실을 찾았다. 병풍이 둘러쳐진 그의 영정 앞에서 향이 타오르고 있었다. 묵념을 하고 있는 승만의 옆 얼굴이 무척 허탈해 보였다.

신익희는 이번 대통령 선거에서 가장 유력한 경쟁자였지만 승만은 한번도 그를 진정한 적으로 생각하지 않았다. 중국에서 임시정부를 끝까지 지킨 신익희는 오히려 승만의 오랜 동지였다. 한국에서의 야당이란 승만의 독단적인 인사 정책에서 소외된 자들의 모임일 뿐 정치 노선에서 큰 차이가 있는 것도 아니었다.

화니는 신익희의 죽음이 복이 되는지 화가 되는지 도무지 판단할 수가 없었다. 승만과 경쟁하던 자들은 하나하나 죽어갔다. 때로는 테러를 당하여, 때로는 자연사로. 화니는 묵념을 끝내고 슬쩍 승만의 얼굴을 돌아보았다. 어떤 신비한 존재가 여든 살이 넘은 그를 자유롭게 내버려두지 않고 여전히 에워싸고 있는 것 같았…….

결국 승만은 압도적인 표를 얻어 세 번째로 대통령에 당선되었다. 그러나 부통령에 출마한 이기붕은 낙선했다. 대통령 선거에서 야당에 갈 표가 부통령은 야당 인사가 되어야 한다는 의지로 작용한 듯 싶었다. 장면이 부통령이 되었다. 부통령은 아무 실권이 없었지만 고령의 대통령이 갑자기 사망한다면 남은 임기를 승계할 수 있는 자리였다. 그렇게 되면 자연스럽게 정권교체가 이루어지는 셈이었다.

이기붕은 권력과 가장 가까이 있는 사람이었지만 대통령이라는 직책과는 인연이 없어 보였다.

"박사님, 면목이 없습니다."

이기붕은 그가 가장 존경하는 대통령 앞에서 머리를 깊이 숙였다. 승만이 자신의 부통령 출마를 지지하는 발언을 해주었음에도 불구하고 낙선한 것에 대해 부끄러워하는 것이었다.

"자네 잘못이 아냐. 신익희가 갑자기 죽은 것이 자네에게 오히려 불리하게 작용한 거지. 자네는 아직 젊고 앞으로 기회가 많지 않나? 자, 힘을 내라고."

승만은 사태를 정확하게 보고 있었다.

"감사합니다, 박사님. 더욱 열심히 하겠습니다."

승만이 어깨를 두드려주자 이기붕은 감격한 듯 허리를 90도로 꺾으며 인사를 했다.

"그래, 앞으로도 자네가 자유당을 맡아 잘해주게나. 그런데 말이야, 항상 건강을 조심해야해. 모든 것을 얻어도 건강을 잃으면 아무 소용이 없다는 말도 있지 않나."

"명심하겠습니다. 저의 집사람도 열심히 챙겨주고 있습니다만, 박사님처럼 건강 장수하려면 타고 나야지요."

"하하하, 인간의 수명이야 하늘만이 아는 것이니 누구도 장담할 수 없지. 하지만 살아 있는 동안 건강을 지키는 것은 누구나 노력하면 되는 거야. 자네……."

승만이 무슨 말을 더 하려는데 저녁식사를 알리는 화니의 목소리가 들렸다.

"여보, 식사 준비가 다 됐어요."

두 사람이 접견실에서 대화를 하는 동안 화니는 박마리아와 함께 저녁을 준비하고 있었다.

"아, 그래? 그럼 애들도 오라고 해요. 같이 식사하자고."

"그럴줄 알고 애들 접시도 같이 준비했어요. 빨리 오세요."

애들이란 이기붕의 아들인 강석과 강욱을 이르는 말이었다. 승만은 이기붕이 자신의 비서를 맡고 있던 시절부터 그의 아들들을 유난히 귀여워했다. 대구 피난 시절, 임시 관저를 방문한 이기붕 내외가 선물로 잣을 한 봉지 가져오자 승만은 답례를 해야 한다며 아이들에게 줄 사과를 사기 위해 시내로 나갔다. 다른 사람을 시킬 수도 있었지만 민정 시찰을 겸해 그가 직접 나섰다. 승만은 1천 원에 일곱 개 하는 사과를 덤으로 하나 더 집으려고 하다가 사과장수에게 혼이 났다.

"영감님이어서 싸게 드린 건데 하나 더 집으면 어떻게 해요. 경찰한테 잡혀가요."

그 사과장수는 전시에 경호원도 대동하지 않은 허름한 옷차림의 노인이 대통령이라고는 꿈에도 생각하지 못했을 것이다. 승만의 안전을 걱정해 대문 앞에서 기다리던 화니에게 승만은 웃으며 이렇게 말했다.

"화니, 덤으로 사과 하나 더 얻으려다 하마터면 경찰에게 잡혀갈 뻔했다오."

그날 저녁 메뉴는 아이들이 좋아하는 닭찜이었다. 형인 강석은 열여덟 살, 동생인 강욱은 두 살 아래인 열여섯 살이었다. 승만은 아빠를 닮아 호리호리한 몸매에 엄마처럼 곱상한 용모를 지닌 강석을 더 예뻐

했다.

"화니, 강석이에게 닭다리를 더 주구려. 봐요, 벌써 접시가 비었지 않소?"

"어머, 정말 잘 먹는구나. 아직 많이 있으니 걱정 말고 하나 더 먹으렴."

"네, 정말 맛있어요."

강석은 싹싹하게 대답하며 접시를 내밀었다. 한창 성장기에 있는데다가 존경하는 대통령의 부인이 직접 요리해준 음식이니 몇 접시라도 더 먹을 수 있을 것 같았다.

"석아, 그럴땐 '고맙습니다' 하고 받는 거야."

박마리아가 조심스럽게 아들에게 훈계를 했다.

"하하하, 마리아, 애들에게 너무 예의를 차리게 하지 말아요. 우리가 어디 남인가? 화니, 나도 닭다리 하나 더 주구려."

"당신은 그만 드셔야 돼요. 바지허리가 벌써 얼마나 늘었는지 아세요? 과식은 건강에 나빠요."

화니는 냉정하게 승만이 내미는 접시를 거절했다.

"허허, 야당이 이걸 봐야 할 텐데 말이야. 내가 대통령이지만 못하는 게 더 많아요."

"사모님은 다 박사님 건강을 위해서 그러시는 건데요, 뭐."

이기붕이 그냥 웃기만 하자 박마리아가 화니를 거들었다.

"그래, 건강이 더 중요하지. 마리아도 남편에게 늘 음식을 조금씩만 주나?"

"박사님, 이이는 너무 안 먹어서 걱정이에요. 여보, 닭다리 하나 더

드실래요?"

"살려주구려, 나는 벌써 배가 꽉 찼어요."

"이거 보세요."

하하하…… 모두의 즐거운 웃음소리가 식당에 넘쳤다. 노인 부부만이 살고 있는 경무대 관사가 오랜만에 가족적인 분위기로 훈훈해졌다.

이기붕은 승만과 같은 전주 이씨로 효령대군파였다. 먼 친척이 되는 셈이었다. 그리고 가장 충실한 승만의 지지자였다. 전쟁 초기 부패한 군 간부가 군수 물자를 대규모로 빼돌린 사건이 발생했을 때는 국방부 장관에 임명되어 사건을 처리했다. 특히 승만이 자유당을 창당한 후에는 당을 맡아 국회 의석의 과반수를 확보함으로써 대통령을 도왔다. 이것이 그가 오랫동안 승만의 신임을 받아온 비결이었다.

화제는 일상적인 가정사로 돌아가고 있었다. 화니는 문득 강석이 졸업할 나이가 됐다는 데 생각이 미쳤다.

"참, 강석이는 내년에 고등학교를 졸업하면 어디로 진학할 생각이지?"

갑자기 화니의 질문을 받은 강석은 당황한 듯 엄마의 얼굴을 바라보았다. 진학 문제를 놓고 그는 엄마와 갈등을 빚고 있었다. 박마리아는 강석이 법학을 공부하기를 바랐다. 그러나 강석은 두꺼운 책과 씨름하는 것은 딱 질색이었다. 지금까지 엄마에게 말한 적은 없지만 그는 군인이 되고 싶었다. 멋진 제복을 입고 전투를 지휘하는 모습을 떠올릴 때가 제일 행복했다

강석과 눈이 마주친 박마리아가 어서 대답하라는 눈짓을 보냈다. 강석은 대통령을 바라보았다. 늙은 대통령도 식탁에 등을 기대고 앉아 눈

을 반짝이며 강석의 대답을 기다리고 있었다.

"저는 사관학교에 가고 싶습니다."

"오, 사관학교라? 여보, 사관학교에 가겠다는군."

대통령의 얼굴이 환해지며 반가워하는 기색이 역력했다. 반면 박마리아의 표정은 살짝 일그러졌다. 아들에 대한 배신감과 당혹감이었다.

"그래, 사관학교를 나와 군인이 되겠다고?"

"예. 우리나라가 공산주의자의 침략에 맞설 수 있도록 훌륭한 군인이되고 싶습니다."

강석의 목소리에는 어느새 힘이 들어가 있었다. 승만의 흐뭇한 반응에 더욱 자신감이 생긴 것이다. 강석은 가슴이 후련해졌다. 대통령이자신을 지지해준다면 엄마는 더 이상 법대에 가라고 강요할 수 없을 것이었다.

"여보, 강석이는 정말 훌륭한 생각을 가지고 있군요!"

화니도 즐거운 마음으로 강석을 칭찬해 주었다. 승만도 묵묵히 고개를 끄덕였다.

한국전쟁 중에 수십만 명의 젊은이들이 전쟁터에서 목숨을 잃었다. 심지어는 중학교에 다니는 어린 학생들도 조국을 위해 학도병을 자원했다. 그들은 제대로 훈련을 받지 못하고 무기도 갖추지 못한 채 맨몸으로 전선에 나가 침략군과 싸웠다. 승만은 그 젊은 병사들을 꼭 '우리 아이들'이라고 불렀다. 자식이 없는 그로서는 그들 하나 하나가 친자식처럼 소중하고 사랑스러웠다.

그 와중에도 지도층 인사들 가운데는 전쟁터에 자식을 보내지 않으려고 미국으로 도피성 유학을 보내는 이들이 있었다. 승만은 그런 자들이 가장 미웠다. 그런데 강석의 입에서 사관학교를 가겠다는 말을 들으니 마음까지 훈훈해졌다.

그날 저녁 화니가 간단히 일기를 쓰고 침실로 들어갔을 때 승만은 침대 옆의 스탠드만 켜놓은 채 멍하니 천장을 바라보고 있었다.

"안 자고 무슨 생각을 그렇게 하세요?"

화니가 옆에 누우며 물었다.

"응, 참 좋은 녀석이야."

승만은 혼잣말 하듯 엉뚱한 대꾸를 했다.

"누구 말이에요?"

"강석이 말이오. 오늘 말하는 걸 들으니 많이 컸더군. 아직 어린 애인 줄만 알았는데."

"그럼요, 이제 내년이면 대학에 갈 나이잖아요."

화니는 아무렇지 않은 듯 대답하면서 이불을 올려 덮었다. 하지만 마음이 편하지 않았다. 그녀는 승만이 얼마나 아이를 갖고 싶어하는지 잘 알고 있었다. 그가 남의 아이들을 보면서 부러워할 때마다 자식을 낳아주지 못한 자신이 마치 죄를 지은 것처럼 느껴졌다.

"당신은 어떻소?"

승만이 화니에게 돌아누우며 뜬금없이 물었다.

"뭐가요?"

"우리 양자를 들이는 문제 말이오. 아무래도 영판 모르는 아이보다는 우리가 잘 아는 아이가 좋지 않겠소?"

승만이 무슨 생각을 하고 있는지 비로소 알 것 같았다. 화니는 상체를 일으켜 앉았다.

"당신은 강석이를 마음에 두고 있군요, 그렇죠?"

"그런데 말이야, 그게 우리 마음대로 할 수 있는 건 아니지 않소. 그 아이를 우리에게 줄지 만송이나 마리아의 뜻도 알아봐야 하고……. 당신 생각은 어떻소?"

만송은 이기붕의 호였다.

"흠…… 내일 당장 마리아를 만나봐야겠어요. 저도 찬성이에요."

"하지만 신중하게 말을 꺼내야 하오. 강석이는 그 집의 장자란 말이오. 당신도 알다시피 우리 한국인들은 대를 이을 장자를 제일 귀중하게 여기거든. 혹시라도 만송이 마음 내켜 하지 않는다면 우리가 강권하는 꼴이 되지 않겠소. 그러니 먼저 은근히 마음을 떠보구려."

화니는 말을 직설적으로 하는 편이었다. 성격 탓도 있지만 의사를 전달하는 오스트리아와 한국의 문화적 차이도 있었다. 한국인들은 상대방의 마음을 배려하여 싫어도 분명하게 '아니오'라고 표현하는 것을 꺼렸다. 좋아하는 것도 내놓고 요구하기보다는 다른 것에 비유하여 간접적으로 표현했다. 그러다 보니 말이나 수사학에 은유법이나 비유가 많이 사용되는 편이었다. 한국인들의 정서를 이해하면서도 아직도 화니는 그것이 익숙하지 않았다.

"물론이죠. 그런 문제를 제가 어떻게 강요할 수 있겠어요? 다만 의사를 물어볼 뿐이죠."

"그리고 말이오, 그들이 강석이 말고 둘째 강욱이가 어떠냐고 할 수도 있거든."

"당신이 강석이를 더 좋아한다는 건 알고 있어요."

"내 나이가 벌써 여든이 넘었소. 빨리 손자를 보려면 한 살이라도 많은 강석이를 우리 아이로 삼아야 되지 않겠소. 내 욕심이지만, 허허허."

어느새 승만은 깊은 잠에 빠졌지만 화니는 쉽게 잠이 오지 않았다. 내일 박마리아를 만나면 어떻게 얘기를 꺼내야 할지 이 생각 저 생각이 꼬리를 물었다.

"뭐? 우리 강석이를 양자로 달라고?"

박마리아의 말에 이기붕은 깜짝 놀랐다.

"예, 여보. 박사님께서 전부터 우리 강석이를 얼마나 귀여워하셨는지 당신도 잘 알잖아요."

"그거야 그렇지만 왜 하필 강석이야? 강석이는 우리 집 대를 이을 장손이라고!"

"어디 장손만 대를 이으라는 법이 있수? 우리에게는 강욱이가 있잖아요."

박마리아가 이미 작정을 한 듯이 말을 이어가자 이기붕은 기가 막힌 표정으로 그녀를 쳐다보았다. 대를 이을 손이 없는 일가친척에게 자식을 양자로 주는 일은 더러 있었지만, 장손을 남의 집에 주는 일은 없었다. 장손에게 재산을 물려주고 그로 하여금 조상들의 제사를 지내게 하는 일은 유교적 전통이 강한 한국에서는 뿌리 깊은 사회적 관습이었다. 자연히 그의 목소리가 날카로워졌다.

"강욱이라면 몰라도 강석인 안 돼. 아무리 존경하는 박사님 댁에 보내는 것이라고 해도 장남을 보내는 사람이 어디 있단 말이오."

"당신은 왜 깊이 생각해보지도 않고 무턱대고 화를 내는 거예요? 강석이가 그 집에 간다고 아주 남의 식구가 되겠어요? 다 당신과 우리 집안을 위하는 일이라고요."

"나를 위한 일이라고? 나보고 자식 팔아 대통령 후계자 됐단 소리들으란 말이오?"

그러나 박마리아는 한 치도 물러서지 않았다.

"한번 부통령 선거에 떨어졌다고 소심하게 굴지 마세요. 그렇잖아도 당신 건강이 좋지 않다고 박사님께서 쉬라고 하신 게 벌써 몇 인지 아세요? 당신 이대로 다 접고 미국에 가서 요양이라도 하실래요?"

이기붕은 자신의 건강이 좋지 않다는 것은 잘 알고 있었지만 이대로 정계를 떠나고 싶은 마음은 전혀 없었다. 집권당인 자유당의 대표로서 지금이 그의 권력과 인생에서 가장 절정기였다.

"그럴순 없지."

"그것 보세요. 박사님이 이제 살면 얼마나 더 사시겠어요. 임기중에 돌아가시면 부통령이 그 자리를 이어 받잖아요. 게다가 박사님 눈 밖에 나고도 다음 부통령 선거에 또 당신이 나간다는 보장이 있나요? 남들은 그분에게 잘 보이지 못해서 안달인데."

이기붕은 대답할 말이 없었다. 자신이 존경하는 대통령이 사사로운 감정으로 다음 부통령 후보를 지명하리라고는 생각하지 않았지만, 대통령도 인간이었다. 다음 선거까지는 4년이나 남았다. 인간관계에서 한 번 섭섭한 마음이 들면 쉽게 신뢰관계가 허물어질 수도 있다는 것을 그는 잘 알고 있었다. 더구나 자신은 지난번 선거에서 주어진 기회를 놓친 처지였다.

"여사님이 얼마나 확실한 분인지 당신도 잘 알죠? 그분이 저한테 이런 말씀을 하시더군요."

화니의 얘기가 나오자 이기붕도 귀가 솔깃해졌다. 누가 뭐라고 해도 화니는 대통령에게 가장 가까운 사람이었다. 대통령의 마음을 가장 잘 알고 있고, 고집 센 대통령의 마음을 움직일 수 있는 거의 유일한 사람이었다.

"뭐라고 하셨는데?"

"박사님은 다음 대통령 선거에 다시 출마하지 않을 가능성이 많대요. 나이도 나이고, 야당이 하는 것이 마음에 들지 않아서 일선에서 물러나고 싶으시다는 거죠."

"그거 큰일이군. 그 어른이 물러나시면 우리 자유당은 큰 기둥이 없어지는 꼴이 될텐데······."

"그러면 안 되죠. 그렇기 때문에 우리는 박사님이 계속 건강하게 대통령직을 수행하고 다음 선거에도 출마하시도록 동기 부여를 해드려야 된다는 말이에요. 아시겠어요?"

"끄응······."

박마리아의 말은 정확하게 정곡을 짚고 있었다. 이기붕이 지금 누리고 있는 정치적 기득권은 모두 이승만 박사라는 후광이 있기에 가능한 것이었다. 대통령이 앞으로 몇 년을 더 살지 알 수 없는 상황에서 다음 선거는 그에게 마지막 기회가 될 것이었다. 선택의 여지가 없었다.

"하지만 강석이 생각이 어떤지 물어 보아야 할 것 아니오?"

남편이 한 발 물러나는 태도를 보이자 박마리아의 입가에는 미소가 어렸다.

"그건 걱정하지 말아요. 그애는 내 배로 낳은 아이예요. 다 저 잘되라고 하는 건데요, 뭘."

"난 모르겠소. 당신이 알아서 하구려."

이기붕은 힘없이 거실 의자에서 일어났다. 역사를 움직이는 것은 남자지만 그 남자를 움직이는 것은 여자라더니 과연 틀림없었다.

"어머, 그게 정말이에요, 마리아?"

"네, 우리 그이도 아주 흔쾌히 승낙했어요, 사모님. 우리 강석이가 박사님 댁에 들어가는 게 영광이라나요. 너무 좋아하는 거예요."

수화기 저편에서 울려오는 박마리아의 목소리는 한껏 들떠 있었다. 그래도 화니는 여전히 조심스러웠다.

"그래, 강석이는 뭐라고 하던가요?"

"강석이가 평소에 얼마나 박사님을 따랐어요. 다만 대통령 할아버지라고 부르다가 아버님이라고 해야 한다니까 좀 쑥스럽나 봐요."

"처음에는 다 그렇지요. 아…… 우리 박사님이 얼마나 기뻐하실까요."

"얼른 전해주세요. 그럼, 강석이를 언제 경무대로 보낼까요?"

화니보다 박마리아가 더 서두르는 것 같았다.

"아직 강석이가 있을 방도 준비하지 못했는데……. 내가 곧 박사님과 의논해서 전화 줄게요. 정말 고마워요, 마리아."

"뭘요. 그럼 강석이 준비시키고 전화 기다릴게요."

화니는 수화기를 내려놓고 한동안 고개를 들지 못했다.

'오, 드디어…… 우리 아이가 생기는구나!'

어서 이 기쁜소식을 남편에게 전해야 하는데, 화니는 자꾸 눈물이 났다.

부산 피난시절, 형편없는 몰골의 피난민 부부가 부산역 광장에서 한 무리의 자식들을 주렁주렁 데리고 지나가는 모습을 보고 승만이 부러워하던 모습이 떠올랐다.

"화니, 저 남자는 행운아야. 보시오, 자식들이 저렇게 많지 않소?"

"하지만 얼마나 고생스럽겠어요. 피난 중에 저 많은 아이들을 다 돌보려면……."

"허허, 모르는 소리 마시오. 아프리카 속담에 '코끼리는 코가 아무리 길어도 제 코를 짐으로 여기는 법이 없고, 부모는 아무리 자식이 많아도 짐으로 여기지 않는다'는 말이 있소."

화니는 얼른 손수건을 찾아 눈물을 닦았다. 그러나 한번 터진 눈물은 쉽게 멈추지 않았다.

또 서울이 공산군에 함락되기 전날, 승만은 애꿎은 시민들을 두고 피난을 갈 수 없다며 권총을 꺼내들고 버티면서 이렇게 부르짖었다.

"나 혼자 죽는 것은 하나도 무섭지 않아. 몇 놈이라도 쓰러뜨리고 같이 죽으면 그만이야. 하지만…… 후사가 없는 것이 한스러울 뿐이야. 후사가…… 내 죽어서 부모님 얼굴을 어떻게 볼꼬!"

이제 비로소 그 한을 풀게 되었다. 더불어 그녀의 한도 풀릴 것이었다. 강석이가 가문을 이어줄 아들이 되는 것이다. 이렇게 양자를 들이면 될 것을…… 화니와 승만은 한국에 돌아와서도 10년이 넘도록 나라일에만 쫓겨 자신들의 행복은 챙길 줄 몰랐다.

화니는 얼른 손거울을 들여다보았다. 눈은 빨갛게 충혈되었지만 애써 입가에 웃음을 머금었다. 이제 엄마가 되는 것이었다.

강석이 온다는 소식에 경무대가 온통 술렁거렸다. 아직 대외적으로 공개한 것은 아니지만 경무대 식구들이 제일 먼저 알게 되는 것은 당연했다. 대통령 부부가 늘그막에 양자를 들이게 되었다는 사실은 그들에게도 큰 경사였다. 가장 흥분한 사람은 역시 승만이었다.

강석이 오기로 했다는 것을 들은 이후 하루 종일 싱글벙글 얼굴에서 미소가 떠나지 않았다.

강석의 방은 화니 부부의 침실 맞은편 방으로 정했다. 경무대에 입주한 이래 줄곧 닫아놓고 사용하지 않던 방이라 바닥에 깐 일본식 다다미가 해진 곳이 많았고 한지로 발라놓은 문풍지에도 구멍이 나 있었다. 승만은 자신이 직접 해진 다다미를 고치고 문에 새 한지를 발랐다. 인근 가구점에 연락하여 중고 침대와 책상을 들여놓는 것으로 모든 준비가 끝났다.

저녁 무렵, 드디어 강석이 식구들과 함께 승용차를 타고 경무대로 들어왔다. 화니는 승만과 함께 현관 입구까지 나가서 기다렸다. 차 뒷문이 열리며 강석이 환한 얼굴로 차에서 내렸다. 승만은 그새를 못 참고 뛰어가 강석을 부둥켜안았다.

"잘 왔다, 강석아. 잘 왔어!"

화니도 달려가 그들을 안았다. 세 사람이 한 덩어리가 되었다. 강석은 그들의 뜨거운 환대에 숨이 막히도록 감격했다. 이제 그는 한국에서 가장 유명한 청년이 될 것이었다. 비극적인 운명이 다시 그를 화니 부부에게서 떼어내게 될 때까지……

그로부터 4년 후인 1960년, 한국은 다시 한번 대통령선거를 치렀다. 자유당의 대통령 후보는 이승만이었고 부통령 후보는 이기붕이었다. 야당의 강력한 대통령 후보였던 조병옥이 선거 직전 간암으로 사망한 가운데 이승만과 이기붕은 압도적인 표 차이로 모두 당선되었다.

그러나 이 결과는 대대적인 반정부 시위를 불러일으켰다. 이기붕을 당선시키기 위한 자유당의 조직적인 부정 선거가 폭로되면서 시위는 전국적으로 번졌고 군대까지 투입되는 사태가 벌어졌다. 그 와중에 이기붕 일가는 집단 자살을 선택했다. 경찰은 수치심을 견디지 못한 강석이 가족을 모두 권총으로 쏘아 죽이고 자신도 자살을 했다고 발표했다. 이 사건 후 승만은 새로 당선된 대통령직을 사퇴한다는 기자 회견을 하고 경무대를 떠났다.

승만이 화니의 권고로 요양차 하와이행 비행기를 탄 것은 그로부터 약 한달 후였다.

1965 · Honolulu

내 사랑 코리아!

아리랑 아리랑
아라리요
아리랑 고개로 넘어간다
오다가다가
만난 님이지만
살아서나 죽어서나
못 잊겠네

Arirag Arirang
Ara-riyo
ueber die Huegel Arirang
zu uebergehen
trotz wir am weg trefen
entweder leben oder nicht
konnte ich dich nie vergessen

- Koreanische traditional Lied

화와이에서 아들 이인수(가운데)를 기쁨으로 맞이하는 이승만 대통령 내외
(사진제공 : 조혜자)

호놀룰루 교외에 있는 시립 모라나니 요양원에서 이승만 박사를 지극정성으로
돌보는 프란체스카 (사진제공 : 이승만 연구소)

사랑하는 동생 화니에게

지난번에 네가 보낸 편지와 사진은 잘 받아보았다. 주말에 조카 샤롯네 부부가 방문해서 네가 잘 지내는지 묻기에 병상의 이 박사와 함께 찍은 그 사진을 보여주었다.

화니야, 우리는 모두 너를 자랑스러워하고 있단다. 동맥경화로 쓰러져 수족을 못 쓰는 남편을 3년간이나 돌보고 있다는 것은 정말 아무나 할 수 있는 일이 아니지. 네가 코리아의 퍼스트레이디였다는 점보다 그토록 훌륭한 아내라는 점이 더욱 자랑스럽구나. 내가 결혼을 하지 않고 이제껏 살고 있는 이유는 너처럼 좋은 아내가 될 자신이 없었기 때문일 거야. 내 남자 친구 마틴은 이 나이가 되어서도 가끔씩 나에게 이제라도 결혼을 하자고 조른단다. 웃기지?

두 번째 양자인 인수가 너에게 그렇게 잘한다니 그것도 정말 다행이다. 너나 나나 직접 낳은 자식은 없지만 너는 하와이에 가서도 양자를 또 얻었으니 자식 복도 있는 거야.

요즘 빈은 하루가 다르게 발전하고 있단다. 얼마 전에는 폭격으로 무너진 슈테판 대성당의 지붕도 복구가 됐고, 집 없는 시민들을 위한 주택 건설도 활발하게 이루어지고 있어. 경제도 활발하고 전쟁의 상처도 상당히 치유되고 있단다. 샤롯데가 물려받은 소다수 공장도 영업이 잘 된다지 뭐니.

요즘은 정부가 연금을 제대로 주고 있어서 나도 그럭저럭 지내고 있다. 시장에 갔다가 네가 좋아하는 모차르트 초콜릿을 샀는데, 무더운 태평양을 지나면서 녹을 염려가 있다기에 부치지는 못하겠구나.

그 대신 내가 손으로 뜬 풀오버를 보내마. 하와이는 1년 내내 따뜻한 곳이라지만 그래도 비가 오거나 날이 쌀쌀하면 입으렴.

너도 이젠 이 박사가 죽은 후를 생각해야 하는 거 아니니? 네가 원하면 언제든지 빈에 돌아오렴.

어머니가 돌아가시면서 너를 위해 남겨준 집은 샤롯데가 세를 놓으며 잘 관리하고 있단다. 나이가 드니 죽기 전에 너를 만나야 할 텐데 하는 생각이 간절해지는구나. 그동안 우리는 사진으로만 서로의 나이 들어가는 모습을 봤잖니. 네가 빈을 떠나던 때가 무려 30여 년 전이었지. 세상에! 어느새 30년이 지났어.

답장을 해다오. 집을 나설 때마다 우체통에 네 편지가 왔나 들여다보는 것이 일과란다.

1965년 3월 16일

너의 하나 남은 언니 베티

화니는 호놀룰루 교외의 시립 모라나니 요양원 구석에 있는 방에서 언니에게서 온 편지를 읽었다. 대서양을 건너고 미주 대륙을 관통한 후 다시 태평양을 지나 지구를 반 바퀴 돌아서 전달된 편지였다. 원장인 존슨 여사가 오갈 데 없는 그녀를 위해 무료로 사용하게 해준 이 작은 간호사용 방에는 애견 해피만이 발밑에 누워 늘어지게 하품을 하고 있었다.

화니는 돋보기를 끼고 편지를 세 번째 읽고 있었다. 새삼 자신이 빈을 떠난 지 벌써 30여 년이 지났다는 문구가 가슴을 때렸다. 그동안 어머니가 돌아가셨고, 몇 해 전에는 다섯 살 많은 큰언니 마리아가 죽었다. 베티 언니만이 유일하게 남은 혈육이었다. 외로움이 밀려들며 가슴이 사무치게 고향 인체르스도르프가 그리워졌다. 이제라도 공항으로 달려가 빈 행 비행기를 타고 싶었다.

그러나 요양원 2층 병상에 수족을 쓰시 못하는 남편이 화니의 보살핌을 기다리고 있었다. 분단된 코리아를 다시 통일시키기까지는 죽지 않는다며 백발을 휘날리면서 전선을 시찰하던 코리아의 호랑이 이승만이, 이제는 객지의 병상에서 고국을 그리며 모진 목숨을 이어가고 있었다. 한때는 승만이 화니의 태양이었지만 이제는 화니만이 승만의 햇살이었다.

화니는 눈물을 훔치고 무릎에 놓인 풀오버를 들어서 크기를 살펴보았다. 베티 언니가 자신을 위해 뜬 것이지만 병상의 승만에게도 잘 맞을 것 같았다. 병고에 시달린 승만은 거의 살이 남아 있지 않았다. 그에게 이 옷을 입혀볼 생각을 하자 저절로 입가가 벌어졌다.

화니가 일어서자 해피가 반가운 듯이 끙끙거리며 따라나설 차비를 했다.

"안 돼, 해피. 아빠한테 가는 거야. 존슨 여사가 너는 병실에 갈 수 없다는구나.여기서 기다리렴."

해피를 쓰다듬어주고 일어서려는데 무릎이 뻣뻣해지면서 통증이 왔다. 관절염에 걸린 무릎이 화니의 나이도 만만치 않다고 경고하고 있었다. 화니는 이를 악물고 일어섰다.

'끙, 아직은 주저앉을 때가 아니지. 지금 내 나이에 그이는 펄펄 날아다녔다고. 화니야, 힘을 내렴.'

화니는 무릎을 몇 번 주무르고 나서 풀오버와 승만에게 먹일 영양죽을 주섬주섬 챙겼다.

5년전, 한두 달 요양 삼아 떠나온 호놀룰루가 이제는 영원한 요양처가 되어 있었다. 화니 부부가 서울을 떠난 얼마 후 새로운 선거를 통해 정권을 잡은 민주당은 승만의 귀국을 허락하지 않았다. 미국도 승만의 귀국을 달가워하지 않았다. 그들은 한국이 일본과 외교관계를 다시 수립하는 데 승만이 방해가 될 것이라고 생각했다. 승만의 거주 이전과 여행의 자유를 침해하는 조치로, 일종의 정치 보복이었다. 참으며 때를 기다리자는 화니의 간곡한 설득과 위로에 승만은 울분을 삭였다.

호놀룰루의 생활은 무료함의 연속이었다. 그러던 어느 날 승만은 다시 양자를 들여야겠다고 생각했다. 후손에 대한 그의 집념은 놀라웠다. 화니도 거절 할 이유가 없었다.

"하지만 말이야, 화니. 내가 이런 처지에 있는데 누가 나에게 아들을 주려고 할까?"

"당신답지 않은 말이군요. 아직도 많은 국민들이 당신을 존경하고 있어요. 다만 우리를 대신해서 누군가가 한국에 가서 당신 말을 전해야 겠지요"

"그 말을 들으니 힘이 나는군. 그래, 누가 좋을까?"

승만은 뉴욕에 사는 이순용에게 연락을 보냈다. 그는 한때 승만의 정부에서 내무부 장관을 지낸 사람이었다. 이순용은 승만의 간절한 부탁을 받고 한국으로 갔다.

이순용의 한국행은 엉뚱한 오해를 샀다. 정부는 이순용이 승만의 밀명을 받고 옛 자유당 세력을 결집하기 위해 한국에 온 것으로 의심하여 그를 가택 연금시켰다. 그러나 얼마 후 오해가 풀리고 양자 입양 계획은 양녕대군 문중의 환영 속에 추진되었다.

최종적으로 문중의 한 젊은이가 선택되었다. 대학원에서 경영학을 공부하는 이인수였다. 승만은 그의 사진을 받아보고 기쁨을 감추지 못했다.

그러나 한국의 정국은 점점 어지러워지고 있었다. 자유당을 중심으로 결집되었던 반공 반일 세력이 뿔뿔이 흩어지면서 각계각층의 요구가 한꺼번에 터져나오기 시작했다. 순진한 학생들은 당장 북한과 직접 통일을 교섭하겠다고 나섰으며, 노동자들은 파업에 돌입했다. 부정부패가 판을 치고 정치인들은 그동안 굶주렸던 자리다툼을 벌였다. 민주당은 지도력을 발휘하지 못하고 민심을 잃었다.

그러자 기다렸다는 듯이 1961년 5월, 군부 소장파가 혁명을 일으켜 민주당 정권을 밀어냈다. 세계적으로 1960년대는 혁명의 시대였다. 젊은 장교들은 계획 경제와 빈곤 퇴치를 외치며 국민들의 지지를 얻었다.

승만은 다시 힘을 냈다. 한국의 정권도 바뀌었고, 기다리던 양자 인수도 호놀룰루에 도착했다. 인수는 더없이 착하고 성실한 젊은이였다. 죽은 강석의 악몽을 털어버리기라도 하듯 승만은 인수를 극진히 사랑했다. 화니가 질투할 정도였다. 시간이 더 지나면 비행기 여행이 불가능할 것이라는 주치의의 판단에 따라 화니 가족은 귀국을 결심하고 날짜를 잡았다.

1962년 3월 17일 아침, 며칠 전부터 다리가 불편해서 휠체어 신세를 지게 된 승만은 휠체어에 앉아서도 즐거운 표정으로 공항에 나갈 시간을 기다리고 있었다. 화니도 행복했다. 화니가 마지막 짐을 꾸리고 있을 즈음, 그동안 여러모로 하와이 생활을 도와준 최백렬과 함께 반갑지 않은 손님이 찾아왔다. 하와이 주재 김세원 한국 총영사였다. 그는 성숭하지만 굳은 표정으로 한국 정부의 입장을 밝혔다. 입국을 연기해 달라는 것이었다. 마른하늘에 날벼락이었다.

화니는 승만의 표정에서 서서히 생기가 사라지는 것을 보았다.

"누가 정부 일을 하든…… 잘 해나가기를 바라오."

메마른 입술을 열어 간신히 말을 마친 승만은 갑자기 고개를 떨구었다.

"여보, 여보!"

화니는 울부짖으며 남편의 곁으로 달려갔다. 승만의 팔다리가 미미한 경련을 일으키고 있었다. 화니는 인수와 함께 정신없이 승만의 몸을 주물렀다. 갑작스런 사태에 총영사는 당혹한 표정으로 안절부절못하더니 작별 인사도 하지 못하고 슬그머니 자리를 떴다.

그날 이후로 승만은 다시는 혼자 일어나 앉지 못했다. 언어 장애가 나타나면서 그 유창하던 영어도 잊어버렸다. 트리폴리 육군병원에서는 회복 불가능이라는 판정을 내렸다. 그리고 3년이 흘렀다.

화니는 조심스럽게 202호 병실 문을 열고 들어갔다. 승만은 침대에 누워 멍하니 창밖을 바라보고 있었다. 화니가 들어서는 기척을 느끼지 못하는 것 같았다.

화니는 애처롭게 뼈만 남은 승만의 얼굴을 바라보았다. 그가 무슨 생각을 하고 있을지 궁금했다. 한국이 있는 서쪽 하늘을 바라보며 어린 시절 동네 개구쟁이들과 함께 연 날리던 추억에 잠겨 있을까?

그녀와 함께 거닐었던 빈의 푸른 숲을 생각하고 있을까? 아니면 아직도 버리지 못한 귀국의 열망을 꿈꾸고 있을까?

트리폴리 육군병원에서 모라나니 요양원으로 옮겨온 얼마 후 존슨 여사가 승만의 병실을 방문했다. 존슨 여사는 승만에게 몸을 구부리고 "박사님, 뭐가 필요하세요?"라고 물어보았다. 승만은 간절한 목소리로 "한국행 비행기 표요"하고 대답했다. 존슨 여사는 어리둥절한 표정으로 화니를 바라보았다. 화니에게 사연을 들은 존슨여사는 감동을 받아 최대한 도와줄 것을 약속했다. 화니가 간호보조사의 자격으로 요양원에 머물며 오로지 남편의 간호에만 전념할 수 있게 된 것도 존슨여사의 배려였다.

수족을 쓰지 못하는 남편에 대한 화니의 지극한 간호는 곧 매스컴을 타고 미국 전역에 알려졌다. 각지에서 한국 교민들과 미국인들의 격려 편지가 도착했다. 편지 속에는 5달러, 10달러짜리가 함께 들어 있기도 했다. 한국전쟁에서 고락을 함께하던 밴플리트 장군, 콜터장군, 맥아더 장군 등도 안부 편지를 보내주었다. 그녀는 병원에서 베스트와이프로 애칭되었다. 주위 사람들은 승만이 아흔 살의 나이에도 3년째 병상을 지키고 있는 것은 화니의 사랑과 정성 어린 보살핌 덕분이라고 인정하고 있었다.

화니는 침대 옆에 앉으며 승만의 손을 잡았다. 승만이 고개를 돌렸다. 아내를 바라보는 그의 눈길에는 한없는 신뢰가 담겨 있었다.

화니는 빈에서 온 편지 내용을 말해주고 신문에서 읽은 간단한 한국 소식을 전해주었다. 한국의 수출이 드디어 1억 달러가 넘었다거나 한강에 두 번째 다리가 놓였다는 등의 소식이었다. 그러나 한국 정부가 학생들의 격렬한 반대에도 불구하고 일본과 외교 협상을 타결하려 한다는 등의 정치적인 내용은 제외했다. 그런 소식은 승만의 건강을 더 상하게 할 뿐이었다.

"화니, 이……인수는…… 잘…… 있어?"

승만은 한국에 있는 인수의 소식을 물었다. 승만이 더 버티기 힘들 것이라고 판단한 화니는 작년에 인수를 한국으로 보냈다. 사후장례 문제를 준비하기 위해서였다. 인수가 곁에 있으면 한결 마음이 든든했지만 한창 나이의 인수를 두 늙은이 옆에 묶어두는 것도 할 일이 아니었다. 한국에 간 김에 대학원을 마치라는 당부도 잊지 않았다.

"예, 잘있어요. 공부도 열심히 하고요."

"비행기…… 표, 한국 갈 비행기…… 표!"

승만의 정신이 또 혼미해지는 것 같았다.

"비행기 표는 걱정하지 마세요. 당신 건강이 좋아지면 비행기는 얼마든지 탈 수 있어요. 알았죠?"

그는 알았다는 듯 천천히 고개를 끄덕였다.

얼마 후 간호사가 점심을 날라왔다.

"여보, 이제 점심시간이에요. 자, 일어나세요."

화니는 승만의 겨드랑이에 팔을 끼고 상체를 일으켰다. 수수깡처럼 말랐지만 뻣뻣하게 굳어 있어서 여간 힘든 작업이 아니었다. 그도 안간 힘을 쓰며 화니의 힘을 덜어주려고 노력했다.

화니는 승만의 등에 베개를 기대주고 병상용 식탁을 끌고 왔다.

오늘의 메뉴는 팬에그를 가늘게 썰어 넣은 수프와 찐 감자를 갈아 양념을 얹은 포테이토 퓨리였다. 음식을 보는 승만의 표정이 어두웠다. 화니는 가슴이 아팠지만 모르는 척하고 그의 목에 냅킨을 둘러 주었다.

"자, 먼저 수프를 드셔야지요. 아 하고 입을 벌리세요."

화니는 수프를 뜬 숟가락을 승만의 입으로 가져갔다.

"콩나물……국, 콩나물국이 먹고 싶어."

승만은 고향 음식을 그리워하고 있었다. 하지만 여기는 모라나니 요양원이었다. 화니는 매일 승만을 돌보면서 매끼 승만만을 위한 한국 음식을 요리할 여력이 없었다.

"이번 주말에는 당신이 좋아하는 고향 음식을 해줄게요. 오늘은 그냥 드세요, 네?"

"정……말?"

승만의 얼굴이 조금 밝아졌다.

"네, 주말에는 미역국을 해드릴게요. 자, 입을 벌리세요."

승만은 마음을 돌린 듯 순순히 수프를 받아먹었다. 화니는 그를 달래가며 음식을 다 먹였다. 다행히 그는 접시를 깨끗하게 비웠다. 식욕을 잃지 않는 것이 그가 아직도 목숨을 유지하고 있는 힘이었다.

"음식을 맛있게 먹어줘서 고마워요. 자, 이제 산책을 해야죠."

수족이 마비된 승만을 휠체어에 태우는 것은 화니 혼자 힘으로 불가능했으므로 남자 간호보조사의 도움을 받았다. 승만을 산책시키는 일은 비가 오거나 바람이 심하게 부는 날이 아니면 하루도 빠질 수 없는 화니의 일과였다.

모라나니 요양원은 호놀룰루 시내와 아름다운 쪽빛 바다가 내려다보이는 언덕 위에 자리 잡고 있었다. 화니는 태평양의 서쪽 지평선이 보이는 벤치 옆에 휠체어를 세우고 승만에게 노래를 불러주었다. 그녀가 한국에서 배운 민요 중 하나인〈도라지타령〉이었다. 승만이 건강할 때 화니가 이 노래를 부르면 그가 후렴구를 함께 부르며 어깨춤을 추곤 했다.

도라지 도라지 백도라지 심심산천에 백도라지

한두 뿌리만 캐어도 대바구니 철철철 다 넘는다

에헤요 에헤요 에헤요 에야라 난다 지화자 좋다

얼씨구 좋구나 내 사랑아

노래를 다 부르고 나서 보니 어느새 승만은 잠이 들어 있었다. 그의 주름지고 메마른 볼에 한 줄기 눈물 자국이 선명했다. 화니는 수건으로 그의 볼을 닦고 베티언니가 보내준 풀오버를 무릎에 덮어주었다.

몇 시간 후면 서쪽 하늘을 아름답게 물들면서 해가 질 것이었다.

승만도 그렇게 역사의 장에서 저물어갈 날이 멀지 않았음을 화니는 본능적으로 느꼈다.

7월 18일 저녁, 드디어 누구도 피할 수 없는 날이 찾아왔다. 한 달 전부터 승만은 식사를 제대로 소화하지 못했다. 가끔씩 가래 끓는 소리를 내며 호흡이 거칠어졌고, 며칠 전부터는 아예 숟가락으로 떠 넣어주는 물만 받아 마실 뿐이었다. 의식도 하루 중에 잠깐씩만 있었다. 화니 외에는 사람을 알아보지 못했다. 완연한 생의 마지막 증상들이었다. 병실에는 급히 연락을 받고 한국에서 돌아온 인수와 승만의 주치의인 한국인 2세 토머스 민 박사가 함께해 주었다.

가볍게 문을 두드리는 소리와 함께 머리가 허연 최백렬 동지회장이 들어왔다. 인수로부터 승만이 오늘을 넘기기 힘들다는 전화 연락을 받고 스승의 마지막 길을 배웅하기 위해 온 것이었다.

"선생님!"

최백렬 회장은 나무토막처럼 누워 있는 승만에게 다가가 울음을 터뜨렸다. 나이 일흔이 넘은 그도 평생을 존경하던 스승의 마지막 앞에서는 태연함을 유지하지 못했다. 그의 울음소리를 듣자 화니도 참았던 슬픔이 북받쳐 올랐다. 인수도 눈을 붉힌 채 어쩔 줄 몰라 하고 있었다.

"회장님, 병실에서 이러시면 환자에게 좋지 않습니다. 잠깐 나가서 말씀을 나누시죠."

민박사가 최백렬과 인수를 데리고 병실 밖 복도로 나왔다.

"이제 장례 문제를 생각하셔야 할 것 같습니다. 환자는 오늘을 넘기시기 힘들 겁니다."

최백렬은 수건으로 눈가를 닦으며 결연하게 말했다.

"음, 박사님 장례는 반드시 한국에서 치러드려야 하네. 얼마나 한국에 돌아가시고 싶어했는가 말이야. 인수 군, 한국에서 이 문제를 의논해보았겠지?"

"예. 아버님께서 위독하시다는 소식을 듣고 문중 어른들과 의논을 했습니다. 장지는 국립묘지에 마련해 놓았습니다."

"정부의 입장이 문젠데 말이야."

"정부에서도 협조하게 될 것입니다. 많은 국민들이 아버님을 잊지 않고 존경하고 있으니깐요. 그러나…… 어머님이 걱정입니다."

"프란체스카 여사님 말인가? 왜?"

민 박사가 대신 대답했다.

"환자가 한 분 더 생길까 봐 염려됩니다. 이 박사님께서 의식을 찾지 못하시자 여사님도 따라서 아무것도 안 드시고 있습니다. 여사님이 원래 위장염이 있으신데다가……."

"벌써 며칠째 잠도 제대로 못 주무셨어요. 저는 어머님이 더 걱정됩니다. 이러다가……."

"혹시 줄초상을 치르지 않을까 걱정하고 있구먼."

"예……."

"허허, 이거 참. 있을 수 있는 일이야. 두 분 사랑이 워낙 돈독하셨으니까. 자네가 어머니께 더 신경을 써드리게."

"예, 회장님."

다음날인 7월 19일 0시 35분, 이승만 박사는 마지막 숨을 내쉬었다. 민 박사가 공식적으로 그의 사망을 확인하는 순간 화니는 의식을 잃고 쓰러졌다.

며칠 후 그의 시신은 서울의 이화장으로 옮겨져 가족장으로 치러졌다. 그의 영구차가 한강을 건너 국립묘지로 가는 동안 수 많은 국민들이 길가로 나와 마지막 가는 위대한 애국자를 눈물로 추모했다. 실질적인 국장이었다.

　그러나 몇 번이나 의식을 잃고 탈진한 화니는 한국행 비행기를 탈수
없었다. 한국에서 남편의 장례가 끝난 다음에야 간신히 건강을 회복한
그녀는 31년 만에 고향 빈으로 돌아갔다. 화니가 남편의 묘가 있는 국
립묘지 공작봉을 찾은 것은 1년이 지난 후였다.

프란체스카 도너 리

(Francesca Donner Rhee. 1900~1992, 향년 92세)

1900 오스트리아 비엔나(Wien) 교외 인쩌스도르프에서 출생

1906~1912 비엔나 공립초등학교

1912~1918 비엔나 공립여자중고등학교, 수학에 뛰어나 "수학의 진주"
라는 애칭으로 불림.

1918~1920 비엔나 상업전문학교 졸업 후 영국 스코틀랜드에 유학 영어 연수.
영어 통역사 자격과 타자-속기사 자격 취득, 아버지 사업 승계

1933 어머니와 유럽 여행 중 국제연맹 건물이 있는 제네바에서 이승만 박사
를 우연히 만나게 됨

1934 뉴욕에서 이승만 박사와 결혼

1935 화와이 호놀룰루에 이승만 박사와 함께 정착

1939 제2차 세계대전 발발 후 워싱턴 D.C로 이주

1946 광복 후 귀국하여 돈암장에 거주

1947 마포장으로 잠시 이사 후 10월에 이화장으로 정착

1948 이승만 박사 국회에서 초대 대통령에 당선
대한민국 정부 수립 후 경무대(청와대) 거주

1960 이승만 대통령 하야 후 이화장 거주

1960~1965 화와이 호놀룰루 요양원에서 이승만 박사 병간호

1965~1970 이승만 박사 서거 후 오스트리아의 비엔나에 거주

1970 한국으로 귀국하여 이화장에서 이인수 · 조혜자 부부와 거주

1992 92세로 이화장에서 영면, 동작동 국립묘지 이승만 박사 묘역에 안장

1992 · Tirol

에필로그

어디를 가든지

그대 마음을 사로잡는

그곳이 고향이다.

- 로마 격언

90회 생신을 맞이하여 가족과 함께 이화장 뜰에서
기념 촬영 (사진제공 : 조혜자)

1987년 고령에도 성경을 읽고 있는
프란체스카 (사진제공 : 조혜자)

집에서는 항상 한복을 차려입고 있었으며 노년에도 글쓰기를 좋아하여 하루에도
몇 시간씩 직접 타이핑을 하면서 일과를 보내었다.
(사진제공 : 조혜자)

"따르릉, 따르릉……."

희미하게 들리는 전화벨 소리에 잠에서 깼다. 의식은 돌아왔으나 한동안 눈꺼풀이 떨어지지 않았다. 깊은 잠에 빠진 지 얼마 되지 않아 깬 것 같았다. 그러나 어떤 예감이 스치고 지나가면서 정신이 번쩍 들었다.

'한국에서 온 전화다!'

옆에서 자고 있는 남편을 방해하지 않으려고 조심하면서 얼른 전화기가있는 거실로 나갔다. 굳이 시계를 보지 않아도 지금은 한밤중이었다. 이 시간에 오는 전화는 오스트리아 시간을 잘 모르고 한국에서 건 것이거나 매우 급한 전화였다. 해뜨는 방향에 있는 한국은 오스트리아보다 여덟시간 빨리 아침을 맞았다.

"따르릉, 따르릉……."

어두운 거실에서 전화만이 요란하게 금속성을 울리고 있었다.

"할로, 여보세요?"

처음 수화기를 들면 나는 습관적으로 두 가지 언어로 내가 전화를 받았음을 알렸다. 내 목소리에서 잠이 묻어났다.

"순이로구나? 나야."

역시 한국어였다. '나야' 하는 것은 아주 친한 사람끼리 하는 말이었다. 이름을 안대도 목소리만 듣고 아는 사이라는 뜻이었다.

'이 남자가 누구지?'

이럴 때 '누구세요?' 하고 되묻는 것은 실수였다. 조금 있으면 그가 누군지 알게 되었다.

"내가 자는걸 깨웠나? 미안하다. 급히 알려줄 말이 있어서."

계속 이어지는 목소리가 상대방이 누군지 기억나게 해주었다. 한국대학사학과 교수로 있는 박민호였다. 그가 골라준 역사책들은 아직도 내 책상머리를 장식하고 있었다.

"그래? 무슨 소식인데?"

"오늘 아침신문에서 금방 읽었는데, 프란체스카여사가 돌아가셨어."

"뭐? 언제?"

"어제 새벽이니까 한국 시간으로 3월 19일 0시 15분, 이화장에서 노환으로…… 향년 92세……."

그는 신문을 다시 들추어 읽고 있었다.

'아!'

작년에 이화장을 방문했을 때 손수 차를 끓여주시던 그녀의 모습이 떠올랐다. 그다지 건강하지 않은 자신이 어느덧 장수했던 남편보다도 1년이나 더 살고 있다며 웃던 기억이 생생했다.

"돌아가셨구나……."

나는 일부러 국제 전화까지 걸어 알려준 그에게 고맙다고 인사하는
것도 잊고 있었다. 다시 목이 잠겼다.

"오래 사신거지, 뭐. 이렇게 해서 거의 한 세기를 산 역사의 증인이
또 한명 사라졌구나……. 그나저나 너 책 쓰는 것은 잘 돼가냐?"

"응, 고마워. 네가 보내준 책들, 많이 참고하고 있어. 이렇게 전화로
알려줘서 고맙다."

"한국에 오거든 연락해라, 안녕."

"물론이지, 들어가."

그와 서둘러 통화를 끝내고 손수건을 찾아 눈물을 닦았다.

화니, 프란체스카리 여사. 오스트리아 여인으로서, 한국인 이승만의
아내로서 어떤 한국인 못지않게 한국을 사랑했던 여인. 그녀가 자신을
사랑하는 사람들 품에서 영원히 눈을 감았다.

마음을 가라앉히려고 물을 한 컵 마신 후 수첩에서 이화장 전화번호
를 찾았다. 전화는 계속 통화중이었다. 소식을 들은 많은 지인들이 이
화장으로 애도의 전화를 하는 것이 분명했다.

나는 일단 통화를 포기하고 거실에 있는 티롤식 식탁에 앉았다. 잠은
이미 모두 달아난 뒤였다. 식탁 위에는 어젯밤에 쓰다 놓아둔 원고지와
자료들이 어지럽게 쌓여 있었다. 내 책의 주인공이 돌아가신 것이다.

나는 지금까지 쓴 원고 뭉치와 그녀의 사진을 하나하나 들추어보았
다. 수 많은 상념들이 밀려왔다. 쓰던 글을 마무리 해야 했다. 출판이
되든 안 되든 이 책은 이제 그녀의 무덤에 바쳐질 것이었다. 어차피 다
시 잠들기는 틀린 일이었다. 나는 주방 전기화로에 주전자 물을 올려놓

고 책상에 앉아 펜을 들었다.

승만이 죽은 후 화니는 31년 만에 고향 빈으로 돌아갔다. 그녀가 빈에 온다는 소식에 특종을 잡으려고 빈 공항에서 기다리던 오스트리아와 한국의 기자들은 그녀를 만나는데 실패했다. 화니는 흥밋거리를 찾는 언론의 사냥감이 되고 싶지 않았다. 그녀는 모든 인터뷰를 피하고 사는 곳도 전혀 외부에 알리지 않았다. 스위스은행에 엄청난 액수의 비밀예금이 있을거라는둥 그녀에 관한 추측성 기사가 난무했지만 곧 사그라들었다. 아무 근거없는 얘기였다.

둘째 언니 베티와 조카 알리스만이 그녀를 반겨주었다. 한국전쟁중에는 앞장서서 구호품을 모아 보내주었고, 하와이 망명 시절에는 남편의 건강을 함께 걱정해주던 가족이었다. 알리스는 자신의 집에서 쓰지 않는 방 두 개를 그녀에게 내주었다.

한동안 수상쩍은 동양인 청년 두명이 화니를 미행하는 듯 했다. 빈은 지리적으로 동구권에 인접한 국제적인 중립 도시로서 냉전의 상징인 스파이들이 우글거리고 있었다. 화니의 남편은 아시아의 반공의 상징이던 인물이었다. 화니는 되도록 외부출입을 자제했다. 다행히 특별한 일은 일어나지 않았다.

한국에서 양아들 인수로부터 편지가 왔다. 어차피 남편의 무덤을 참배하기 위해 가야 할 곳이었다. 집 한채 뿐인 유산 문제도 정리해야 했다. 승만은 건강이 악화되던 1960년에 모든 상속권을 화니에게 준다는 유언장을 작성해놓았다. 한국은 화니를 따스하게 맞아주었다. 그녀는 남편의 묘에 참배하고 다시 오스트리아로 돌아왔다.

인수는 화니에게 한국에서 같이 살 것을 제의했다. 첫손자가 생겼다는 연락도 왔다. 빈 주재 한국 대사도 그녀에게 여생을 한국에서 보낼 것을 권했다. 1970년 5월 16일, 화니는 남편이 일생을 바쳐 사랑하고 봉사했던 한국으로 돌아왔다.

이화장은 변함없이 화니를 반겨주었다. 그후 그녀는 20년 이상을 한국에서 아들 며느리와 함께 손자들의 재롱을 받으며 행복하게 살았다. 남은 소원은 오로지 남편이 그렇게 바라던 '한국의 통일'을 보는 것이었다. 통일은 점점 멀어져 갔지만 한국이 경제적 발전을 이루어 '아시아의 네마리용' 중의 하나 불리게된 것이 그녀를 흐뭇하게 했다.

소련을 비롯한 사회주의권 국가들이 내부 모순의 심화로 자체 붕괴되는 모습을 보면서 화니는 승만의 선견지명과 신념이 옳았음을 다시 한번 확인했다. 전쟁 후 북한은 사회주의 계획 경제로 어느 정도 성과를 보이는 듯했다. 그러나 대를 잇는 독재와 폐쇄적 경제 시스템이 지속되어 국민들을 기아와 고통 속에 몰아넣고 있다는 소식을 들을 때마다 화니는 눈물로 손수건을 적셨다. 그 처참했던 전쟁에서 숱한 피를 흘린 보람도 없이 북한 민중들은 아직도 체제로 인한 고통을 받고 있다는 현실이 슬펐다.

화니는 언제나 남편이 자랑스러웠다. 사람들이 알아주지 않아도 이 나라는 남편의 신념과 식견에 따라, 늙은 몸을 돌보지 않고 헌신한 정치력에 의지해 세워진 나라였다. 언젠가 통일이 되고 한국이 아시아의 평화와 번영을 위해 꼭 필요한 나라라는 것을 세계인들이 인정하게 되면, 한국의 후손들은 승만에 대한 잊어버린 고마움을 다시 느끼리라고 믿었다.

화니, 프란체스카리여사는 30년 넘은 한국산 틀니를 끼고 꿈에서도 그리던 남편의 곁으로 갔다. 태어날 때는 서로 나라가 달랐지만, 죽어서는 자신이 원하던 대로 남편 이승만박사 옆에 같이 묻힐 것이었다.

백인우월주의가 판을 치고 강한 나라가 약한 민족의 노동력과 자원을 수탈하던 20세기 초반, 프란체스카 도너는 인종적·문화적 이질감과 25년이라는 나이 차를 뛰어넘어 동양의 한 혁명가와 사랑에 빠졌다. 그들의 사랑은 진실하고 영원했다. 그 사랑이, 희망이 없어 보이던 한국의 힘겨운 독립운동, 건국의 영광과 전쟁의 처참함을 모두 맛보게 했다. 권좌에서 물러나 하와이 망명 생활 중 동맥경화로 쓰러진 남편의 고된 병수발을 견디게 했던 것도 사랑이었다.

프란체스카와 이승만, 그들 부부가 시대를 한 발 앞서서 보여 준 사랑은 인종적 편견과 이념적 갈등을 뛰어넘어 하나가 되어가는 우리 세계시민들에게 영원히 감동적인 교훈을 줄 것이다.

정신없이 원고지를 메우다 보니 어느새 동쪽 하늘이 훤하게 밝아 오고 있었다. 나는 가볍게 세수를 하고 던들을 챙겨 입었다. 오늘 아침도 낯선 나라에서 하룻밤을 보낸 후 나의 안내를 기다리는 한국관광객들이 있었다. 거의 잠을 자지 못했지만 정신은 맑았다. 나는 민간 외교관이었다. 나의 관광 안내를 통해 오스트리아와 한국의 교류가 이어진다고 믿었다.

아침 7시 45분, 인스브루크 중앙역 맞은편 호텔 오이로파 티롤 앞에는 막 시내 관광을 시작하려는 대형 관광버스 두 대가 서 있었다.

이탈리아 번호판을 달고 있는 버스유리창에 한국여행사 로고가 붙어 있었다. 기사는 부지런히 손님들의 여행가방을 버스에 싣는 중이었고, 한국여행객들은 주변 경관을 둘러보며 사진을 찍고 있거나 어젯밤에 티롤민속쇼에서 본 무릎을 치며 추는 민속춤 흉내를 내기도 하고 있었다. 나는 여행객들과 즐겁게 인사를 나누었다. 그들은 인스브루크의 아름다운 경치를 칭찬하기도 하고 내가 입은 알프스 하이디 같은 던들에 흥미를 보이기도 했다.

드디어 버스가 출발하자 나는 마이크를 잡았다. 나의 고향에서 온 관광객들은 호기심과 기대에 찬 시선으로 나를 바라보았다.

"아름다운 알프스의 나라, 예술과 고전음악의 고향 오스트리아에 오신 것을 환영합니다. 지금 여러분이 방문하신 오스트리아는 우리 한국과는 유별난 인연이 있는 곳입니다. 여러분이 잘아시다시피 우리나라의 건국대통령 이승만박사께서는 파란 눈의 유럽여인을 아내로 두셨습니다."

사람들 사이에서 술렁거림이 일더니 곧 반응이 나타났다.

"오, 프란체스카여사 말이지?"

"그럼, 그분이 여기 사람이야? 호주댁 아니었어?"

나는 술렁거림이 가라앉기를 기다렸다가 말을 이었다.

"네, 그렇습니다. 프란체스카여사는 여기 오스트리아에서 태어나셨습니다. 하지만 지금까지 쭉 서울의 이화장에서 살고 계셨습니다. 오늘 새벽까지요."

다시 사람들 사이에서 술렁거림이 번졌다.

"오늘 새벽, 서울에서 전화를 한 통 받았습니다. 프란체스카 여사가 돌아가셨다는 부음이었습니다. 향년 92세였습니다."

"아, 그래요?"

"저런, 안됐구면."

갑자기 콧등이 시큰해져서 나는 잠시 말을 멈추었다. 아랫입술을 지그시 깨물었다. 멘트를 계속해야 했다.

"저는 오스트리아에 시집와서 지금 9년째 살고 있습니다만, 프란체스카여사는 한국에서 약 40년을 살았습니다. 저는 지금 오스트리아 민속 의상을 입고 있는데요, 한국에서 프란체스카 여사는 늘 한복을 입고 살았습니다. 1948년에 대한민국이라는 나라가 건국되면서부터 한국여인이었죠. 어떤 사람은 이렇게 말하더군요. 프란체스카 여사는 오스트리아에서 한국에 전해진 가장 훌륭한 선물이었다고요."

나의 농담에 사람들은 긴장을 풀고 웃음을 터뜨렸다.

"자, 그러면 본격적으로 안내를 시작하겠습니다. 티롤에는 약 800년의 역사를 지닌 인스부르크 구시가지를 비롯해서 할, 키츠뷔엘, 제펠트, 상안톤 등 오래되고 로맨틱하고 마음을 따뜻하게 하는 마을들이 많이 있고, 또 역시 스키 고장답게 스투바이탈을 비롯해서 1년 내내 스키를 탈수 있는 만년설 스키장이 5군데나 있습니다. 우리가 먼저 갈 곳은 베르기젤입니다. 인스브루크에서 동계올림픽이 열렸을 때 개회식과 스키점프 시합이 열렸던 곳입니다. 원래는 스키점프경기장입니다. 성화대가 있는 언덕에서 보면 동화의 마을같은 시내가 한눈에 내려다보입니다. 인스브루크를 둘러싼 눈 덮인 노르트케테를 배경으로 멋진 사진을 찍을 수 있는 곳입니다."

나를 바라보는 사람들의 눈이 기대로 반짝였다.

"거기까지 가시는 동안 오스트리아에 대해 전반적인 설명을 해드릴까 합니다. 오스트리아는 '동쪽의 제국'이라는 뜻입니다. 이 이름은 합스부르크라는, 유럽에서 가장 유명했던 가문에서 시작합니다……."

어느 새 두시간반이 후딱 지나갔다. 또 예정보다 30분이 늦어버렸다. 호프부르크 맞은 편에서 대기중이던 버스안에서 나는 남은 여행을 즐겁고 보람있게 마치라는 인사를 드렸다. 내가 마이크를 놓으려는 순간 한 늙수그레한 여행객이 급한 걸음으로 다가와 마이크를 넘겨받았다. 그는 내 어깨를 안아주고는 일행을 향해 돌아섰다.

"여러분, 오늘 우리는 아주 뜻깊은 안내를 받았습니다. 그래서 제가 대표로 순이씨에게 인사를 할까 합니다. 순이씨, 한국에서 오스트리아에 전해진 가장 훌륭한 선물이 되길 바랍니다."

관광객들이 뜨거운 박수를 쳐주었다.

나는 그들이 탄 버스가 호프가르텐의 울창한 숲을 꺾어보이지 않을 때까지 손을 흔들었다.

사랑하는 남편 헤버트가 세상을 떠난 지 벌써 4년이 지났습니다.

나를 오스트리아로 이끌어주고 사랑에 빠지게 만든 사람이었습니다. 마치 프란체스카가 자신을 한국으로 이끌어준 남편 이승만을 떠나보내고 과부가 되었던 것처럼...

그녀는 남편 없는 한국에서 여생을 마쳤고 나도 여전히 오스트리아에서 살고 있습니다.

한국의 첫 번째 퍼스트레이디였던 프란체스카는 남편 사후에도 30여 년을 한국에서 살았고 92세에 한국 가족들 품에서 생을 마쳤습니다.

그녀의 이야기가 나에게는 남의 일처럼 느껴지지 않고 항상 마음에 남아 있었습니다.

프란체스카는 동서양의 커다란 문화적 격차, 한 세대에 이르는 나이 차이, 가족을 비롯한 주변의 반대 등 수 많은 어려움을 극복해가면서 남편을 떠나보낼 때까지 굳건한 사랑을 지속한 존경스러운 인생의 선배입니다. 그녀의 남편 이승만이 한국의 초대 대통령이 되었고 그녀는 초대 퍼스트레이디였다는 사실은 별로 중요하지 않습니다.

프란체스카가 스위스 제네바에서 처음 이승만을 만났을 때 그는, 나날이 강력해지던 일본제국의 위세에 실현 불가능한 것처럼 보이는 조국의 자유 독립을 꿈꾸며 동분서주하는 초라한 망명 정객일 뿐이었습니다.

당시 한국이 처했던 역사적 사실과 정치적 상황, 여러 집단 간의 참혹한 투쟁 등은 이 책의 관심사가 전혀 아닙니다. 프란체스카가 세상을 떠난 지 30년이 되었고 이승만이 망명지 하와이에서 조국으로 돌아갈 날만 기리다 숨진 지, 반백년이 지났습니다.

나에게 영감과 감동을 주는 것은 언제나 프란체스카가 이승만에게 보냈던 사랑의 이야기입니다. 그래서 이 책이 나왔습니다. 프란체스카는 이승만을 향한 사랑 때문에 글자 그대로 모든 것을 포기했습니다. 그와 함께 하기 위해 모든 안락함을 버리고 기꺼이 고난을 택했습니다.

퍼스트레이디 시절엔 그녀의 강한 개성이 낯설고 강력한 한국의 전통과 부딪치기도 했습니다. 남성주도사회였던 당시의 한국에서 부인의 말을 잘 듣는 대통령은 정적들에게서 조롱받기도 했습니다. 1940년대 50년대 한국은 남북분단과 극심한 이념적 대립으로 혁명상황 같은 혼란이 계속 되고 있었습니다. 그녀의 관심은 항상 남편의 건강과 안위였습니다. 그녀는 남편이 망명지 하와이에서 앓다가 세상을 뜰 때까지 늘 그의 곁에 머물며 극진한 사랑으로 돌보아주었습니다.

남편 사후 그녀는 고향 빈에서 몇 년을 지내다가 다시 한국으로 돌아갔습니다. 새로 수립된 한국의 정부는 그녀의 귀국을 막지 않았고 뒤늦게 하와이에서 양자로 맞이했던 아들 내외는 그녀를 기꺼이 반겨주었습니다.

이 새로운 가족과 함께 그녀는 한국에서 두 번째 삶을 시작했습니다. 모든 여건은 어려웠지만 프란체스카는 돌아가신 남편의 업적과 자취가 잊혀지지 않고 후세에게 전해지길 원했습니다.

초대 대통령 이승만은 한국 근현대사에서 외면받고 푸대접받는 존재가 되어 있었습니다. 세 번째 집권을 위해 민의를 거스르고 억지 개헌을 한 독재자이자 사리사욕에 가득 차 부정축재를 자행한 권력자로 매도되었습니다. 군사혁명으로 집권한 젊은 정치인들은 앞 세대가 이룬 업적은 모두 부인하고 경제성장이라는 단일목표 아래 모든 국민들을 동원하는 일에 몰두할 뿐이었습니다. 그러나 오늘날 대한민국이 자유민주주의 국가로 계속 발전할 수 있게 한 가장 큰 공로자는 아마도 이승만일 것입니다. 그는 대한민국이 베트남과 같은 공산화의 운명을 겪지 않도록 혼신의 노력을 기울였습니다.

이승만은 서로 다른 이해관계를 지닌 강대국들에 둘러 쌓인 지정학적 위태로움과 적대적인 정파들이 유혈 투쟁을 마다하지 않는 험악한 국내정치 환경 속에서 소신을 잃지 않고 이리 뛰고 저리 뛰었습니다.

나는 이 책에서 정치인 이승만이 사랑받는 남편으로서의 개인적이고 인간적인 면을 이해하려고 했습니다. 그리고 그가 프란체스카로 하여금 문화적 차이와 갈등을 극복하고 한국 여인의 풍모를 갖출 수 있도록 도와주는 모습을 얘기하고 싶었습니다.

프란체스카는 서울 이화장으로 돌아와 그곳을 이승만 기념관으로 만드는 일에 전념했습니다. 그러면서 차츰 많은 한국인들로부터 초대 영부인으로서, 대통령의 미망인으로서 자격이 있다는 인정과 존경을 받기 시작했습니다. 나의 작은 바램은 이 책이 프란체스카라는 아주 특별한 인생을 산 여성을 기리는 기념비가 되는 것입니다.

그녀의 삶이 세대를 거치며 계속 기억되기를 바랍니다. 그리고 내가 태어나 자란 나라와 새로운 조국이 된 나라, 대한민국과 오스트리아 두 나라의 우정을 이어주는 아름다운 다리 역할을 해주길 기원합니다.

이 책은 소설 형식으로 쓰였습니다.

처음 저는 프란체스카의 다큐멘터리나 전기를 쓰고 싶었지만 이른바 객관적이라 할만한 자료가 부족했습니다. 프란체스카는 일생을 거쳐 매일매일 성실하게 일기를 썼던 것으로 유명합니다. 그런데 그녀 사후 지하실에 보관되던 일기장들이 홍수로 인한 침수와 습한 여름 날씨를 견디지 못하고 모두 심하게 훼손되었고 쓰레기로 처리되었습니다. 그나마 그녀의 며느리가 생전에 받아적었던 한국어 회상과 구술이 작은 책으로 발간되어 남아있습니다. 남아있는 역사적 자료들은 주로 대통령 이승만에 관한 것이었고 영부인 프란체스카에 대한 사적인 것은 매우 드물었습니다.

나는 그 간극을 자유로운 상상력을 동원해서라도 메우기로 했습니다. 프란체스카와 이승만 둘만의 사생활과 대화에 대한 디테일한 묘사는 순전히 소설적 영역임을 밝혀둡니다.

나는 또한 오늘날 오스트리아 미국 캐나다 등지에 살고 있는 프란체스카의 친척들과도 만나려는 노력을 기울였습니다. 하지만 그들은 이미 프란체스카에 대해 아무 관심이 없거나 나와의 만남 자체를 거절했습니다. 프란체스카가 생전에 그녀의 자매들과 오랫동안 많은 서신을 주고받았고 좋은 관계를 유지했었던 것에 비추어보면 매우 유감스러운 일입니다. 나에게는 지금까지도 그들이 연락을 두절하게 된 사연이 어떤 것인지, 한편으론 안타깝고 궁금합니다. 이런 이유로 이 책은 프란체스카의 공식적인 전기가 아니며 그렇게 기억되거나 취급되지 않았으면 합니다.

단지 매우 특별한 인생을 살았던 한 강인한 오스트리아 여인과 매우 강렬했던 한 한국 남성이 일생을 걸쳐 나누었던 삶과 사랑 이야기입니다.

나는 내 일기를 쓰듯이 이들의 이야기를 썼습니다.

프란체스카의 스토리를...

한국 초대 영부인이었던 프란체스카 도너 리.

Soonae Lee-Fink, Oktober 2022. Wien.

P.S.

이 책은 약 20년 전 한국에서 한국어로 출간되었으며 당시 역사에 관심많은 독자들로부터 열렬한 호응을 받았습니다.

마음속에 늘 있었으면서도 오래 미루어졌던 독일어 번역은 코로나 팬데믹 사태가 터지기 직전에야 마무리할 수 있었습니다. 그 중간에 나는 영화 제작자이자 작가인 볼프강 리츠베르그를 알게 되었습니다. 그는 프란체스카 도너의 일대기를 필름에 담고자 시나리오를 쓰고 싶다고 했습니다. 우리는 의기투합 했고 함께 그 번역본을 문학적으로 다듬었습니다.

그렇게 해서 이 책이 독일어로 나오게 되었습니다.

특별히 우리를 기쁘게 해 준 것은 빈에 있는 주 오스트리아 한국문화원이 이 책의 발행처로 참여해 준 것입니다. 또한 대한제국과 오스트리아가 처음으로 외교 관계를 수립한 지 130년 됨을 기념하여 주 오스트리아 한국대사관이 후원을 해 주었습니다.

이 책은 두 나라 간의 문화교류가 더욱 긴밀해지면서 나온 성과입니다. 그리고 일생을 통해 두 나라의 우호증진에 기여한 프란체스카 도너를 기리는 작은 기념비입니다.

프란체스카 여사를 소재로 한 전기소설의 추천사를 부탁받고 두 가지 사실로 인해 깜짝 놀랐습니다. 하나는 우리나라의 초대 퍼스트 레이디였던 프란체스카 여사의 전기가 아직까지 없다는 사실 때문이었고, 또 하나는 이처럼 귀한 일에 내가 추천사를 쓰게 되었다는 기쁨과 놀라움 때문이었습니다.

추천사 의뢰를 받고 내 기억 속의 프란체스카 여사를 떠 올리며 서재에서 한 권의 책을 꺼내 그녀에 대한 기억을 더듬어보았습니다.

1982년 6월 20일, 그녀가 친필 사인을 담아 건네준 〈이승만 비록〉을 나는 지금도 소중하게 간직하고 있습니다.

사실 젊은 시절 나는 이승만 박사나 프란체스카 여사와 그리 깊은 인연을 맺지 못한 사람입니다. 이 박사가 대통령으로 재임하던 시기, 나는 이북에서 피난 내려온 학생이었고, 목사가 되어 서울의 한 교회를 담임하던 중 한국 정치사의 소용돌이와 이 박사의 퇴진을 안타깝게 바라보았을 뿐입니다. 내가 기억하는 이 박사는 일제와 싸운 독립투사며, 대한민국을 민주국가로 탄생시킨 건국 대통령입니다. 그의 집권이 장기화되면서 점차 권력이 부패하고 독재 시비를 받은 것은 안타까운 일이지만, 민주국가의 초석을 놓은 일이나 공산당에 맞서 나라를 지킨 일 등은 사실 그대로 높이 평가되어야 한다고 생각합니다. 더욱이 그는 자신의 정치적 과오에 대해 분명하게 책임질 줄 알았던 정치인입니다. 물론 나의 견해는 그저 국민의 한 사람으로서 이박사를 바라본 것일 뿐이고, 이 박사는 나와는 전혀 관계없는 역사의 페이지 속으로 묻혀진 인물이었습니다.

나와 프란체스카 여사의 직접적인 인연이 시작된 것은 내가 1979년 정동제일감리교회의 담임 목사로 부임하면서부터의 일입니다.

정동제일교회는 본 교회 장로였던 이승만 박사를 위해 매년 탄신 예배와 추모 예배를 드리고 있었는데, 나 역시 담임목사로 재직하면서 18회에 걸쳐 그를 기억하는 예배를 집례하게 되었습니다. 그 과정에 서며느리인 조혜자 여사 등 유족들과의 긴밀한 만남과 교제가 이어졌고, 이 박사 사후에 귀국하여 이화장에 머물던 프란체스카 여사와도 비로소 만날 기회가 생겼습니다.

내 기억 속의 프란체스카 여사는 우아하고 기품있는 분입니다. 그녀가 아름다운 자연과 풍부한 문화유산을 자랑하는 오스트리아 출신이라는 사실이 너무도 자연스럽게 느껴질 정도로 말입니다. 또한 몇 차례의 만남을 통해, 그녀가 외모는 전형적인 파란 눈의 이방인이지만, 누구보다 대한민국과 한국인을 사랑하는 고운 마음씨를 가졌음도 알게 되었습니다. 아마도 그녀가 조국과 가족을 포기하면서까지 사랑했던, 그래서 이름도 잘 몰랐을 동양의 작은 나라로 기꺼이 시집오게 만들었던 평생의 반려자 이승만 박사의 나라 사랑과 민족사랑의 마음이 그녀에게까지 자연스럽게 이어졌나 봅니다. '당신의 백성이 나의 백성이요, 당신의 길이 나의 길'이라고 한 구약성서의 여인 '룻'을 연상시킬 정도로, 프란체스카 여사는 이승만 박사와 완전한 사랑을 이루었다고 생각합니다.

'프란체스카 도너 리' 여사의 파란만장한 삶을 되돌아보면, 그녀야말로 20세기를 가장 용감하게 살았던 강인한 여인이라는 생각이 듭니다. 역사와 문화의 나라 오스트리아에서 태어나, 동양의 작은 나라 고리아의 독립 운동가를 만나 불꽃처럼 사랑했던 여인. 그녀는 12년 동안 남편의 독립 운동을 도왔고, 12년 동안은 동양의 작고 가난한 나라에서 초대 영부인으로 살았습니다. 전쟁과 정치적 격동기에 남편과 영욕을 함께 한 것입니다. 그리고 먼저 세상을 떠난 남편을 그리워하다가, 결국 그가 사랑하는 이 나라에서 자신도 마지막 생을 마쳤습니다.

요즘 우리의 젊은 세대는 존경할 만한 대통령이 없다고 한탄하지만, 역동의 시대를 살아온 한 사람으로서 이승만 박사에 대한 평가는 지나치게 가혹하고 왜곡되어 있다는 아쉬움을 갖고 있습니다. 조금만 객관적이고 정직한 눈으로 바라보면 건국 대통령인 이 박사의 업적과 공헌 또한 과오 이상으로 크다는 사실을 발견할 수 있기 때문입니다.

그런 의미에서 이 책은 매우 의미 있고 소중한 계기가 될 것이라고 믿습니다. 이승만 박사에 대해 지나치게 가혹했던 우리의 평가가 그와 함께 잊혀져간 그의 동반자 프란체스카 여사를 통해 새롭게 조명되기를 기대합니다.

한 가지 흥미로운 사실은 이 책을 쓴 이순애 여사가 한국과 오스트리아 사이에서 프란체스카 여사와 닮은 꼴의 인생을 살고 있다는 점입니다. 시대와 처지는 다소 다르겠지만 닮은 꼴의 사랑과 인생을 경험한 입장이기에 누구보다 더 프란체스카 여사를 잘 이해하고 그려냈을 것이라고 믿습니다.

그 시절을 함께 살았던 이들에게나, 그저 기록으로만 그 시대를 기억하는 이들 모두에게 이 책이 시간과 생각을 뛰어넘는 소중한 만남으로 다가가길 기대하면서, 이 책의 출판을 계기로 남아 있는 가족들에게 하나님의 위로와 평안이 함께 하시길 다시 한번 기도합니다.

2005년 10월
이재은 목사
(전 정동제일감리교회 담임목사/전 기독교방송(CBS) 사장)

오스트리아 출신의 프란체스카 도너는 대한민국의 첫 번째 영부인이 자 지금까지는 한국의 유일한 외국 출신 영부인입니다. 주한 오스트리 아 대사로서 프란체스카 전기소설에 머리말을 쓰게 된 것을 큰 영광과 기쁨으로 생각합니다.

2005년 2월 한국에 도착한 후 어느 정도 교육을 받은 한국인이라면 대개가 프란체스카를 알고 있다는 사실이 놀라웠습니다. 영부인이 한 국인에게 긍정적인 인상을 남겼다는 점 또한 인상 깊었습니다.

저는 항상 프란체스카가 얼마나 겸손하고 한국과의 연대감이 강했는 지에 관한 이야기를 들었습니다. 몇몇 한국 어르신들은 프란체스카가 그립다는 말까지 했습니다. 하지만 동시에 많은 사람들이 프란체스카 가 유럽의 어느 나라 출신인지 정확히 모르고 있다는 것을 알게 되었습 니다. 심지어 호주 혹은 미국 출신이 아니냐는 말을 듣기도 했습니다.

프란체스카는 국민과 가까운 사람이었습니다. 빈 근교 인체르스도르프 출신의 여성이 제2차 대전 직후 한국에 와서 대통령의 부인으로 사는 것이 무슨 의미가 있었을까요?

이 책은 이승만 대통령의 직무에 대한 평가가 아닙니다. 이 책은 오스트리아에서 세상에 나와 한국인이 된 지적이고 용기 있는 여성, 한국 역사의 일부가 된 여성의 이야기입니다.

한국과 오스트리아의 관계에서 프란체스카는 역사적으로뿐만 아니라 인간적으로도 매우 중요한 역할을 했습니다. 그런 의미에서 프란체스카에 관한 전기는 벌써 나왔어야 했습니다.

위대한 '오스트리아 출신의 한국 여성'을 다룬 이 책을 쓰신 이순애 여사에게 고마움을 전하며 이 책이 많이 읽히기를 바랍니다.

2005년 10월 서울에서
빌렐름 돈코
(주한 오스트리아 대사)

사진으로 보는

프란체스카

스토리

여기에 실린 사진은 프란체스카 여사의
며느리 조혜자 여사가 제공한 사진입니다.

오스트리아의 집 앞에서 소녀시절의 프란체스카 도너(1917년)

피아노 앞에서 포즈를 취한
소녀 프란체스카

프란체스카의 친정 어머니

17세 때 언니 베티와 함께 찍은 사진.
언니는 나중에 오스트리아 최초의
여자 교장이 되었다

프란체스카가 직접 찍은
단란한 모습의 가족사진

서울 YMCA의 성경연구반
학생들을 지도하고 있는
이승만

뉴욕 한국독립운동 후원단체인 한미우호협회에서 주최한 '한국인의 밤' 행사에 참석한
이승만 박사 부부. (맨 윗줄 딘싱의 왼쪽 첫 번째가 프란체스카 여사, 네 번째가 이승만 박사)

하와이에 정착할 때 이승만 부부를 환영해준 하와이 교포의 대표들. 뒷줄 중앙 부분에
이 박사의 부부가 보인다. 왼쪽 끝에 서 있는 사람이 이원순 하와이 동지회 회장이다

한 공군기지에 있는 기지교회 5주년 기념예배에 참석한 이승만 대통령 내외.
뒷줄에 당시의 김정렬 국방장관, 장덕창 당시 공군참모총장, 그리고 황성수 씨의
얼굴도 보인다(1958년)

전방의 군 부대를 자주 시찰했던
이 대통령 내외가 제1 해병여단을
시찰하기 위해 헬기에 탑승해 있다
(1956년)

세계 여러나라에서 보내온 구호물자 인수 행사에 참석한 프란체스카 여사
(1951년)

고아원에 위탁한 아이들에게 고무신을 나누어주고 있는 프란체스카 여사(1955년)

응오딘지엠 월남 대통령의 초청을 받아서 떠나기 전 프란체스카 여사를 옆에 두고
인사말을 하고 있는 이 대통령

이승만 대통령의 동지로서 때로는 내조자로서 남편의 건강과 스케줄을 관리하고 꼼꼼하게 챙기던
프란체스카의 모습이 엿보인다

이화장의 조각당 앞마당에서 고당 조만식선생 부인(중앙)과 따님(왼쪽)이 프란체스카 여사와
담소하고 있는 모습(1987년)

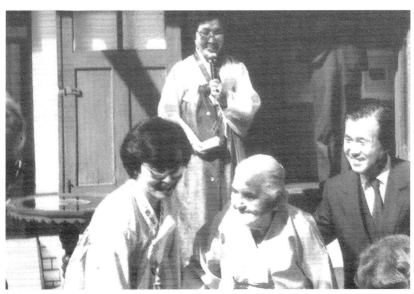

기념수예전이 열리는 행사장에서 프란체스카 여사의 아들내외가 진행자의 소개를 따라서
인사하고 있는 모습 (1987년)

오스트리아의 '오토 폰 합스불그' 황태자 내외분의 예방을 받고 있는
프란체스카 여사(1975년)

'카심 귤렉' WW전 터키 수상의 예방을 받고 아들내외와 함께 이 박사의 사진을
배경으로 기념촬영(1987년)

비엔나를 떠나 한국으로 귀국하는 공항에서
베티 언니와 마지막 작별인사를 나누는
프란체스카 여사 (1970년)

아들 이인수씨가 선물한 국산 협립양산을 들고
유양수 대사부인과(좌) 한국일보 정광모씨와 함께
비엔나에서 찍은 사진(1968년)

소설 '프란체스카'의 작가 이순애 핑크 여사가 이인수 박사 내외와 함께 도너 집안의
정원사의 딸인 싱거 부인을(왼쪽에서 두 번째) 만나서 반갑게 인사하고 있다

비엔나 교외 인쩌스도르프 공원 묘지에 있는 도너 가문의 가족묘 앞에서 이인수 박사 내외가
나란히 서있다

이화여대 김활란 박사 5주기 기념전시회에
참석하여 김옥길 총장(왼쪽)과
서은숙 이사장(오른쪽)의 환영을 받으며
입장하고 있다(1975년)

프란체스카가 34세 때
이승만과 결혼하기 위하여
받은 오스트리아 여권
.(1934년 3월 15일)

하와이에서 비엔나로 거주지를 옮겼을 때 받은 오스트리아 거주 제1호 한국시민증(오른쪽)
왼쪽은 여권 사진과 지갑, 사진첩 등이 보인다

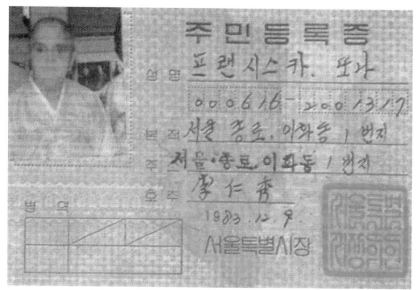

생전의 프란체스카 여사가 자랑스럽게 갖고 다니던 주민등록증
(성명이 '프란시스카 또나'로 적혀있다)

이화장에서 이인수 박사 내외와 손주들과 함께 행복한 시간을 보내고 있는
프란체스카 여사(1986년)